上海交通大学
人文社会科学成果文库

国家社科基金青年项目"布宁小说诗学研究"（08CWW006）成果

布宁小说诗学研究

杨明明 著

ПОЭТИКА ПРОЗЫ И. А. БУНИНА

上海交通大学出版社
SHANGHAI JIAO TONG UNIVERSITY PRESS

内容提要

　　伊万·布宁是 20 世纪俄罗斯文学史上的一位经典作家,也是第一位获诺贝尔文学奖殊荣的俄国作家。本书作为国内系统讨论布宁小说创作的著作,从作家创作的时代语境、审美旨趣、对俄国经典文学传统的继承与发展,以及其小说的哲学维度、审美特性、诗学追求、叙事范式、艺术手法、主题与体裁等问题进行了多角度与全方位的考察,从而最终构建了布宁小说的诗学思想体系。

　　本书可为外国语言文学等相关专业的教师、学生及研究人士提供借鉴与参考。

图书在版编目(CIP)数据

　　布宁小说诗学研究 / 杨明明著.—上海:上海交通大学
出版社,2019

　　ISBN 978 - 7 - 313 - 22498 - 9

　　Ⅰ.①布… Ⅱ.①杨… Ⅲ.①蒲宁(Bunin,Ivan 1870 -
1953)-小说研究 Ⅳ.①I512.074

　　中国版本图书馆 CIP 数据核字(2019) 第 247473 号

布宁小说诗学研究
BUNING XIAOSHUO SHIXUE YANJIU

著　　者:杨明明

出版发行:上海交通大学出版社　　　　地　　址:上海市番禺路 951 号

邮政编码:200030　　　　　　　　　　电　　话:021 - 64071208

印　　刷:上海万卷印刷股份有限公司　经　　销:全国新华书店

开　　本:710mm×1000mm　1/16　　印　　张:12.75

字　　数:200 千字

版　　次:2019 年 12 月第 1 版　　　　印　　次:2019 年 12 月第 1 次印刷

书　　号:ISBN 978 - 7 - 313 - 22498 - 9

定　　价:58.00 元

序
Preface

　　我第一次见到"布宁"这个名字是在 20 世纪 80 年代初,他作为《米佳的爱情》的作者,当时的中文译名为"蒲宁"。在那个刚刚进入改革开放时代的"饥渴"年代,能够读到诸如《米佳的爱情》这样的小说确实是十分难得的,它至少使我们这些青年学者得以摆脱两种形式的"饥渴":其一是渴望读书的愿望,特别是渴望读到这样一本多年来属于"禁书"的文学作品,显然是十分解渴的;其二则是在当时那个年代,中国作家描写爱情仍然是缩手缩脚的,因而读到《米佳的爱情》这样一部翻译过来的描写"危险的爱情"的小说,自然也是十分解渴的。正如本书作者杨明明所概括的,"布宁的爱情小说不仅具有浓厚的艺术感染力,他对爱情这一人类最为隐秘而强烈的情感之奥秘的阐释更是深邃隽永而又细致入微。在布宁看来,爱情是世间最难解的谜题,它是两性之间莫名而致命的相互吸引,既能让沉浸于其中的人们体味到尘世最大的快乐,也能让人痛苦、疯狂,带来灾难甚至是毁灭性的后果。在他的创作中,爱情往往是以悲剧或是死亡作为结局的"。也就是说,布宁也和他的美国同行海明威一样,往往描写的是爱情的死亡。这两个主题历来就是世界文学史上永不衰竭的主题,几乎所有的世界文学大师都免不了涉及这两个主题,而将这两个具有永恒意义的主题放在一起并将爱情的死亡写得栩栩如生、令人读后流连忘返的作家则不是很多。在这方面,海明威应该算是一个,而布宁也毫不逊色。

虽然三十多年过去了,但是这部小说在我的脑海里却并没有随着时光的流逝而悄然离去。也许正是出于这个原因,当时隔三十多年后杨明明教授请我为她的专著写一短序时,我便立刻答应了。这倒并非我是俄苏文学专家,而更是因为在我刚刚步入文学殿堂之际,使我印象十分深刻的除了西方文学外,就是俄苏文学。当时,我也曾下过决心要学好俄语,以便能够直接阅读原版俄苏文学作品,但是后来实在是因为工作繁忙,不得不有所为和有所不为:我断断续续地学了一年半俄语,最好的时候甚至可以和来访的俄罗斯客人简单地交流,但最终还是没有坚持学下去。由于我后来报考博士生时的第二外语是法语,而那门语言也颇花了我好大的气力才通过考试,其代价就是放弃了断断续续的俄语学习。好在十多年来,我对世界文学的兴趣以及在这方面的专注又使我必须涉猎英语世界以外的优秀文学作品,当然作为诺贝尔文学奖得主的这位俄罗斯作家布宁也就再次进入了我关注的范围之内。

一般认为,20世纪俄罗斯文学是在普希金、莱蒙托夫、果戈理、冈察洛夫、屠格涅夫、陀思妥耶夫斯基、列夫·托尔斯泰、契诃夫这些灿若星辰的大师名字之后,又一个群星璀璨、波澜壮阔的时代,这也一直是国内外学者着力思考与积极探索的热点问题之一。

伊万·布宁作为俄罗斯第一位诺贝尔文学奖得主,其创作见证了他所处的那个时代的历史风云与世事变迁,体现了俄罗斯文学从传统走向现代的嬗变,无疑是俄罗斯文学发展链条上承前启后的重要一环。布宁的作品早就译介到了中国,但我国学界真正对布宁的研究则始自改革开放之后,虽然起步较晚,但颇有后来居上之势,杨明明的《布宁小说诗学研究》不啻为这位经典作家研究领域的又一力著。

布宁先是借诗歌崛起于俄国文坛,后又以小说荣膺诺贝尔文学奖,这在20世纪的俄罗斯文坛虽非仅见,却也难能可贵。可以说,他堪称一位用诗的语言来写叙事文学的作家。他的小说笔调细腻,文辞优美,充满诗情画意与怀旧情愫,大自然、乡村与爱情是其创作始终如一的主题。当然,对一位具有诗人气质的作家进行阐释最好也用诗一样的语言,可以说,这本《布宁小说诗学研究》摈弃了学术著作充斥大量晦涩理论术语的做法,代之以流畅的语言来描写和分析作品,读起来也有一种美的享受,这大概与作者从俄罗斯完成学业归来又在美学领域里耕耘了两年的一个成果吧。确实,本书以大量的篇幅对布宁的作品及其诗学进行了探讨,指出布宁的诗化小说实际上是俄国现代化进程的产物,面对本土文化与西方文化的碰撞与冲突,作家站在人道主义的立场上,对俄罗斯文化表现出一种既眷恋又批判的矛盾态度,其作品的张力和艺术魅力也恰恰来源于此。

布宁的小说很早就获得了高尔基、阿·托尔斯泰等同时代作家的关注与赞誉,其对 20 世纪俄罗斯小说的发展与革新所做的贡献更是可圈可点。正是从这个意义上说来,其中的一个悖论特别值得我们深思,即布宁常常被批评家称为 19 世纪最后一位经典作家,鉴于此,他对俄罗斯文学传统的继承与发展问题自然也就成为《布宁小说诗学研究》一书重点探讨的问题之一。与同时代的作家相比,布宁与 19 世纪俄国文学的关系无疑更为密切。作家的父亲早年曾与列夫·托尔斯泰在塞瓦斯托波尔并肩战斗,作家本人也曾一度沉迷托尔斯泰主义,并且与这位文学巨擘多有交往。布宁视列夫·托尔斯泰为文学教父,甚至逝世前还在深情地阅读《安娜·卡列尼娜》。布宁与契诃夫也有过密切的交往,受益颇多,但他最终却并未拘泥于俄国批判现实主义的传统。同时,另一个悖论之处则在于,他一方面否定现代主义,另一方面现代主义的表现手法又在他的作品中时隐时现。而他的长处正是反映了 19 世纪与 20 世纪之交现实主义与现代主义的对话与交融,折射出了现实主义在新的历史语境下的演变轨迹,这也颇为值得我们深思与回味。

本书对布宁的代表作《安东诺夫卡苹果》《乡村》《苏霍多尔》《轻盈的气息》《阿尔谢尼耶夫的生活》等的分析与解读也给我留下了深刻的印象,其中既不乏理论观照,又有立足细读文本基础上的审美阐发。作者对理论的运用自然圆融,毫无生硬造作之感,同时,对作品的形态样式、艺术形象、审美意蕴的发掘与阐释也颇具新意,这在当前外国文学研究罹患"失语症"的背景下无疑给人以一种积学酌理、澄明澡雪之感。

不忘初心,方得始终。杨明明对俄罗斯文学的热爱给我留下了深刻印象,为了追寻理想,她远赴俄罗斯圣彼得堡国立大学攻读博士学位,在名师指导下埋头苦读,以优异的成绩学成归国。回国后,她一方面继续从事俄罗斯文学的教学与研究,笔耕不辍,不断有新作问世,另一方面她又十分注意文学理论水平的提升。她的长处也在于既有着扎实的外语功底,直接娴熟地运用外文资料,同时又具有受过中文科班训练的理论水平和写作水平。《布宁小说诗学研究》这部专著作为她主持的国家社科基金青年项目成果,完稿多年后她并没有急于出版,而是反复打磨斟酌,直到自己满意为止。现在这部专著终于得以付梓,这无疑是一件令人欣慰的事。学思践悟,我作为她的同事,衷心地期待她在今后的研究中取得更大的成绩。

上海交通大学资深教授、欧洲科学院外籍院士   王　宁
2019 年 11 月

目 录
Contents

ОГЛАВЛЕНИЕ

绪　论

　　伊万·阿列克谢耶维奇·布宁(Иван Алексеевич Бунин,1870—1953,也译为蒲宁)是20世纪俄罗斯文学的杰出代表,其"在中、短篇小说和诗歌中所显现出的艺术才华之整体性与连贯性、文辞之优美与严谨、运笔之大胆与沉稳令人赞叹"。作家"对人生与人的使命"进行了独特的"哲学思考",对"俄罗斯民族性格"进行了深度解读。作家的创作谱写了一曲"俄罗斯大自然之歌","以非凡的、难以企及的洞察力"将美丽的自然图景呈现在读者面前;同时,它又是一部别具一格的"爱情语法学",细致入微地展现了"或悲或喜的情感百态"①。

　　苏联著名诗人特瓦尔多夫斯基(Александр Трифонович Твардовский,1910—1971)曾经这样评价布宁:"从时间上看,他是俄国文学最后一位经典作家,他的宝贵经验我们无权忘记。布宁是离我们的时代最近的一位不懈追求完美的艺术家,是俄国文学文笔凝练、简洁明了、不会为了形式而炫耀形式技巧的典范……作为一名专心致志、思考深邃的艺术家,即便讲述的是微不足道的日常琐事,也能让读者全神贯注,甚至有点紧张……"②阿·尼·托尔斯泰③(Алексей Николаевич Толстой,1883—1945)则指出:"对于我国文学来说,在如何对待俄语、如何看待事物并对其进行栩栩如生地描绘方面,布宁的技法造诣是特别重要的范例。我们向他学习语言技法、形象性与现

---

　　① Михайлов О Н. И. А. Бунин: Очерк творчества. М.: Наука, 1967. С. 5.
　　② Твардовский А. Т. О Бунине//И. А. Бунин. Собрание сочинений. В 9 т. Т. 1. М.: Художественная. литература, 1965. С. 48 - 49.
　　③ 本书中共出现三位托尔斯泰,分别是:列夫·托尔斯泰、阿·尼·托尔斯泰和阿·康·托尔斯泰。在下述文稿中,如无特别说明,"托尔斯泰"均指"列夫·托尔斯泰"。

实主义（реализм）。"①高尔基更是将其归入俄国经典作家之列，与果戈理（Николай Васильевич Гоголь，1809—1852）、列夫·托尔斯泰（Лев Николаевич Толстой，1828—1910）、列斯科夫（Николай Семёнович Лесков，1831—1895）、契诃夫（Антон Павлович Чехов，1860—1904）等相提并论，称他是"一位极富天才的俄国艺术家，触摸得到每个词语的灵魂"②，是"最精通俄罗斯语言的行家"③。

第一节　作家生平

伊万·布宁于 1870 年 10 月 22 日（俄历 10 月 10 日）出身于沃罗涅什一个破落的地主家庭。布宁家族是一个古老的贵族世家，其先祖西梅翁·本科夫斯基（Симеон Бунковский）于 15 世纪从波兰迁居俄罗斯。布宁家族是一个支系众多、人才辈出的大族，用布宁自己的话说就是为俄罗斯贡献了"不少重要人物，他们中既有国务活动家，又有艺术家，其中有两位 19 世纪初的诗人更是大名鼎鼎——安娜·布宁娜（Анна Петровна Бунина，1774—1829）与瓦西里·茹科夫斯基（Василий Андреевич Жуковский，1782—1852），后者是一位俄国文学巨匠，阿法纳西·布宁（Афанасий Иванович Бунин，1716—1791）与土耳其女俘萨尔哈（Сальха）的儿子"④，每每言及于此，布宁的自豪之情都溢于言表。

布宁家族祖上曾广有资财，但传至作家的父亲阿列克谢·尼古拉耶奇·布宁（Алексей Николаевич Бунин，1827—1906）手中就只剩下为数不多的几处田产了。阿列克谢·布宁是一位典型的外省庄园贵族，他脾气暴躁、易于冲动，喜欢打猎，喜爱弹着吉他吟唱古老的俄国浪漫曲。后来他因沉迷于酗酒与赌博而将祖产与妻子的陪嫁挥霍一空。在布宁的眼中，"父亲个性极强，体魄异常健壮，寿命很长……他就学的时间不长……他忍受不了课堂教育，但凡是可以到手的书他都读，而且读得兴致勃勃。他的思维是活

---

①　Письма И. А. Бунина Н. Д. Телешову (1941—1947)//Исторический архив. 1962. № 2. С. 159.

②　Горький М. Горьковские чтения. 1958—1959. М.: Изд-во АН СССР, 1961. С. 92.

③　Горький М. Собрание сочинений. в 30 т. Т. 25. М.: Художественная литература, 1953. С. 130.

④　Бунин И А. Из предисловия к французскому изданию «Господина из Сан-Франциско»// Собрание сочинений. в 9 т. Т. 9. М.: Художественная литература, 1967. Т. 9. С. 266.

跃的,形象化的,他讨厌逻辑,讲话时的用语惊人地生动有力;他的性格冲动、果断、外向和慷慨,不知困难为何物"①。作家本人似乎就承袭了父亲的这些性格特点与禀赋。

作家的母亲柳德米拉·亚历山德罗夫娜·丘巴罗娃(Людмила Александровна Чубарова,1835—1910)的个性则与丈夫形成鲜明的对比。她是一位典型的贤妻良母,性情温顺、多愁善感,喜欢朗诵茹科夫斯基和普希金的诗歌。她先后生下了九个孩子,却只有四个长大成人。在所有的孩子中,她最疼爱的就是幼子伊万。她常常给爱子讲故事、唱歌,这些故事和民歌让幼小的布宁初次领会了俄语之美。

布宁人生最初的三年是在沃罗涅什度过的。1874年,由于作家的父亲嗜赌贪杯,不善经营,他们家的经济状况每况愈下,全家人被迫迁居到奥廖尔省叶列茨县的布蒂尔基庄园。那是一个偏僻的小村庄,四周是"无边寂寥的乡野",在夏日一望无际的农田和"冬日漫山遍野的积雪中",作家度过了"整个童年,充满忧郁的、独特的、诗意(поэтичность)的童年"②。童年作为生命的初始阶段,作家在这一时期获得的由各种感受、印象、记忆、知识、意志构成的童年经验不仅是作家审美心理结构形成的最初动因,也对作家日后个性气质、感知方式、情感方式、思维方式乃至创作风格的形成起着决定性作用。对生命的本真体验、对生活的感性把握和对周围环境的诗意理解,成为布宁日后创作的宝贵源泉,而其创作中体现出的"对大自然语言的认知、对色彩细致入微的感知、对生与死及两者对立的敏锐感受、高超的外在表现力和对世界的高度审美化"③等特征无一不是童年的馈赠。

由于父亲的疏懒和家境等原因,布宁没能接受正规的贵族家庭教育。他的启蒙老师罗马什科夫(Николай Осипович Ромашков)是一名首席贵族的儿子,曾四处流浪,后因喜爱布宁一家而落脚于此。布宁喜爱自己这位博览群书、见多识广,但性格却有些古怪孤僻的老师。罗马什科夫在绘画、音乐和文学方面都有很高的天赋,他教布宁画水彩画,带他阅读《奥德赛》《堂吉诃德》和《鲁滨孙漂流记》等文学作品。在他的影响下,布宁不仅梦想长大后成为一名画家,甚至还开始以月夜、山谷、精灵为题材写作诗歌。此外,年

---

①　Смирнова Л А. Иван Алексеевич Бунин: Жизнь и творчество. М.: Просвещение, 1991. С. 6.

②　蒲宁:《蒲宁文集》,第1卷,安徽文艺出版社,2005,第354页。

③　Михайлов О Н. И. А. Бунин: Очерк творчества. М.: Наука, 1967. С. 11.

幼的布宁还显露出过人的表演天分,能够惟妙惟肖地模仿亲朋好友。正是凭借这一才能,布宁日后成为自己作品最优秀的朗诵者。

　　1881 年,布宁考上了叶列茨中学,被父亲安排在小市民比亚金家中寄宿。如果说布宁家中推崇的是茹科夫斯基、普希金（Александр Сергеевич Пушкин,1799—1837）、莱蒙托夫（Михаил Юрьевич Лермонтов,1814—1841）、波隆斯基（Яков Петрович Полонский,1819—1898）等贵族诗人的话,那么在比亚金家中他却常常被要求朗诵尼基京（Иван Саввич Никитин,1824—1861）、科尔佐夫（Алексей Васильевич Кольцо,1809—1842）等被房东称为"兄弟"和"老乡"的诗人的作品。不可否认,这种生活、心理与审美氛围的转换,对少年布宁产生了不小的影响,也培养起了其对尼基京等来自"民间"的作家的浓厚兴趣。同样出生于沃罗涅什的诗人尼基京成为青年布宁的模仿对象,布宁在《纪念强者》(1894)一文中称其为"一个拥有强健精神与体魄的人",并将其归入"创造俄国文学宝库、打造俄国文学清新、朴素之中伟大的艺术性、朴素而强有力的语言、完美的现实主义的伟大作家之列"。布宁深情地写道:"俄国文学的所有天才代表都是那些与自己的国家、自己的土地血肉相连并从中获得强大力量的人。尼基京就是这样从中获取生活与创作力量的。"①

　　布宁就读的叶列茨中学只是一所毫无过人之处的普通外省县立中学,该校留给他的印象远远算不上愉快。学校严厉刻板的管教令布宁难以忍受,他最终于 1885 年选择了退学回家。此时,布宁一家已经迁居到奥泽尔基庄园。这座漂亮的庄园是布宁外婆的遗产,久违的乡间生活令布宁很快就振奋起来,重又焕发出青春活力。其时,布宁的长兄尤利·阿列克谢耶维奇·布宁（Юлий Алексеевич Бунин,1857—1921）正因为参加革命活动而被遣送回家监视居住。尤利比布宁大 13 岁,他性格温和、知识渊博,曾以优秀的成绩考入莫斯科大学,却因参加地下小组被学校开除。尤利长兄如父般地关爱幼弟,不仅教布宁全部中学课程和外语,还经常与其谈论文学,培养其高雅的文学趣味。"他对弟弟影响很大,并且这种影响从童年时代即已开始。伊万·阿列克谢耶维奇·布宁的成长在很多方面都要归功于这位受过

　　① Бунин И А. Памяти сильного человека//Полтавские губернские ведомости. 21 сен. 1894 г. № 72.

良好教育、珍视和理解文学事业的兄长。"①尤利自中学时代起就与民粹主义运动十分接近,而后更是因为加入民粹派(народничество)组织而被捕入狱,而他的这一思想倾向也在一定程度上影响了青年时代的布宁。

辍学在家的布宁勤奋地读书和写作,他不仅阅读了大量文学作品,还模仿普希金和莱蒙托夫写作。1887年5月,他在彼得堡的《祖国报》上发表了处女作《在纳德松的墓上》。这标志着布宁自此正式走上了文学创作的道路。

1889年,布宁受邀到《奥廖尔信使报》担任编辑工作,并在此结识了初恋女友瓦尔瓦拉·弗拉基米洛夫娜·帕申科(Варвара Владимировна Пащенко),但这段纯真的恋情终因对方父母的反对无果而终。1891年,布宁以《奥廖尔信使报》副刊的形式出版了自己的第一本诗集——《伊·阿·布宁:1887—1891年诗集》。从总体上说,布宁这一时期的创作乏善可陈,只有短篇小说《费多谢耶夫娜》(1891)显示出了布宁的创作潜能。

翌年,布宁来到波尔塔瓦投奔兄长尤利,并在此后做了两年托尔斯泰主义(толстовство)的狂热信徒。关于这段经历,他在《托尔斯泰的解脱》一书中这样回忆道,"后来我强烈渴望去过一种大自然中纯洁、健康、'善良'的生活,靠自己的劳动生活,穿朴素的衣服,但主要还是出于对艺术家托尔斯泰的迷恋,我成了托尔斯泰主义的信徒",但很快他就发现那些托尔斯泰主义者(толстовец)是"一群令人厌恶的人"②。在托尔斯泰本人屡次来信告诫下,布宁最终与托尔斯泰主义分道扬镳。1894年,他在《俄罗斯财富》杂志上发表了自己的散文体作品《乡村素描》(后来更名为《塔妮卡》),引起了民粹派文学批评家米哈伊洛夫斯基的注意,后者更预言布宁日后一定会成为一名"大作家"。

19世纪90年代上半期的布宁仿佛置身于俄国文学主流之外,他并没有选择屠格涅夫、列夫·托尔斯泰、涅克拉索夫等作为自己的模仿对象;而是更加倾心于两个彼此毫无关联的边缘流派,对其创作产生影响的一方面是纯艺术派的贵族抒情诗人费特(Афанасий Афанасьевич Фет,1820—1892)、迈科夫(Аполлон Николаевич Майков,1917—1897)、波隆斯基、阿·康·托尔斯泰(Алексей Константинович Толстой,1817—1875),另一方面则是革命

---

① Телешов Н Д. Записки писателя. М.: Советский писатель,1950. С. 41.
② Бунин И А. Освобождение Толстого. PARIS:YMCA-PRESS,1937. С. 82 – 83.

民主派或民粹派的尼基京、舍甫琴科（Шевченко Тарас Григорьевич，1814—1861）、乌斯宾斯基（Глеб Иванович Успенский，1843—1902）、列维托夫（Александр Иванович Левитов，1835—1877）等人。

1895 年，布宁先后来到彼得堡和莫斯科，结识了契诃夫、勃留索夫（Валерий Яковлевич Брюсов，1873—1924）、巴尔蒙特（Константин Дмитриевич Бальмонт，1867—1942）、柯罗连科（Владимир Галактионович Короленко，1853—1921）、库普林（Александр Иванович Куприн，1870—1938）、米哈伊洛夫斯基（Николай Константинович Михайловский，1842—1904）等文坛名宿，从此开始专门从事文学创作和翻译事业。19 世纪 90 年代中期，布宁终于确立了自己的风格，成为一名真正意义上的艺术家。与同时代的勃留索夫、勃洛克等象征派诗人及库普林、什梅廖夫等人笔下的城市书写不同，布宁将目光停留在了自己成长于其间的乡村、庄园、农舍、田野和森林，这一切似乎都成了"沉睡的古罗斯"的象征。布宁在自己"如诗般富于音乐性的小说中"，以非凡的艺术功力将"田野的呼吸、气味与色彩、大自然图景"①细致入微地一一呈现。

1897 年，布宁的第一部短篇小说集《天涯海角》问世，受到文学界的一致好评。1898 年，他同安娜·尼古拉耶夫娜·察克尼（Анна Николаевна Цакни，1879—1963）结婚，但婚后的生活却并不尽如人意，他们的儿子尼古拉在 4 岁时因病夭折。虽然这段时期他的个人生活是"悲剧性（трагичность）"的，但其创作却日趋成熟，不仅出版了《露天下》（1898）、《诗与短篇小说》（1900）、《落叶》（1901）等多部作品集和短篇小说《安东诺夫卡苹果》（1900），更于 1903 年凭借《落叶》和对美国诗人朗费罗的《海华沙之歌》（1896）的翻译荣膺俄国科学院颁发的普希金奖。上述这些艺术成就同时也标志着布宁创作生涯的"过渡时期"的终结，布宁开始以一个成熟艺术家的姿态崛起于文坛。但值得注意的是，《安东诺夫卡苹果》虽然与诗集《落叶》几乎是同时问世的，但后者作为布宁的第一本诗集，成功奠定了布宁一流诗人的地位，并且在此后的十年间，俄国读者都倾向于将其视为诗人，而非小说家。布宁本人对此倒并不介怀，甚至还常常表示自己有意无视诗歌与散文之间的界限，因为在他看来，无论是诗歌还是散文都应该具有"音乐性、韵

---

① 　Михайлов О Н. И. А. Бунин: Очерк творчества. М.: Наука，1967. С. 33.

律性、情感性"与"质朴无华"①的特点。

　　1906 年,布宁在莫斯科结识了当时俄国国家杜马主席的侄女维拉·尼古拉耶夫娜·穆罗姆采娃(Вера Николаевна Муромцева,1881—1961)并与其结为终身伴侣。1909 年,布宁再次荣获普希金奖,并当选为俄国科学院荣誉院士。至十月革命前,随着中篇小说《乡村》(1910)、《苏霍多尔》(1911),以及短篇小说《从旧金山来的先生》(1915)、《轻盈的气息》(1916)等多篇佳作的问世,布宁一流作家的地位最终得以确立。

　　1920 年,布宁偕妻子穆罗姆采娃经由奥德萨乘船前往君士坦丁堡,此后又先后在索非亚、贝尔格莱德、柏林等地侨居,最后选择了在法国南部的小城格拉斯定居。去国离乡的布宁在对故国的无限怀念中,黯然神伤地感叹着与"新世界"的隔膜,因为他清楚地知道自己是"属于旧世界的,属于冈察洛夫、托尔斯泰,莫斯科、彼得堡的那个世界的;只有在那里才有诗歌,而在新世界他是无论如何也'捕捉'不到这些的"②。

　　侨居法国期间,布宁完成了中篇小说《米佳的爱情》(1924)、长篇小说《阿尔谢尼耶夫的生活》(1927—1933)、爱情小说集《林荫幽径》(1938—1940)等的创作。1933 年,布宁因"以严谨的技艺发展了俄国经典小说的传统"而被授予诺贝尔文学奖,成为第一位获此殊荣的俄国作家。瑞典皇家科学院的颁奖辞不仅对布宁的代表作进行了独到的分析,还对其创作给予了高度评价:

　　在俄国文学史上,伊万·布宁的地位及其重要性早已获得一致公认。他遵循 19 世纪这一光辉时代的伟大传统,重视对传统的发展与延续。他凭借独特而敏锐的观察力,富于表现力地描绘了现实生活。对艺术的执着并没有让布宁陷入对华丽辞藻的盲目追求,相反他抵御了这种诱惑。尽管从本质上讲,他是一位抒情诗人,但他从未刻意美化其所见之物,而是最为真实地将这些事物展现在人们面前。他赋予了朴实的语言以特殊的魅力,即使是译作也常常令人感受到字里行间所散发出来的醉人气息,这一点为其同胞所公认。布宁的这一才能是其卓越而隐秘的天赋,也为其文学作品铭

　　①　Мальцев Ю В. Иван Бунин:1870—1953. М.:Посев,1994. (http://podelise.ru/docs/index-25367455-1.html? page＝4)

　　②　Иван Алексеевич Бунин. Биография. (http://bunin.niv.ru/bunin/bio/biografiya-1.htm)

刻上了杰作的印迹。①

1940 年,德国入侵法国,布宁的生活陷于困顿之中。虽然贫病交加,衣食无着,他却严词拒绝了当局的威逼利诱。他不仅热切关注着苏德战争的形势,为祖国的每一个胜利欢呼雀跃,还冒着生命危险帮助那些受到法西斯迫害的人们,把自己的家变成了他们的避难所,体现了一位人道主义者和爱国主义者的高风亮节。

1953 年 11 月 8 日,长期卧病的布宁在家中与世长辞,享年 83 岁。他被安葬于巴黎市郊的圣-热涅维耶夫-德-布阿公墓。

创作于 1952 年的《夜》一诗是布宁留给世人的最后一篇作品,萦绕在布宁心头的、死亡将至的忧伤与“故国不堪回首月明中”的思乡情愫,久久地回荡在这曲深情绝唱之中。

> 冰冷的夜,朔风
> (它尚未停息)。
> 我凭窗远眺
> 光秃秃的山峦、丘陵闪着光。
> 金光宁静地
> 洒向床前。
> 月下无人,
> 只有我和上帝。
> 只有他知道我的
> 死亡的忧伤,
> 我将它避人深藏……
> 寒冷,闪光,朔风。②

---

① The Nobel Prize in Literature 1933. Ivan Bunin. Presentation Speech. (http://www.nobelprize.org/nobel_prizes/literature/laureates/1933/press.html)
② Бунин И. А. Ночь. (http://bunin.niv.ru/bunin/stihi/399.htm)

第二节　文献综述

在西方,布宁的作品不仅拥有大量的读者,还一直受到文学界的关注。罗曼·罗兰、托马斯·曼、德·里尔克等人都曾高度评价过布宁的作品。许多西方评论家甚至将布宁同屠格涅夫、托尔斯泰相提并论,认为他代表着"俄国文学的复兴"。

一

对于布宁这样一位始终坚持自己的艺术创作原则、具有较强独立性的作家,俄罗斯对他的研究却几起几落,经历了从最初的误读到今天的多元解读的漫长历程。

十月革命前,俄国文学界对初登文坛即崭露头角的布宁是毁誉参半。虽然他的《乡村》等作品受到一些批评家的质疑,但其卓越的文学天才却获得了契诃夫、高尔基、米哈伊洛夫斯基等作家、评论家的赞赏与认可。

十月革命后,布宁侨居国外,其作品在苏联国内被禁止出版和阅读,甚至连其名字也不允许被提及。这种状况一直持续到20世纪50年代中期布宁逝世后才有所改观。此时,苏联国内开始对布宁进行重新评价,肯定了其"俄国经典作家"的地位,其作品也被解禁,《短篇小说集》(1955)是其在祖国"复活"后公开出版发行的第一本书。此后,苏联又分别出版了《布宁选集》(1956)和9卷本的《布宁文集》(1965—1967)。《布宁文集》由特瓦尔多夫斯基主编,被公认为苏联时期最为完整的布宁文集。

20世纪60年代至70年代中期是苏联布宁研究史上的一个上升时期,这一时期出版的巴勃列科的《伊·阿·布宁:1870年至1917年的生平资料》(1967)和谢尔宾娜主编的《文学遗产:伊万·布宁卷》(1973)作为布宁研究资料汇编,对于布宁研究具有十分重要的参考价值,其中不仅汇集了作家大量的生平、档案资料,还收入了多篇未曾发表过的作品,为此后深化与拓展布宁研究提供了许多珍贵的第一手资料。此外,这一时期还有波纳米的《伊·阿·布宁的散文》(1962)、阿法纳西耶夫的《伊·阿·布宁:创作概论》(1966)、米哈伊洛夫的《伊·阿·布宁:创作概论》(1967)和《严谨的天才:伊万·布宁》(1976)、沃尔科夫的《伊万·布宁的散文》(1969)、尼诺夫的《高尔基与布宁:关系史、创作问题》(1973)、万杰恩科夫的《叙述者布宁》(1974),以及萨蒂科娃的《伊·阿·布宁的小说》(1975)等专著陆续面世,从历史、社会、美学等角度对布宁的创作进行了论述与解读,具有一定的学术价值。其中米哈伊洛夫作为苏联时期最具代表性的布宁研究专家之一,其专著《伊·阿·布宁:创作概论》和《严谨的天才:伊万·布宁》在苏联的布宁研究史上占有重要地位。前者重点关注布宁的早、中期创作,选取了《乡村》《从旧金山来的先生》等作品进行了深入解读;后者不仅借助丰富的文献资料揭示了作家的创作演变历程,更细致地呈现了其与高尔基、库普林、阿·尼·托尔斯泰等同时代作家的交往。

20 世纪 70 年代后期至 80 年代中期,苏联的布宁研究略显沉寂,仅有古切罗夫斯基的《布宁与其小说》(1980)与斯米尔诺娃的《伊万·布宁的现实主义》(1984)等 2 本专著及为数不多的几篇论文散见诸论文集和报刊上,如沃雷恩斯卡娅的《言简意深(布宁小说中的对话技艺)》(载于《俄语》1978 年第 3 期)、瓦西里耶娃的《布宁的长诗〈落叶〉》(载于《莫斯科大学学报·语文学卷》1979 年第 5 期)、阿塔罗娃的《布宁小说与民间口头创作》(载于《俄罗斯文学》1981 年第 3 期)、克拉斯尼亚恩斯基的《艺术言语中的重复形象性组合(伊·阿·布宁的修饰语)》(载于《结构语言学问题》,1983)、索洛乌辛娜的《论布宁的道德哲学观点》(载于《俄罗斯文学》1984 年第 4 期)等。这一局面一直到 80 年代后期,才得以彻底改观。总的来看,苏联时期发表的有关布宁创作的论文大多探讨作家的文体风格问题,这一点倒与西方学者对布宁的研究长期局限于作品文本的结构分析有着某种相似的局限性。

1987 年,由邦达列夫等编纂、莫斯科文学出版社出版的 6 卷本《布宁文集》问世,标志着俄罗斯的布宁研究从此步入了一个全方位、多元探索的新时期。此前于 20 世纪 30 年代在柏林出版的、由作家本人亲自编纂的文集及苏联时期出版的布宁文集与选集不仅在收入作品时多有遗漏,对回忆录与政论作品更是多有删节。继这部《布宁文集》之后,又有数部多卷本的布宁文集先后问世,如柳比莫夫主编的 4 卷本《布宁文集》(1988)、巴勃列科主编的 8 卷本《布宁文集》(1993—2000)、6 卷本的《布宁文集》、13 卷本的《布宁全集》(2005)及弗拉吉米拉夫等主编的 9 卷本《布宁文集》(2009)等。在布宁热席卷俄罗斯的大背景下,奥廖尔等地纷纷举办学术研讨会,对布宁的哲性诗学思想、其创作与俄罗斯民族精神的关系问题展开了广泛而深入的探讨；俄罗斯文学研究领域的权威刊物如《俄罗斯文学》《文学问题》等也都会定期刊登一些布宁研究领域的最新成果，其中较有代表性的有斯利维茨卡娅的《布宁世界的死亡感》（载于《俄罗斯文学》2002 年第 1 期）、斯莫尔亚尼诺娃的《伊万·布宁的热带天堂》（载于《俄罗斯文学》2008 年第 2 期）、瑞恩霍尔德的《布宁与现代主义者们：诺廷根手稿之谜》（载于《文学问题》2007 年第 5 期）和《普里什文与布宁：文学随笔》（载于《文学问题》2001 年第 2 期）等。此外，各大出版社也纷纷出版了大量研究布宁的专著与论文集。俄罗斯的布宁研究呈现出前所未有的繁荣局面。

从这一时期问世的相关论著的内容来看，当代俄罗斯布宁研究的重点主要集中在布宁的生平创作情况、作品主题、美学观照及对俄罗斯文学传统的继承与创新等几个方面。

1. 生平创作研究

自 20 世纪 80 年代后期起，随着苏联国内政治形势的变化，文学研究的学术环境日益宽松，布宁研究也相应地得以进一步深化。许多此前因意识形态等原因未能公之于众的布宁生平史料得以重见天日，俄罗斯学者对布宁的生平与创作情况的研究也愈加深入细致，出版了多部具有较高学术价值的布宁传记，其中比较有代表性的有米哈伊洛夫的《布宁：生活与创作》（1987）、拉夫罗夫的《寒秋：侨居的布宁》（1989）、斯米尔诺娃的《伊万·阿列克谢耶维奇·布宁：生平与创作》（1991）、罗辛的《伊万·布宁》（2000）、《布宁的一生》（2002）、巴勃列科的《布宁传》（2004）等。这些传记详细而准确地描述了布宁的成长经历与侨居生活，就布宁的初恋和爱情、与亲属之间的关系、和朋友的交往等方面披露了许多此前鲜为人知的作家生平事迹。

此外，二十多年来俄罗斯出版的几部较为权威的 20 世纪俄罗斯文学史都辟有专章对布宁的生平、创作情况进行论述。例如，由俄罗斯科学院高尔基世界文学研究所编纂的权威之作《世纪之交的俄国文学：19 世纪 90 年代—20 世纪 20 年代初》就称布宁为罕见的、"在流亡时期也硕果累累的"[①]作家。阿格诺索夫的《20 世纪俄罗斯文学》则将其誉为"忠实继承祖国文化优

---

①　Бройтман С Н，Магомедова Д М. Иван Бунин//Русская литература рубежа веков（1890—е—начало 1920—х гэдов）. Кн. 1. ИМЛИ РАН. М.：Наследие，2000. С. 540.

秀传统的象征","不仅是俄罗斯的,更是世界规模的艺术巨匠"①。

2. 作品主题研究

近年来对布宁创作主题的研究也堪称硕果累累。爱情、死亡、自然、乡村是布宁小说最为常见的主题。其中爱情与死亡作为文学的永恒主题,也是布宁最为钟情的主题。布宁认为爱情是照亮人生的美妙瞬间,爱即是生,是与死相对立的。在布宁的生花妙笔下,相爱的男女主人公虽然历经种种精神与肉体磨难甚至死亡,通篇却依然奏响着"世上无不幸的爱情"的旋律。例如,苏希赫在其论文《〈林荫幽径〉里的俄罗斯爱情》(载于《星》2001 年 1月)中就曾写道,在《林荫幽径》这部"爱情百科全书(энциклопедия любви)"里,布宁"只写爱情",而且是"特殊的爱情",爱情主宰着这个小天地的"日月星辰",男女主人公抛却了"道德"、自身的"责任"和"义务",沉溺于爱情的"甜蜜与痛苦"之中,只渴望着与心爱的人"幽会、拥抱",不在乎天长地久,也不问这份爱情是否有"未来",只求此时此刻的"灵肉合一"②。

与爱情相比,"死亡的不可抗逆性与无法回避性,更能引发文学对生命意义和存在价值的回顾性反思"③。布宁对死亡主题的偏爱并不是作家对时代文学趣味的盲目跟风与简单效仿,而是与其哲学观、美学观密切相关。从最初对人物个体的悲剧命运体验到对民族苦难的观照乃至最终完成对整个人类生存困境的深刻反思,布宁笔下的死亡超越了时空,走向了永恒。俄侨批评家司徒卢威在《被放逐的俄罗斯文学》一书中指出,除了列夫·托尔斯泰之外,俄罗斯作家中再也没有人像布宁那样"痴迷于死亡主题,并将其汇入对生的强烈渴望、对上帝创造的这个世界的悠长感叹之中"④。斯利维茨卡娅则在其论文《布宁世界的死亡感》(载于《俄罗斯文学》2002 年第 1 期)中指出,死亡是生命的终结,是"人类智慧无法企及的奥秘",在布宁的艺术世界里,"死亡永远只是我的死亡",无论亲疏远近,"任何人或者生物的死亡"对布宁来说都只意味着"死的象征","他人之死映射于我之生,也证实了我之死的不可避免"⑤。

---

① 阿格诺索夫:《20 世纪俄罗斯文学》,凌建侯等译,中国人民大学出版社,2001,第 119 页。

② Сухих И. Русская любовь в темных аллеях(1937—1945)//《Темные аллеи》И. Бунина. Звезда. 2 янв. 2001 г. С. 221.

③ 陈民:《西方文学死亡叙事研究》,江苏文艺出版社,2006,第 4 页。

④ Струве Г. Русская литература в изгнании. PARIS: YMCA-PRESS; М.: Руский путь, 1996. С. 67 - 68.

⑤ Сливицкая О В. Чувство смерти в мире Бунина//Русская литература. 2002. №1. С. 67.

布宁热爱大自然,视自然为永恒的基础,自然孕育了他对世界哲理的、审美的认知。自然界生生不息的演变甚至是色彩、声音的变化都深深吸引着布宁,他的世界不是封闭的,而是充满了深邃的时空感;其所描绘的自然图景不仅有森林湖海、田园山川,更有日月星辰、天地宇宙,所有这一切构成了生活的永恒与完整。近年来,研究布宁创作中的自然主题的论文有戈罗金娜的论文《20世纪前10年布宁抒情诗中自然主题的演变》(1985,载于《伊·阿·布宁:赞成与反对》)、诺维科娃的《布宁叙事诗〈落叶〉中的自然界》(载于《俄罗斯中部与俄国境外文学》论文集,2003)。例如,诺维科娃通过对布宁《落叶》一诗中出现的表示色彩的词如"紫色""金色""深红色""天蓝色"所蕴含的象征意义的分析,揭示了布宁对超越生命、超越时间的永恒追求。

3. 美学观与东方情结

各国学者对布宁哲学美学思想研究及其创作中的东方因素问题的探讨也十分值得我们关注。对布宁哲学美学思想的研究不能将其与其所处的世纪之交的独特哲学与文化语境割裂开来,因为后者对其独特诗学风格的形成起着十分关键的作用,这一观点是所有布宁研究者的共识。

俄罗斯学者卡尔卞科在其著作《布宁的创作与世纪之交的宗教哲学文化》(2005)一书中指出,布宁的美学观点形成于"各种思潮纷繁共生的时代""精神骚动之时代氛围中",其中"近东与印度宗教的形象与情绪、多种哲学体系的思想与理论、科学特别是生理学与心理学领域的发明与发现"共同构成了布宁"精神探索的历史文化基础"。其中对布宁世界观形成影响最大的首推《圣经·旧约》与《古兰经》。"《古兰经》以其华美的神秘吸引了"布宁,而旧约精神则构成了布宁"悲剧性世界观的最初形式"[①],虽在此后作家的创作发展中不断地"被新的宗教哲学内容所充实",但其却固化为布宁创作思想体系的核心。

俄罗斯著名的布宁研究专家斯利维茨卡娅则认为19世纪末形成于欧洲的宇宙无限论哲学对布宁哲学美学思想的形成影响很大。她在《布宁美学基础》一文中指出,"艺术反映了宇宙观的剧变",地心说时代盛行的是荷马"尘世生活是最大的快乐"的观点;到了日心说时代,占统治地位的是"生命

---

① Карпенко Г Ю. Творчество И. А. Бунина и религиозное сознание рубежа веков. Самара: Универс-групп, 2005. С. 7, 9.

之于冰冷而冷漠的宇宙是微不足道的意识",这种思想在屠格涅夫的《散文诗》中多有反映;而近代的天体演化学则主张"地球与宇宙没有对立,因为宇宙中没有虚空,万物相生相克"。布宁的创作不仅具有"荷马式的、对尘世生活的愉悦"与"屠格涅夫式的、对人在宇宙中被抛弃的恐惧",亦在很大程度上受到天体演化论的影响。此外,斯利维茨卡娅还指出,自19世纪后半期起,西方文化面对欧洲中心主义的巨大危机,开始了转向东方运动,从此,东方文化开始在与西方文化的"相互吸引与相互补充的全球化进程中"对西方思想家与艺术家产生重大的影响,以天体演化学为例,在佛教经典中就可以找到与其世界观、美学观相类似的论述。布宁作为一位深受东方文化影响的作家,东方因素与西方因素在其创作中结合成一个复杂的整体。作为一个欧洲人、一个俄国作家,他能够以东方人的视角来审视世界,这也充分"体现出他对20世纪重大问题的敏感"①。

对于布宁创作中的东方因素问题,也多有文章论及,如爱尔兰学者康那利的《伊万·布宁与东方:诗歌的遇合》(收录于《伊·阿·布宁:赞成与反对》)、韩国学者金肯泰(音译)的《布宁短篇小说〈四海之内皆兄弟〉中的东方世界》(载于《俄罗斯文学》2002年第3期)、斯莫尔亚尼诺娃的《伊万·布宁的热带天堂》(载于《俄罗斯文学》2008年第2期)等。康那利认为1903—1909年是布宁世界观演变过程中一个非常重要的转折点,布宁曾分别于1903年与1907年出国旅行,使他得以走近东方,了解东方。一方面,他为古老的东方文明曾经的辉煌而倾倒;另一方面,他又为其无可挽回的衰落而叹息,陷入对时间足以毁灭一切的强大力量的沉思。金肯泰认为1911年的锡兰之旅促使布宁创作了一系列以东方为题材的短篇小说,"对人类与世界,对人类生存意义与支配人类社会生活的法则"②进行了深刻地思考。

4. 对文学传统的继承与创新

布宁对俄罗斯文学传统的继承与发展及其与同时代作家的关系问题也是当今布宁研究领域中的一个热点问题。布宁文学创作之路伊始正值俄国白银时代肇端,此时的俄罗斯文坛,民粹派影响尚在,托尔斯泰、契诃夫已将批判现实主义推向前所未有的高峰,一批深受西欧文化影响的年轻作家开

---

① Сливицкая О В. Основы эстетики Бунина//И. А. Бунин: pro et contra. СПб.: РХГИ, 2001. С. 456 − 457.

② Ким Кен Тэ. Мир востока в рассказе《Братья》//Русская литература. 2002. №3. С. 19.

始高举现代主义大旗，这三种文学思潮或力量对初登文坛的布宁及其日后的文学创作影响巨大。

近年来，涉及布宁对俄罗斯文学传统的继承与发展问题的论著较多，其中被公认为具有较高学术价值的有盖杰科的《契诃夫与布宁》(1987)、林科夫的专著《列夫·托尔斯泰与布宁创作中的世界与人》(1989)、洛特曼的论文《布宁的两篇口头小说(关于布宁与陀思妥耶夫斯基问题)》(1987，收录于《洛特曼文集·俄罗斯文学卷》)、叶利谢耶夫的论文《布宁与陀思妥耶夫斯基》(2001，收录于《伊·阿·布宁：赞成与反对》)、克里莫娃等的论文《丘特切夫与布宁》(2000，收录于《布宁与世界文学进程》论文集第 1 辑)、科舍姆丘克的《布宁的契诃夫式情节》(2000，收录于《布宁与世界文学进程》论文集第 1 辑)等。从内容上看，当前对布宁与俄罗斯文学传统的继承与发展这一研究领域的传统问题的探索，除了延续了以往对其与托尔斯泰、契诃夫等人之间文学关系的研究之外，开始向其与陀思妥耶夫斯基、丘特切夫等之间的比较研究扩展。洛特曼认为，"自青年时代起"，布宁就十分崇拜托尔斯泰和契诃夫，并且这种崇拜整整延续了他的"一生"；相比之下，布宁与陀思妥耶夫斯基之间却始终处于一种对话与竞争的关系，其原因在于布宁不仅一直视"激情的非理性、爱恨、激情的悲剧式非逻辑性主题"为自己的"禁脔"，还很不欣赏陀思妥耶夫斯基的文体风格；但是，也正是在这一背景下才益发凸显布宁"作为一个现代主义时代伟大经典传统的继承者"与"革新者"①的非同凡响。林科夫则对布宁与托尔斯泰的艺术体系做了深入细致的比较研究，挖掘了布宁在塑造人物时对俄罗斯文学传统的继承与发展，以及布宁与托尔斯泰爱情观、死亡观的差异，并对两者的幸福观及人与人之间关系状态的看法做了不同的解读。

论及布宁与俄国现代派作家及其他同时代作家的关系的论文有斯捷普恩《伊万·布宁——上帝之树：同时代人论布宁》(载于《涅瓦》1995 年第 10 期)、阿塔玛诺娃的《阿·尼·托尔斯泰与布宁(布宁小说中的联想问题)》(2000，收录于《布宁与世界文学进程》论文集第 2 辑)、瓦尔拉莫夫的《普里什文与布宁》(载于《文学问题》2001 年第 2 期)、《普里什文与布宁：文学随笔》(载于《文学问题》2001 年第 2 期)、德维尼亚金娜的《伊万·布宁的诗歌与阿

---

① Лотман Ю М. Два устных рассказа Бунина (К проблеме《Бунин и Достоевский》)//Лотман Ю. М. О русской литературе. СПб.：Искусство-СПБ，2005. С. 730 – 731.

克梅派:简论主题》(2001,载于《伊·阿·布宁:赞成与反对》)、克拉林的《布宁与阿赫玛托娃》(载于《我们的同代人》2002 年第 6 期)、雷萨科娃的《布宁与库普林的短篇小说的对比分析》(载于《文学——9 月 1 日》2004 年 6 月 16—22 日)、《反对院士的现代主义者们:俄侨文学批评中的布宁〈诗选〉》(载于《俄罗斯文学》2005 年第 1 期)和瑞恩霍尔德的《布宁与现代主义者们:诺廷根手稿之谜》(载于《文学问题》2007 年第 5 期)等。布宁与以阿赫玛托娃为代表的阿克梅派在"诗学与类型学"方面虽然有较少相通之处,但却都体现出了 20 世纪前 30 年俄国"文学发展的重要特点"①,即对 19 世纪俄国诗歌传统的继承与发展。此外,对布宁与库普林、普里什文、阿·尼·托尔斯泰等同时代作家散文体作品的比较研究也为我们更加深入地了解布宁的艺术世界提供了独特视角。

　　综观当代俄罗斯的布宁研究,与以往局部片面、缺乏系统性、研究方法陈旧单一的情形相比,无论是在选题、材料运用方面,还是在方法论层面,都令人颇有耳目一新之感。这一重大飞跃主要体现在研究视野的扩大、研究广度与深度的增强、研究方法的更新与多元化等多个方面。俄罗斯学者对布宁的研究,既有对其创作总体的研究,也有对具体作品文本的多元解读;既有对作家作品的纵向分析,又有对其与前辈或同时代作家作品的横向比较;既有传统研究方法的科学运用,又有文本细读、比较研究等新方法的引入。其成果之丰硕,方法之多元,实是俄苏布宁研究史上前所未有的局面。

二

　　布宁卓越的文学成就,很早就引起了我国学者的关注,实际上,早在 20 世纪 20 年代初,我国就已经开始了对布宁作品的译介。1921 年 9 月,由沈泽民翻译的《旧金山来的绅士》即已刊登于《小说月报》12 卷号外《俄罗斯文学研究》上。此外,茅盾在其撰写的《近代俄国文学家三十八人合传》中也对布宁进行了介绍。1929 年,上海北新书局出版了我国第一部布宁作品单行本——《张的梦》(又译《阿强的梦》)。

　　1933 年,布宁获得诺贝尔文学奖的消息传来,我国学者对此迅速做出回

---

① 　Двинятина Т М. Поэзия Ивана Бунина и акмеизм. Заметки к теме//И. А. Бунин: pro et contra. СПб.: РХГИ, 2001. С. 518.

应,茅盾的《蒲宁与诺贝尔文艺奖》与钱歌川的《本年度诺贝尔文学奖金的得奖者布宁》旋即见诸报端。郑林宽发表于 1934 年《清华周刊》第 42 卷第 1 期的文章《伊凡·蒲宁论》更是堪称新中国成立前最有分量的布宁研究成果。

此后约 30 余年,布宁便从我国读者的视野中消失了,直至改革开放学界才又迎来布宁作品翻译与研究的"春天"。相对于俄苏布宁研究的复杂历程,我国的布宁研究并没有走那么多弯路。同时,布宁研究作为我国俄罗斯文学研究领域一个富于代表性的现象,亦在很大程度上印证了改革开放 30 多年来我国俄罗斯文学研究的发展轨迹。

从 20 世纪 70 年代末 80 年代初起,许多此前一直被学界忽视的"非主流"俄国作家开始进入或重回我国学者的研究视野,布宁便是其中很具有代表性的一位。1980 年第 3 期的《俄罗斯文艺》上发表了由陈馥与冯春合译的《蒲宁短篇小说两篇》,这是新时期较早的布宁译作。在小说译文之前,译者还附上了布宁的照片与小传,对布宁的生平、创作情况做了简明扼要的概述。尽管当时译者尚未完全摆脱社会阶级分析方法的影响,认为布宁"留恋贵族生活","在作品中往往流露出没落贵族的悲观情绪",但还是较有见地地指出了布宁的"创作受到契诃夫、托尔斯泰的影响,在创作手法上有许多共同之处。他的语言优美明快,刻画人物细腻深刻;他的作品并不一定以情节取胜,但在描写人物心理活动和大自然风光方面却有独到之处"[①]。

随着改革开放的推进与深化,我国俄罗斯文学研究界的视野更加开阔,思想也更为解放。20 世纪 80 年代中后期,我国学者撰写和发表了 6 篇有关布宁的论文——赵洵的《蒲宁及其诗作——〈夏夜集〉译后》(载于《俄罗斯文艺》1986 年第 3 期)、钱善行的《一部具有"头等的艺术价值"的中篇小说——评蒲宁的早期代表作〈乡村〉的艺术技巧》(载于《外国文学研究》1986 年第 3 期)、杨通荣的《试析布宁小说中的"爱与死"主题》(载于《贵州师范大学学报》1986 年第 3 期)和《论布宁农村小说的艺术特色》(载于《贵州师范大学学报》1990 年第 1 期)、克冰的《一篇多层次的小说——试析布宁〈乡村〉的主题思想》(载于《语文学刊》1988 年第 5 期)与郑海凌的《蒲宁和他的散文体小说》(载于《俄罗斯文艺》1988 年第 6 期)等。这些论文虽然仍以作家生平介绍及对作品的社会历史分析为主,但已开始触及作品的结构、文体研究,这

---

① 　蒲宁:《蒲宁短篇小说两篇》,陈馥、冯春译,载于《俄罗斯文艺》1980 年第 3 期,第 82 页。

无疑标志着我国的布宁研究又向前迈进了一步。

进入 20 世纪 90 年代,我国开始大规模翻译出版布宁的作品,随着戴骢主编的 3 卷本《蒲宁文集》(安徽文艺出版社,1999)等多部选集及主要作品单行本的翻译与出版,不仅使更多的读者有机会阅读与了解布宁,更为我国的布宁研究提供了更加充足的文本。这一时期问世的冯玉律所著的《跨越与回归——论伊凡·蒲宁》(上海外语教育出版社,1998)一书是我国第一部研究布宁的专著,书中对布宁的文学成就与艺术风格进行了细致地分析。此外,比较有代表性的布宁研究论文有刘忆宁的《蒲宁的美学视野——试论蒲宁后期的爱情小说》(载于《解放军外语学院学报》1992 年第 2 期)、冯玉律的《论蒲宁创作中的永恒主题》(载于《俄罗斯文艺》1994 年第 1 期)、李莉的《别具一格的艺术世界——布宁短篇小说视角浅议》(载于《俄罗斯文艺》1997 年第 2 期)、赵桂莲的《"世上没有不幸的爱情"——帕斯的爱情理论与布宁的艺术表现》(载于《郑州大学学报》1999 年第 4 期)等。这一时期我国的布宁研究进一步深化,我国学者开始更多地尝试从美学、叙事学、文体学、文化学等多个角度解读布宁的作品。

2000 年以来是我国布宁研究成果最为卓著的时期。这一时期不仅有我国迄今为止最完整、最系统的、戴骢主编的 5 卷本《蒲宁文集》(安徽文艺出版社,2005)、李辉凡所译的《蒲宁回忆录》(东方出版社,2002),以及更多的布宁作品译本等问世,对布宁的研究更是达到了前所未有的广度和深度。其中,邱运华的《蒲宁》(四川人民出版社,2002)、刘淑梅的《贵族的文明俄罗斯的象征——布宁创作中的庄园主题研究》(黑龙江大学出版社,2014)、叶红的《蒲宁创作研究》(北京大学出版社,2014)、王文毓的《布宁小说的记忆诗学特色》(厦门大学出版社,2016)等专著,刘炜的《现实主义创作艺术的拓展——重读布宁中篇小说〈乡村〉》(载于《俄罗斯文艺》2002 年第 1 期)和《布宁作品的佛教特色浅析》(载于《铜陵学院学报》2004 年第 4 期)、管海莹的《转向主体情感世界的艺术创作——蒲宁小说创作中的现代意识探索》(载于《俄罗斯文艺》2002 年第 6 期)、《蒲宁文体解析》(载于《外国文学研究》2003 年第 4 期)和《布宁小说创作中的民俗象征符号解读》(载于《外国文学研究》2005 年第 3 期)、邱运华与尚玉翠的《谈〈阿尔谢尼耶夫的生活〉的叙事风格》(载于《俄罗斯文艺》2004 年第 2 期)、陈辉的《布宁与东方哲学——读布宁作品〈净身周一〉》(载于《广东外语外贸大学学报》2005 年第 3 期)、赵建常的《论布宁与同时代作家群体的关系》(载于《山西经济管理干部学院学报》2006 年第 1 期)、张秀梅的《试论〈旧金山来的先生〉的叙事艺术及其深层结构》(载于《学术交流》2008 年第 7 期)、赵晓彬与吴琼的《布宁小说中的跨国文化相遇现象》(载于《当代外国文学》2010 年第 1 期)等文章,这些研究充分体现了我国学者对布宁创作的多元解读倾向。

　　近百年来,我国的布宁研究走过了一条从最初的作家生平创作情况介绍、单纯的作品鉴赏到如今以文化解读为主的漫长道路。改革开放至今,我国先后发表了布宁研究论文百余篇,从多个角度完成了对布宁作品的社会历史文化内涵、文体形式、叙事结构、美学特征的探索。

　　基于我国俄罗斯文学研究的历史传统、现实语境、审美习惯与价值取向,我们有理由认为今后的布宁研究必须要遵循"历史的与美学的观点"相结合、文化批评与审美批评相结合、外部研究与内部研究相结合的原则。特别值得关注的是,比较文学方法一经引入,便赋予了布宁研究一个全新的视角,对布宁与俄国社会思潮,以及东方文化特别是佛教、伊斯兰教、我国的儒家、道家思想对布宁哲学美学观的影响等问题必将成为今后布宁研究乃至俄罗斯文学研究领域重要的能产型课题。

第三节　研究内容与意义

　　进入新千年,我国的俄罗斯文学研究无论在研究思路、视野,还是在研究方法、格局等方面都越来越呈现出开放性、多元化的特点。在这种生机勃勃的发展态势下,迫切需要我们在细读布宁小说经典文本的基础上,对布宁小说的哲学品格、美学特质、叙事技法等诗学特征展开全面系统的探索与研究。

　　从总体上看,布宁的小说诗学存在以下三个维度:

　　第一,历史诗学维度。

　　布宁小说的历史性表现在其具备传统性与创新性这两个层面上。鉴于此,本书首先要将布宁的小说置于俄罗斯民族文化传统的大背景下加以解读,深刻挖掘其与俄罗斯民族文学和文化传统的内在联系。其次,布宁的小说是在对历史经典和传统的深刻继承与创造性背离的矛盾过程中确立起了自己的"经典性"的:它既是元叙述的,又是转义性的;既是解构的,又是建构的;既是重新书写的,又存在内在延续的谱系性。因此,在对布宁小说的历史诗学研究中,我们除了要注意分析布宁的小说创作与俄罗斯文学传统的关联性的一面,同时也要敏感地观察其变异性、差异性,乃至断裂性的一面。

第二,精神诗学维度。

作品的思想内容、诗学形式与作家的哲学世界观和精神气质有着紧密联系,本书对布宁的哲学思想、宇宙观、自然观的探讨,旨在具体揭示这种联系。研究路径亦有别于传统的"从内容到创作主体",而是力求"从诗学形式到创作主体"。一个文本的诗学形式的背后总是深刻地凝聚着一位作家的思维方式、情感方式和艺术观念,即艺术形式的内部已深深地融入了一位作家全部的精神内涵。从布宁小说的诗学形式入手,为我们探讨布宁的精神世界提供一个内在的"窗口"。

第三,类型诗学维度。

在细读作品文本的基础上,从形式与结构入手,探寻布宁不同时期的小说在艺术创作上的内在相似性,从而对其小说体裁、主题类型及诗学特征进行概括与总结。本书在细读文本的基础上,结合欧美当代小说美学、心理学、语言学、符号学、叙事学、修辞学理论与方法,对布宁小说的哲学维度、审美特性、诗学追求、叙事风格(повествовательный стиль)、艺术手法、主题与母题等问题进行多角度、多方位地考察,从而最终构建起布宁小说的诗学思想体系。

本书主要探讨以下六个方面的内容:

第一,布宁小说创作的文学语境。

布宁所处的世纪之交的独特文学社会语境对其小说的独特诗学风格的形成起着十分关键的作用。以列夫·托尔斯泰、陀思妥耶夫斯基、契诃夫为代表的 19 世纪俄国批判现实主义文学所取得的伟大成就,民粹派对农民和农村问题的关注以及迅速崛起的年轻一代作家高举的现代主义大旗,都对布宁的小说创作产生了巨大而深远的影响。

第二,布宁的自然观与宇宙观。

布宁视自然为永恒的基础,自然孕育了他对世界的哲理性与审美性认知。自然界生生不息的演变甚至是色彩、声音的变化都深深吸引着布宁,他的世界不是封闭的,而是充满了深邃的时空感;其所描绘的自然图景不仅有森林湖海、山川田园,更有日月星辰、天地宇宙,所有这一切构成了生活与世界的永恒与完整。

第三，东方文化对布宁小说创作的影响。

布宁早年曾追随托尔斯泰，受其影响对东方哲学特别是佛教产生了浓厚的兴趣。布宁的作品中常常显现出一种浮生若梦、世事无常、诸法空相、因缘寂灭的佛教，而这亦在一定程度上打造了布宁小说那种缥缈的氛围、伤感的情调和幻灭的色彩。

第四，布宁的诗化小说（повесть в стихах）。

布宁以诗意的眼光、诗化的笔触来写作小说，将丰富的个人情感融汇于对自然景物的原生态描摹中，使其笔下的景物获得了本体意义，与人物、情感一道成为布宁"抒情性（лиризм）"小说的有机组成部分。布宁小说的这种抒情性实质上也体现了作家与历史、自然的独特对话、对宇宙奥秘的哲理冥思，赋予了其超越时空的永恒艺术魅力。

第五，布宁与俄国文学传统。

布宁的文学创作受到过诸多19世纪俄国作家的影响，其中列夫·托尔斯泰与契诃夫是其最为亲近与敬仰的前辈作家。终其一生，布宁都以托尔斯泰为导师，并在文学创作中与其进行了独特而深刻的对话。其早期创作与契诃夫的相似之处则体现在对日常生活的关注、艺术细节的虚构及作品的普遍抒情基调等方面，但中后期的布宁更倾向于将社会危机置于全人类的高度上进行哲学思考，自然、爱情、死亡逐渐成为其小说创作的主题。

第六，布宁小说的主题。

自然、爱情与死亡是布宁小说的永恒主题。在作家笔下，人与自然成了和谐的统一体，借对自然景物的描写烘托了人物的情感与思想。他的爱情小说则始终笼罩着忧郁感伤的基调，主人公虽然曾经拥有过真挚热烈的爱情，但最终仍然难逃孤独终老乃至死亡的结局。作家早期的作品致力于以哀婉的笔调描绘贵族庄园与宗法制的没落，如《安东诺夫卡苹果》等；中期作品则转向对资本主义制度的批判，如《从旧金山来的先生》等；后期作品多为怀旧与爱情主题，如《阿尔谢尼耶夫的生活》《林荫幽径》等。

本书对布宁小说的研究是建立在国内外学者业已取得的研究成果基础之上的，与已有成果相比，本书的创新之处主要体现在以下四个方面：

第一，对布宁小说多元化色彩的解读。

布宁的小说创作在继承19世纪俄国现实主义文学优秀传统的基础上，

博采众家之长,大胆吸收其他现代文学流派的创作手法与技巧;同时,他还别具一格地将东方民族文化的因素融入自己的创作之中,他的小说不仅反映出基督教的观念,也渗透着佛教、道教、伊斯兰教的思想。

第二,对布宁小说独特风格的探析。

布宁曾被高尔基誉为"当代优秀的文体家",其小说体现了独特的"布宁风格",语言生动凝练、细腻委婉,韵律优美,回味悠长。其作品的字里行间更是渗透着一种复杂、含蓄、深沉的感伤情绪,其中既蕴含着对现实的忧思与迷惘、探索人生道路的苦闷与彷徨,也透露出对光明未来的憧憬与向往。

第三,对布宁小说叙事策略的阐释。

布宁身处现实主义与现代主义交汇的文学时代,其小说创作既继承了俄国 19 世纪现实主义文学传统,又富于创新性地运用了灵活转换的叙事视角、淡化情节的叙事结构和诗化的叙事语言等现代主义叙事策略。本书将力图通过布宁小说这一具体案例,来探讨现实主义叙事方式是如何向现代主义叙事方式转变的。

第四,对布宁小说文本的结构主义符号学分析。

布宁在小说创作中大量运用了富于独特俄罗斯民族文化意蕴的符号系统,从而赋予了作品浓厚的俄罗斯气质;同时,其所蕴含的象征意义也从内部拓展了作品的容量,实现了其对所描绘的现实的超越,从而更深层次地凸显了作家对人生、世界的独特认识与理解。

综上所述,本书对布宁小说诗学的研究具有以下三方面意义:

第一,对布宁创作美学的整体把握。

本书在立足于国内外学者现有成果的基础上,通过对布宁小说文本的分析与解读,全面系统地探究作家的多元哲学观、所处的文学语境、丰厚的文学积淀及其小说中的诗化语言、象征意蕴与原乡、死亡、爱情三大母题,最终完成对布宁小说诗学整体特征的研究,从而对我国现有的布宁研究做出一定的补充与深化。

第二,对 20 世纪俄罗斯文学的全面认识。

布宁作为第一位获得诺贝尔文学奖的俄罗斯经典作家,在 20 世纪俄罗斯文学史上占有重要地位。与俄罗斯及欧美诸国相比,我国的布宁研究不仅起步较晚,其深度与广度亦有待拓展,而对布宁小说展开专项研究则可以使我们更加全面、深刻地了解 20 世纪俄罗斯文学的内在复杂性与丰富性,并为我国的 20 世纪俄罗斯文学研究提供一个全新的视角。

第三，对俄罗斯民族文化的深入理解。

文学是时代精神和民族文化的生动反映，俄罗斯文学更是如此。本书的研究视野将不仅仅局限于布宁小说本身，而是力图着眼于作家与俄罗斯民族文化传统的内在联系，从而使我们借助于布宁研究进一步加深对整个俄罗斯民族及其独具特色的历史与文化的理解。

本书由绪论、创作综论、对话传统、体裁诗学、经典解读和结语等六部分组成。其中"绪论"介绍了作家的生平，梳理与分析了国内外现有相关研究成果，论述了本书的写作思路、主要内容与学术价值。第一章是"创作综论"，重构了布宁创作的时代背景与历史文化语境，划分了其创作演变历程，揭示了其小说的美学特质。第二章是"对话传统"，探讨了布宁对列夫·托尔斯泰、陀思妥耶夫斯基、契诃夫等俄国经典作家奠定的文学传统的接受与创新。第三章是"体裁诗学"，分析了布宁在中、短篇小说体裁方面的革新。第四章是"经典解读"，选取了《安东诺夫卡苹果》《乡村》《轻盈的气息》《阿强的梦》《阿尔谢尼耶夫的生活》《林荫幽径》等代表性作品进行了多元解读与阐释。"结语"对布宁小说的诗学美学特征进行了总结。

他山之石，可以攻玉。在当今布宁研究国际化的大潮下，我国学者必将会在积极借鉴国内外现有成果的基础上，把我国的布宁研究推进至一个新的高度，相信布宁研究在我国一定会有一个更加广阔而美好的前景。

第一章

创作综论

　　布宁在 20 世纪的俄罗斯文学史乃至世界文学史上都占有重要地位。他的《安东诺夫卡苹果》《乡村》《苏霍多尔》《米佳的爱情》《阿尔谢尼耶夫的生活》等作品深刻而细腻地反映了俄罗斯生活，展现了俄罗斯民族性格的复杂性与张力，在对自然法则与宇宙法则的个性化解读的基础上呈现了丰富多彩，同时又广阔深邃的世界图景。他的创作受到东正教、佛教、道教等多种东西方文化的影响，其作品充满哲理意味，不仅具有高度的艺术性，更具有深厚的历史文化价值。

　　身处 19 世纪与 20 世纪之交的布宁，其创作体现出了浓厚的俄国文学传统积淀，与其同时代的诗人、文学批评家阿达莫维奇（Георгий Викторович Адамович，1927—1994）就曾称布宁为"记录了 19 世纪末 20 世纪初俄国的最后一个俄罗斯经典作家"[①]，但同时其作品又在文体风格、个性气质、审美追求等方面表现出了诸多不同于前辈与同时代作家的独特之处。作为一名唯美主义者，布宁对生命具有特别敏锐的感知力，描写外部世界时遣词造句准确精致，其独特的自然观、世界观更是促使其在每一部作品中都努力去揭示自然与人性的奥秘。作家的这种创作原动力源自何方？作家的创作个性与自我又是如何形成的？要解答这些问题，就必须从其成长环境、时代氛围与人生经历中去寻找答案。

————————

　　① Иван Бунин в воспоминаниях современников.（https://eksmo.ru/articles/ivan-bunin-v-vospominaniyakh-sovremennikov-ID3742693/）

第一节　时代语境

20 世纪是"社会急剧变化、人的精神意识不断更新、各种文化思潮多元更迭的时代"。20 世纪的欧美文学生长于"现代非理性主义文化思潮的精神土壤中",在与传统的反思与对话中逐步完成了向现代性的转型并借此获得了巨大的生机。

现实主义与现代主义(модернизм)作为 20 世纪文学的两大主流,不仅继承了欧美深厚的文学传统,更是表现出对人的内心世界的关注,对生与死、灵与肉、善与恶等二元对立主题的掘进,在创作手法方面的创新性和多元化等发展特质。

现代主义作为"对 19 世纪现实主义文学的反拨"、19 世纪"世纪末文学"的发展,"以非理性的人本主义为指导思想,表现人被异化的生存困境,表现人在现代世界中的渺小和荒诞感",主张"从本体论的角度去表现人和世界的本质,寻找世界与人生的终极意义与价值"①。

进入 20 世纪,现实主义在新的社会、历史、文化语境下也呈现出不同以往的、新的发展形态。"19 世纪的现实主义文学在自然科学发展与唯物主义哲学影响的背景下,明显地呈现出自然科学式的实证主义和科学主义的倾向,这一倾向在 19 世纪后期的现实主义文学中表现得更为典型。"以巴尔扎克和左拉为代表的作家们"以逼真地模仿与忠实地再现客观的外部世界为基本的文学追求",而列夫·托尔斯泰、陀思妥耶夫斯基(Фёдор Михайлович Достоевский,1821—1881)、福楼拜等人则以"描绘人物微妙、复杂而具有动态特征的心理活动见长",但"忠实地摹写特定时代的典型环境、塑造活动并成长于其中的典型性格、通过富于特征性与表现力的细节把握特定时代社会生活的本质"②无疑是其最基本的特征。20 世纪的现实主义文学在延续和发展 19 世纪现实主义传统的基础上,又被赋予了某种"现代非理性"色彩,"在广泛描写社会生活的同时,又深化了对人的内心世界的开掘",在叙事与技法层面上亦呈现出现代性和创新性等特点。在现代主义思潮的影响下,作家们在创作上明显表现出主观化、内向化的特点,在向内心世界的掘进

---

① 蒋承勇等:《20 世纪欧美文学史》,武汉大学出版社,2007,第 1－2 页。
② 汪介之:《20 世纪欧美文学史》,南京师范大学出版社,2003,第 5－6 页。

中，着力突出人物的主观感受和精神探索，不仅借鉴了自然主义的客观写实手法和"象征主义""意识流"等现代主义技法，甚至还大胆采用了多角度的情节发展和多层次的结构形式。

20 世纪初的俄罗斯文学在"传统世界的崩溃"与"未知世界的诞生"中产生了对"新现实以及艺术再现新现实的强烈兴趣"，由此开始了深刻而复杂的创作范式的转换。而小说这一体裁在 20 世纪俄罗斯的演变更是与"文学生活形式的改变、文学发展主要参与者的换代、新的题材指向与体裁偏好的产生"①等因素息息相关。

自 19 世纪中期起，随着屠格涅夫（Иван Сергеевич Тургенев，1818—1883）、冈察洛夫（Иван Александрович Гончаров，1812—1891）、陀思妥耶夫斯基、列夫·托尔斯泰、萨尔蒂科夫-谢德林（Михаил Евграфович Салтыков-Щедрин，1826—1889）、契诃夫等作家多部现实主义小说作品的问世，俄国的小说创作进入了一个空前繁荣的时期，其成就之高，为其他文学样式所望尘莫及。俄国小说在民族自觉的大背景下异军突起，不仅从"主题思想、人物塑造、艺术手法和语言文体等"诸多方面迅速完成了对本土传统文学的超越，更凭借其"对社会理想的孜孜以求、对民众命运的深切关怀和对人的终极价值的执着探索"等"独具的品格"崛起于"世界文学之林"②。19 世纪俄国批判现实主义文学的另一巨大成就就是对小说类型和样式的极大丰富，屠格涅夫的文化历史型小说、托尔斯泰的哲理历史型小说、车尔尼雪夫斯基（Николай Гаврилович Чернышевский，1828—1889）的革命政论式小说、萨尔蒂科夫-谢德林的讽刺小说、陀思妥耶夫斯基的心理小说，以及契诃夫富于创新精神的短篇小说，林林总总，无疑都是文学审美价值和认识价值完美结合的典范。

19 世纪的俄国小说家们关注现实生活，"认为自己有义务从当代或近乎当代的俄国生活中选取情节。这当然不仅仅是由他们只想叙述自己十分了解的事件的朴素愿望所引起的"，而更多的是"由俄国 19 世纪中期和后期文学的社会地位所决定的"。小说，尤其是长篇小说实际上"从 40 年代起就已成为大众关注的社会思想的重要表达者"，当时的人们"期待小说家们对民

①　Скороспелова Е Б. Русская проза XX века：от А. Белого до Б. Пастернака. М.：ТЕИС，2003. С. 3.

②　任光宣：《俄罗斯文学简史》，北京大学出版社，2006，第 100 - 101 页。

族生活中正在发生的事件做出敏锐而理性的反应",要求"小说家的每一部新作都一定要包含发人深思之处,都要有从当时的社会问题角度值得分析之处",而"通常小说家们也都会非常认真地对待这些要求"。通常说来,19世纪的欧洲小说总是或多或少地带有"社会色彩或公民色彩",但这种色彩却从未像在俄国这样显著,以至于那一时期的俄国文学几乎具有了"某种新闻报道性",甚至有学者将其视为"俄国社会思想史"的一大"信息来源"①。19世纪的俄国文学堪称生活小说的"富矿",以托尔斯泰的《战争与和平》(1863—1869)、《安娜·卡列尼娜》(1873—1878)、《伊凡·伊里奇之死》(1886),陀思妥耶夫斯基的《白痴》(1868)、《群魔》(1871—1872)、《卡拉马佐夫兄弟》(1879—1880),萨尔蒂科夫-谢德林的《戈洛夫廖夫老爷们》(1880),契诃夫的《一个小官员之死》(1883)、《第六病室》(1892)、《套中人》(1898)等为代表的多部诞生于19世纪后期的现实主义小说都称得上生活小说的典型例证。

进入20世纪,面对纷繁复杂、变幻激荡的社会现实,19世纪俄国小说所普遍遵循的具体的历史艺术描绘原则、塑造"社会的人"等创作理念开始让位于人不仅是社会现象,更是"直面永恒的时间与无限的宇宙,直面作为形而上学地克服存在暂时性的死亡与爱情,直面作为绝对的形象哲学的体现的上帝"的"灵魂的载体"②的观念,产生了再现旧世界的毁灭和新世界的诞生的强烈愿望。在20世纪俄苏经典作家的创作中,此种兴趣最终表现为"对精确的社会日常生活、历史文化的、政治的具体事实的独一无二的综合","对短暂现实的永恒、宇宙意义"③的深入探索。

19世纪与20世纪之交的俄国文坛呈现出的纷繁复杂的局面,是俄国文学史上前所未有的。世纪之交的作家和诗人普遍"感觉到席卷所有领域的时代危机:社会经济的、政治的、哲学的、美学的"④。

1905年,列夫·托尔斯泰在《世纪的终结》一文中写道:"用福音书的话来讲,世纪与世纪的结束并不意味着一个百年的结束和开始,而是意味着一

①　Мирский Д С. История русской литературы с древнейших времен до 1925 года. Пер. с англ. Р. Зерновой. London：Overseas Publications Interchange Ltd，1992. C. 270 − 271.

②　Эткинд Е. Там，внутри：о русской поэзии XX века. СПб.；Максима，1997. C. 12.

③　Скороспелова Е. Б. Русская проза XX века：от А. Белого до Б. Пастернака. М.：ТЕИС，2003. C. 43.

④　阿格诺索夫:《白银时代俄国文学》,石国雄、王加兴译,译林出版社,2001,第2页。

种世界观、一种信仰、一种人际交往方式的终结以及另外一种世界观、另外一种信仰、另外一种人际交往方式的开始"。他一针见血地指出："时代的历史征候抑或是变革的推动力就是刚刚结束的俄日战争以及与其同时爆发的、前所未有的俄国人民的革命运动。"①

勃洛克（Александр Александрович Блок，1880—1921）则在 1921 年的《弗拉基米尔·索洛维约夫与我们的时代》中坦言："我们所经历的历史瞬间的重要性相当于数个世纪之和。作为一个没有完全丧失听力和视力也并不十分保守的见证人，我今天要指出 1901 年 1 月就已经出现了完全不同的征象，世纪之初便充满了全新的征兆和预感。"②

托尔斯泰和勃洛克作为世纪之交两大文学流派——现实主义和现代主义的代表人物，已经不约而同地预感到了"伟大变革"时代的来临。正如托尔斯泰所言："人类现在正站在巨大变革的门槛上……这种变革是双重的：内在的和外部的。"③如果说外部变革是"社会生活形式的变化"的话，那内在变革则是最高形式的变革，将直接决定人类生活的其他一切变化。

世纪之交不仅是俄国思想领域和政治、社会生活的重大变革时期，也是俄国文化剧烈转型的时期。帝国的没落、俄日战争的惨败、1905 年革命的失败、民粹运动的破产、第一次世界大战的爆发，凡此种种使俄国知识分子陷入深刻的精神危机之中，在传统与变革、西方与东方、历史与现实的矛盾中痛苦地纠结、挣扎。正是在这样一个大背景下，俄国文化领域展开了一场轰轰烈烈的"文艺复兴"运动。

这一时期也是俄国文学由"19 世纪的启蒙现代化"向"20 世纪审美现代化"转型的特殊历史时期。这一审美意识的转型带来了一场文学范式的革命。尼采、叔本华、克尔凯郭尔、陀思妥耶夫斯基成为俄国文学精英们的精神领袖，"美的虚幻、善的软弱和真的相对"④成为文学的时代命题。

自 19 世纪 90 年代中期开始的这一俄国历史和俄国文学的崭新的、创作多样化时期，在布宁看来，却更多的是毁灭的开始。他认为 19 世纪与 20 世

①　Толстой Л Н. Полное собрание сочинений. В 90 т. Т. 36. М.：Художественная литература，1936. С. 231 – 232.

②　Блок А А. Собрание сочинений. В 8 т. М.-Л.：ГИХЛ，1962. Т. 6. С. 154 – 155.

③　Толстой Л Н. Полное собрание сочинений. В 90 т. Т. 36. М.：Художественная литература，1936. С. 199 – 200.

④　张冰：《白银时代俄国文学思潮与流派》，人民文学出版社，2006，第 1，2，4 页。

纪之交的俄国文学处于一个"病态时期",处于"衰落"之中,"不断的痉挛""丑恶不良现象百倍于积极的""除了为数不多的例外之外,近年来俄国文学不仅没有创作出任何有价值的东西,甚至变得贫瘠、愚蠢、停滞"。"俄国文学的深刻、严肃、质朴、率直、高尚等宝贵特质已经消失殆尽,取而代之的是粗俗、臆造、戏谑、吹牛、装腔作势、浮夸虚伪的恶劣腔调"。

与布宁同时代的现代派诗人创造了新的诗歌观、诗人个性和抒情主人公(лирический герой),但布宁却不理解也不接受这种"断裂"。他不喜欢现代派,称勃洛克是"半个疯子",其诗歌是"低俗的胡言乱语",巴尔蒙特"爱说废话",勃留索夫则是"法国现代主义者们和老俄国诗人们的勤奋抄写员"①。这固然是出于创作个性的差异,但更多的则是世界观、美学观和艺术观的分歧。1912 年,他在接受《莫斯科之声报》采访时甚至直言不讳地宣称俄国文学"有些茫然,不知所云",出现了某种"躁动的、追名逐利的"倾向,"已经失去了直接影响读者心灵的能力",而"文学的目的恰恰在于直接的、感性的影响"②。看得出,在文学的目的这个问题上,他是直接继承了列夫·托尔斯泰的观点。

"无论是世纪初的文学,还是文学斗争,甚或是其所处的时代本身,布宁都与之格格不入,也就是与社会环境的极端性、尖锐性、不可调和性以及对立与矛盾的深刻性格格不入。他热切渴望置身于这种斗争之外,置身于时代的历史矛盾之外,却又不断在自己的意识中加深这种矛盾。"布宁这一时期表现出来的对勃洛克、勃留索夫等同时代诗人的疏离甚或反感,以及同托尔斯泰和契诃夫等的亲近,其实更多的是源于与现代派在艺术追求和文学理念上的分歧。在布宁的思想意识中是无所谓前进与后退、进步与退步的,他认为"世界上、生活中只有永恒的价值",他追求的是"真正的和谐",这种和谐"与历史时刻无关,更没有焦虑、对未来的展望、紧张、公开的斗争和裸露的心灵"。布宁认为普希金、莱蒙托夫、费特、托尔斯泰和契诃夫达到了这一境界,而他不能接受果戈理、赫尔岑(Александр Иванович Герцен,1812—1870)、陀思妥耶夫斯基、勃洛克乃至 20 世纪初俄国文学的原因也恰恰就在

————————

① Литературнсе наследство. Т. 84; И. А. Бунин. Кн. 1. М.: Наука, 1973. С. 317 – 319, 329, 346.

② И. А. Бунин // Голос Москвы. 1912. № 245. 24 октября. С. 4.

于此。①

第二节　创作分期

　　布宁的创作生涯始于 19 世纪 80 年代中后期,前后跨度达 60 余年之久。其创作道路是如此复杂而曲折,甚至称得上是跨越了世纪,跨越了国界,跨越了流派,也跨越了文化。为了便于对布宁的文学创作展开研究,有学者以十月革命为界,将其创作分为国内和侨居两个时期;也有学者以 1910 年和 1920 年为界将其创作划分为早期(1910 年之前)、中期(1910—1920 年)、后期(1920 年之后)等三个时期;但是,令人遗憾的是这两种分期方法都无法令我们对布宁的创作作出科学而精准的论述与分析。

　　纵观布宁的散文创作,从其发展演变情况来看,将其划分为四个阶段,才更加有利于我们从整体上把握其发展历程与脉络走向:

　　第一阶段　19 世纪 80 年代中后期至 20 世纪初。这一阶段布宁的创作主要以诗歌为主,其散文创作则尚处于起步与摸索阶段,他仅仅创作了《隘口》(1892—1898)、《乡村素描》(1894)、《天涯海角》(1897)、《新路》(1901)、《金窖》(1903)等为数不多的几篇散文作品,其中完成于 1900 年的《安东诺夫卡苹果》是这一时期最成功也最具有代表性的作品。这些作品与其说是短篇小说,还不如称为随笔(эссе)或特写更为确切。这一时期布宁的作品常常带有某些模仿的痕迹,虽然他个人沉迷于托尔斯泰主义,但在创作上却更多地体现出受纯艺术派和民粹派的影响,充满抒情气息和乡土色彩。以诗人身份步入文坛的布宁,最初的散文创作尝试与其说是出于对文学艺术创作的探索,毋宁说是因为生活困顿,想借此增加些收入。

　　进入 20 世纪,布宁的创作风格开始有所变化,从"客观的叙事"转向了"抒情的自我表现"。乍看上去,这一时期创作的不少作品似乎具有某种"片断性"和"印象主义"②色彩,但是如果将这些作品联结为一个完整的思想和讲学体系来把握的话,就能充分感受到这些作品的整体性与写实性,如同一幅幅生动而清晰的画面,记录下了宗法制的没落、俄国人民的命运及作者对

---

　　①　Долгополов Л К. На рубеже веков. О русской литературе конца XIX—начала XX века. Л.: Советский писатель, 1985. С. 275—276.

　　②　李毓榛:《20 世纪俄罗斯文学史》,北京大学出版社,2000,第 56 页。

未来的思考。

第二阶段　1905 年俄国革命至 1920 年离开俄国。这一阶段布宁的小说创作开始步入成熟时期,频频有佳作问世,其中的 1910—1920 年更是堪称布宁小说创作的第一个高峰。他不仅创作了中篇小说《乡村》(1910)、《苏霍多尔》(1911)以及一系列"农民题材短篇小说(крестьянские рассказы)",如《富裕的日子》(1911)、《夜话》(1911)、《快乐的农家》(1911)、《伊格纳特》(1912)、《扎哈尔·沃罗比约夫》(1912)、《约翰·雷达列茨》(1913)、《莠草》1913)等,还以生与死、善与恶、生活之美与残酷为主题创作了《生活之杯》(又译为《浮生若梦》,1913)、《四海之内皆兄弟》(1914)、《从旧金山来的先生》(1915)、《爱情的语法》(1915)、《轻盈的气息》(1916)、《阿强的梦》(1916)、《圆环耳朵》(1916)等。这些作品不仅在遣词造句方面精雕细琢,在修辞文体方面力求完美,更是将存在的悲剧性与对生活的神奇之美的赞叹巧妙地结合了起来。

在这段时间,布宁曾多次出国旅行,足迹遍及欧洲、近东、北非,甚至远至亚洲的锡兰。对人类古老文明、东方文化的探寻与思考,为其日后创作积累了大量素材。东方主题作为布宁小说创作视角的一次新拓展,是一个特别值得关注的现象。对于布宁来说,东方不仅仅是一个地理概念,更是一个"精神领域"。布宁眼中的东方作为人类文明的发祥地,既充满神秘色彩,又有其严峻冷酷的一面,似乎有"一种未知而强大的"魔力让人情不自禁地"投入其炽热的怀抱"①。

第三阶段　20 世纪 20 年代至 30 年代中期。十月革命后,布宁的创作主要分为小说与政论两部分。背井离乡的布宁将无尽的思乡之情都融入创作当中,几乎所有侨居时期的作品都是写故国俄罗斯的。在这些作品中,除了一如既往地对人的悲剧性存在的描写之外,就只有俄罗斯、与其有关的记忆、形象以及俄语本身,充满了"一种作为俄罗斯历史之神话体验的特殊力量"②。

20 世纪 20 年代初,布宁的小说创作开始出现了新旧主题的更替。除了以往的社会主题外,还开始出现了宗教泛神论主题和爱情悲剧主题。这些

---

① 　Долгополов Л К. На рубеже веков. О русской литературе конца XIX—начала XX века. Л.：Советский писатель，1985. С. 264.

② 　Зайцев Б К. Бунин. Речь на чествовании писателя 26 ноября 1933 г. (http://bunin-lit.ru/bunin/kritika/zajcev-bunin-rech.htm)

新主题并非一蹴而就,其实在其此前 10 年的创作中就已初现端倪了。

　　1921 年,布宁在巴黎出版了第一本小说集——《从旧金山来的先生》。1925 年,布宁将其在莫斯科和奥德萨所写的日记以《该死的日子》为名结集出版。这一时期侨居法国的布宁在生活上总体较为平静,其小说创作主要围绕生死、爱情、自然等主题,并对其进行了更深层次地挖掘,如中篇小说《米佳的爱情》(1924)和短篇小说《耶利哥玫瑰》(1924)、《骑兵少尉叶拉金案件》(1925)、《中暑》(1925)等。这些作品贯穿了作家对俄罗斯、20 世纪俄罗斯历史的悲剧性以及现代人的孤独等问题的深刻思考。布宁对人生的戏剧性与世界之美的双重性思考赋予了其小说在情节发展方面以更大的张力与强度,同时也令其小说在艺术细节方面与早期创作相比具有了更大的情感可信度。

　　1927—1930 年,布宁醉心于微型短篇小说的创作,在对这一新的体裁和形式的探索中,他大胆地进行在凝练的语言中注入丰富的意义的尝试,《大象》(1930)、《小羊的头》(1930)、《公鸡》(1930)、《墙上的天空》(1930)等便是其艺术实验的结果,这些短小精悍的作品后来被收入《上帝之树》(1931)一书。这本小说集虽然常常被读者和评论家忽略,但却称得上是布宁最精美、最富于代表性的作品,其真诚细腻的情感、简洁明晰的文风以及对材料高超的驾驭能力都充分证明了布宁在文学创作方面的超凡造诣。

　　《阿尔谢尼耶夫的生活》是布宁唯一的长篇小说,也是其最为优秀的作品,甚至连作家本人都深信自己正是借此获得了 1933 年的诺贝尔文学奖。布宁的其他任何一部作品,都没有如此广阔的地理和空间规模,作家凭借记忆将过去转化为永恒的现在,引领读者完成了一次跨越俄罗斯广袤疆域的伟大飞行。

　　第四阶段　20 世纪 30 年代后期至逝世。晚年的布宁"以实验性写作为主",着力于"探索人生的命运、归属和永恒等问题"①。《林荫幽径》作为布宁抒情小说的收官之作,堪称一部"爱情百科全书",正如作家自己在给同样侨居法国的女作家苔菲(Надежда Александровна Тэффи,1872—1952)的信中所写的那样:"这本书中的所有小说都只是写爱情,只是写它的幽暗的、常常是非常阴暗与残酷的林荫道的。"在这部小说集里,布宁继承了但丁、彼特拉

───────────

①　邱运华:《蒲宁》,四川人民出版社,2002,第 124 页。

克和莎士比亚的文学传统,完成了对陀思妥耶夫斯基"俄罗斯人的爱情无论是在升华还是在堕落中,都可以达到极致"这一观点的探讨,以细腻的笔法,深度刻画了"俄罗斯人的东正教灵魂,是抒情的,禁欲的,也是阴暗和失常的"①。

随笔(эссе)是布宁晚年最为钟爱的文学体裁之一。作为 20 世纪最具特色的一种散文体裁,随笔篇幅短小,形式自由,不拘于抒情、叙事或评论,尽得挥洒自如之妙。布宁娴熟地运用随笔这一体裁,创作了带有文学哲理味道的《托尔斯泰的解脱》(1937),塑造了勃洛克、高尔基(Максим Горький,1868—1936)、沃洛申(Максимилиан Александрович Волошин,1877—1932)、阿·尼·托尔斯泰等同时代作家群像的《回忆录》(1950)和生前未能完成的、带有文学传记味道的《论契诃夫》(1955)。

纵观布宁长达半个多世纪的创作生涯,无论其完成于何时何地的作品,都具有这样一个共同特点,即对人类存在的永恒之谜的执着探索。他在自己的文学创作中对时间、记忆、爱情、死亡、人与神秘的自然力、文明的起源与衰亡、终极真理的不可知性等哲学主题进行了独特的抒情性阐释。正如霍达谢维奇(Владислав Фелицианович Ходасевич,1886—1939)所指出的那样,布宁是一位集复古与创新于一身的人物,他的创作既体现了俄国文学的崇高传统,又对人性的非理性化及其所遭受的悲剧性摧残进行了深刻细腻的表达,并最终在哲学和美学的高度上实现了两者的完美结合。

第三节　小说美学

人是历史的人质,生活在世纪之交独特社会历史文化语境之下的布宁亦不例外。自布宁的作品于 19 世纪 60 年代重回苏联读者的视线起,学界对布宁的定位与评价就一直众说纷纭,莫衷一是。有学者称,布宁无论是从艺术个性还是从审美眼光和趣味方面看都不应算作 20 世纪的作家;也有学者指出,布宁在创作中指向 19 世纪文学,对所处时代又始终秉持一种坚决抗拒的态度,却无心插柳地成为这一时代最鲜明和最具特色的表达者;还有学者认为,布宁本人可能也并未将自己视为 20 世纪的作家,更未想过要成为所处

---

① 阿格诺索夫:《俄罗斯侨民文学史》,刘文飞等译,人民文学出版社,2004,第 278－279 页。

时代艺术意识的表达者，因为他自始至终关注的只有人类心灵与心理方面永恒不变的问题。综上所述，布宁的艺术创作与历史及所处时代的关系问题似乎不可避免地成为其研究领域最为复杂却又不容回避的核心问题。

对此，俄苏学者形成了截然不同的两种观点。以利哈乔夫为代表的一部分学者认为布宁是一位具有高度历史感的作家，对历史的兴趣甚至"完全"将其"吞没"①了，而这种对历史兴趣又在其侨民时期的作品中被给予特殊强化。以米哈伊洛夫为代表的另一派则认为布宁的作品完全缺乏历史感，甚至在《阿尔谢尼耶夫的生活》中也没有反映任何"历史的运动"；但这对布宁来说却并不是坏事，因为布宁艺术才能的特别之处就在于"其众所周知的局限性，对纯文学的执着以及与政论性的疏离"，这种"坚定性"，对自己艺术理念的"与生俱来的忠诚"，既令其能"独立于'时尚'和'市井'之外"，"也决定了其在远离祖国、处于艰难困苦之时亦能在创作上保持稳定性和生命力"②。

上述两种观点孰对孰错？对于这个问题，我们似乎应该从其所处的世纪之交这一特殊时代背景中去寻找答案。

"布宁不仅仅是生活在文学时代的转折点上，而是首先是生活在历史时代的转折点上，但是，他无法接受这种转折，也无法接受周遭发生的一切或明或暗的悲剧性，更无法理解所发生的一切与历史进程的关系。世纪之交的文学及其全部特点和矛盾的总和正是这一转折的产物和反映，而这样的文学与布宁是格格不入的。"③

事实上，布宁创作所具有的巨大内在意义，并非是出于某种隐秘的、作家本人对自己艺术理念"与生俱来的忠诚"，也并非是基于其"主观愿望和人生立场"，而是与"世纪之初的生活氛围"紧密相关。现实生活的变幻无常及其带给人的心理上的惶恐不安，历史发展进程中旧时代即将终结、新时代即将来临的"界限感"，这一切都体现在布宁的创作当中，而这又是与其"完全建立在对时代、对历史的排斥基础之上的人生立场"相违背的；这就必然导致了米哈伊洛夫所说的"迷失"，以至于让作家在《阿尔谢尼耶夫的生活》这部只有一个主题即"与历史的争论"的小说中对历史运动视而不见，而作家

① Лихачёв Д С. Поэтика древнерусской литературы. Л：Наука，1971. С. 243.

② Литературное наследство. Т. 84：И. А. Бунин. Кн. 1. М.：Наука，1973. С. 36.

③ Долгополов Л К. На рубеже веков. О русской литературе конца XIX—начала XX века. Л.：Советский писатель，1985. С. 276.

在作品中对历史及其特点的认识却又如此深刻。但是,在这场与历史的争论中,布宁注定不会是赢家,这不仅是因为他是在日后重返过往的历史,更主要还是因为其小说的主人公阿尔谢尼耶夫的"面貌和命运带有牢固的时代特征,即 20 世纪俄国的特征",甚至在很多时候是"直接与欧洲范围的历史相关联";但是按照作家的构思,阿尔谢尼耶夫却是应该与 20 世纪相对立的。两者之间的矛盾不仅是作家"世界观与创作之间的传统性矛盾",同时也体现了布宁在"世界观"和"创作"这两个领域的矛盾,特别是作家"气质、个性与艺术命运的矛盾"。布宁从未想过要去发现自己身上的这种矛盾,反过来这种矛盾最终甚至还对其创作产生了某种"拯救性"意义。

试想,以布宁目光之敏锐、洞察力之深刻,又怎么可能对历史的运动视而不见呢?! 又怎么可能没有感知到国家生活面临的转折呢?! 其早期作品《安东诺夫卡苹果》便清晰地见证了其对俄国历史发展的关注。

我对中等贵族的生活方式还记忆犹新——那都是不久以前的事——它同富裕的庄户人家的生活方式有许多共同之处,同样都克勤克俭,同样都过着那种老派的安宁的乡居生活……

农奴制我虽然未曾经历,未曾见到,但是,我至今还记得在安娜·格拉西莫芙娜姑母家,我对这种制度却有过体味……

安东诺夫卡苹果的香气正在地主庄园中消失。虽说香气四溢的日子还是不久以前的事,可我却觉得已经过去几乎整整一百年了。谢维尔基村的老人们都已先后归天,安娜·格拉西莫芙娜也已故世,阿尔谢尼伊·谢苗内奇自尽了……开始了小地主的时代,这些小地主都穷得到了要讨饭的地步。但是即使这种破落小地主的生活也是美好的!①

这篇小说不仅反映了布宁对业已消逝的贵族之家的田园诗般的忧伤,作家似乎还有所期望,有所期待,希望转折能够擦身而过或者至少不要波及太广。文中虽然时时流露出希望渺茫之感,但毕竟还是抱有某种希望的。也正是这种希望营造出了作品抒情田园诗般的幻境氛围,但也正是出于这个原因才会让某些批评家们认定这篇作品在本质上是没有出路的。

①　蒲宁:《蒲宁文集》,第 2 卷,戴骢等译,安徽文艺出版社,2005,第 20 - 21、29 页。

侨居异国的布宁曾说 1905 年的俄国革命是俄国毁灭的开始,他认为革命部分是历史进程命定的劫数,部分是深藏于俄国人(特别是农民)内心深处的、残酷的、毁灭性本能行为的结果。在他看来,深入俄国民众心中的这种毁灭性本能来源于其民族性格中的东方性、亚洲性因素;因此,其小说《篝火》中的那个年轻的茨冈女人、《乡村》中的杜尼卡、《苏霍多尔》中的格尔瓦西卡等,这些带有某种东方特征的人物的出现并非偶然。

在革命的最初几年,在布宁的创作中几乎找不到对革命事件的直接反映。对于 20 世纪之初俄国经历的那场动荡,布宁的解读是相对滞后的,直至 1910 年之后,他才开始在广泛的文化哲学问题语境下对发生在俄国和与俄国有关的事件进行思考,而且其关注的焦点依然是人类文化不可避免的毁灭这一主题。也正是从那时起,布宁对现代艺术和历史的抨击也越发激烈起来。

19 世纪与 20 世纪之交发生的社会变革以其狂飙突进式的历史进程残酷摧毁了布宁对人和价值观的理解,布宁否定了价值,拒绝面对价值,甚至不想尝试去弄清楚周围到底发生了什么,已经降临的不幸的根源在哪里。其实革命以及随之而来的俄国的崩溃并不是一夜之间降临的,而是经历了十余年的酝酿时间,只是布宁有意对此视而不见罢了。但是,革命最终还是无可避免地改变了布宁的人生轨迹,也改变了他的创作之路。

1921 年,刚刚开始侨居生活的布宁曾在日记中写道:"我不参与政治,在自己的文学作品中也不涉及与政治有关的问题;我不属于任何一个文学流派,不把自己视为颓废派、象征主义者、浪漫主义者或是自然主义者,从来不戴任何面具,也从不抛出任何花哨的旗帜。"①这些话明显体现出布宁想把自己与所处时代潮流对立的意愿,他想停留在艺术的普遍的、抽象的任务的高度上的意愿。世纪之交的时代将所有矛盾直观地袒露出来,这就不可避免地要求所有艺术家即使不能对身边发生的一切形成完整的观点体系甚或历史观,至少也要表明个人对这些正在发生的事件的态度。这是不容回避的。这也是脱离这一处境的最简单的办法。俄罗斯已经进入了一个新的历史时期,其命运已经注定,现实的矛盾令布宁恐慌,将其抛向了永恒的生活基本问题和艺术的不变使命的方向。库兹涅佐娃(Галина Николаевна

---

① Бунин И А. Собрание сочинений. в 9 т. Т. 9. М.: Художественная литература, 1967. С. 268.

Кузнецова，1900—1976)在《格拉斯日记》中所记载的布宁于 1929 年 5 月 2 日对她讲的那段话"从那时起，我明白了人生就是攀登阿尔卑斯山，我明白了一切。我明白了一切都无关紧要。只有死亡、疾病和爱情这几样东西是不变的、固有的，让人无能为力的，其他的都不值一提"①似乎也印证了这一点。

发生在世纪之交的生活与思想的剧变、人性的自觉、人的"自我"的形成及其内在的、隐藏的历史意义都处在布宁的关注之外。他似乎不想深入这些"断片"其中。他从"物质性"方面(气味、颜色、直接的感受)敏锐而充实地认识世界，而不想去面对世界的隐秘的悲剧性。而这一点恰恰被同时代的勃洛克捕捉到了，他将自然生活的自发性与历史生活的自发性做了对比，于 20 世纪初构建了自己的历史发展观，将对人性的理解置于自然和历史的大背景之中。这些其实都始于 19 世纪的俄国诗人丘特切夫和作家陀思妥耶夫斯基，他们最早感知到新的人性的形成及存在的永恒戏剧性。但布宁对他们似乎很疏远，作家更加倾向于通过气味和颜色，通过固定的准则，而非通过战争、革命和社会变革去认识世界。

与布宁最亲近的不是同时代作家或同一阵营的"战友"，而是列夫·托尔斯泰和契诃夫。这一点他自己曾多次提及。但即便是对这两位文学巨匠，他也没有照单全收，事实上，他对契诃夫的戏剧和托尔斯泰的后期创作都颇有微词。布宁与托尔斯泰、契诃夫那种持续了一生的、内在精神与艺术亲缘关系错综复杂地体现于其创作之中。这种关系时而是不幸的，限制了他的能力；时而又是拯救性的，特别是对晚年的布宁来说，这些又成为其艺术创新的间接源泉。布宁在对 20 世纪文明、文化和文学的批评中倾向于托尔斯泰，而在描写以平静自然的形式流动的生活的可怕时则倾向于契诃夫。

布宁在小说创作领域所取得的成就在很大程度上应该归功于"他赋予了其充当叙述者的主人公以犀利的客观视角，使其不仅对自己的内心世界，还对其周围的现实进行了分析"。布宁的绝大多数作品是以"客观方式"写就的，他是继契诃夫之后，又一个"将抒情性与叙事性"完美"融合为一个情感艺术整体"的作家。"通过作者与主人公声音的错综交织，两者视点、认识与评价的组合(或对立)"，作家最终达到了"强化叙事的综合性"、增强"对现

---

① 　Кузнецова Г Н. Грасский дневник.（http://www.ereadinglib.org/bookreader.php/31273/Kuznecova_Grasskiii_dnevnik.html）

实的艺术描绘的立体感"的效果。布宁的创作,继承和发展了俄国文学"对人的内心世界的深度刻画"传统,"将'行为辩证法'和'心灵辩证法'相结合",从"洞察一切"和"无所不知"的作者和"自内"这两个视角来描写人的个性,最终实现了"对人的内心世界的双重阐释",即"当主人公以自我表现的方式展现自己时,主观表达与客观描写相结合"①。

"布宁似乎想在稳定的形式和固定的情景中看世界,即便情景是处于运动之中的,也是要处于平稳的、没有突变和激烈的转折的情景之中",这一点让我们不由自主地想起托尔斯泰和契诃夫。布宁从未以动荡的形式去接受世纪之初的那场剧变。但是在 20 世纪坚守这一立场已经很难,布宁自己也清楚地意识到这一点。其作品的"主人公通常是那些注定易于被环境、条件、氛围所影响的人。命运在布宁的创作中总是以不可抗拒的、玄妙的、几乎是决定主人公命运及其内心世界形成的唯一力量的形式"出现。在对命运的阐释中,布宁时而接近社会历史范畴,时而远离。在第一种情况下布宁与自己的美学观点相抵触,在第二种情况下是与其更接近,更忠诚于自己。②

像托尔斯泰和陀思妥耶夫斯基一样,布宁致力于广泛的哲学概括,对存在法则的认知以及世界永恒和谐的确立。这一倾向反映在其创作中,即表现为刻画人的内心世界的叙事广度和深度,对社会之恶的无情揭露、对每一个个体的人与社会提出的高尚道德要求,而这一切又在总体上与作家独特而富于个性化的叙事形式联系在了一起。

布宁一生几乎"经历了所有对俄国来说最有意义的哲学和美学思想流派(马克思主义和尼采除外)以及重要文学流派",但却并"没有成为任何一个意识形态体系的'拥趸'",而是从这些"美学和世界观"中汲取了其所需的"正面元素"并融会于自己的艺术世界当中。其创作中"新的艺术体系的形成同时也意味着对各种文学流派诗学原则之间界限的克服,而在此前的文学进程发展阶段,这些文学流派曾经被视为是彼此对立的"③。

---

① Вантенков И П. Бунин-повествователь (рассказы 1890—1916 гг.). Минск: Изд-во БГУ, 1974. С. 152-153.

② Долгополов Л К. На рубеже веков. О русской литературе конца XIX—начала XX века. Л.: Советский писатель, 1985. С. 284-285.

③ Русская литература рубежа веков: 1890-е - начало 1920-х годов. Кн. 1. ИМЛИ РАН. М.: Наследие, 2000. С. 553.

在布宁的创作中，那些反映时代变幻、人生无常、前途渺茫、未来莫测的作品无疑具有重要意义。这一母题在其第一个创作高峰（1909—1910）来临之前的作品中表现得并不是特别明显，其原因在于布宁对 20 世纪之初这一特殊时代的解读与反思以及对最具时代典型特征的"形象、情节和情绪的把握"的过程出奇的漫长，以至于前后竟然持续了 20 年。即便如此，我们依然能够从布宁 20 世纪初的创作中找出《新年》（1901）、《纳杰日达》（1902）、《梦》（1903）和《金窖》（1903）等包含生活的危机与不幸母题的作品。生活中的某些方面发生了变化，生活迄今为止的平缓流动已经被打破，这就是布宁在诸多早期作品中得出的艺术结论。

自第一个创作高峰（1910）起，布宁开始逐渐定型为一位悲剧性艺术世界观作家。此后，其中、短篇小说的主人公的生活常常倾向于一种非和谐性和悲剧性，而作品主人公本身对这种悲剧性恰恰又保持着一份特殊的清醒与自觉。从《乡村》中的库兹马、《苏霍多尔》中的娜塔莉娅、《阿强的梦》中的船长到《快乐的农家》中的贫苦村妇安娜和她的儿子叶果尔等，无不如此。特别是在布宁后期的作品中，世界益发显现出现实的多样性，但它同时又是不幸的、毁灭性的，有时甚至让人生起一种"天地不仁，以万物为刍狗"之感，世界的外在如此之美，但对人的苦难却无动于衷。世界始终以自己的这种有形的、看得见的、尘世的、悲剧之美吸引着布宁。在布宁的作品中，男女主人公即使脱离凡尘俗事而转向精神追求，也没有表现出强烈的宗教性，这一点《阿格拉雅》（1916）、《净身周一》（1944）就是明证。正是那种存在的不稳定性与人生隐秘的戏剧性将布宁十月革命前和侨居国外时期的创作联结为一体。可以说，虽然布宁的创作视野有所缩小，但其创作主题前后变化并不大，其对世界的艺术理解也一如从前。世界的不幸与内在悲剧性构成了作家世界观中最主要的因素。

20 世纪 20 年代初，布宁经历了一场并不太严重的危机，但这并未对其创作构成很大影响，这一时期的《米佳的爱情》《中暑》和《骑兵少尉叶拉金案件》更多地反映了其对 20 世纪之初这一时期的思考。作为一名公正的艺术家，布宁并未以自己的个人好恶作为出发点，而是力求以艺术形式去叩问风云变幻的 20 世纪的人性。

诚如茨维塔耶娃（Марина Ивановна Цветаева，1892—1941）所言："布宁

是一个时代的结束。"①综观布宁一生,其"个人命运和作品中",虽较少直接反映,但也间接地"折射出了 19 世纪末至 20 世纪初革命前和革命中的俄国最尖锐的矛盾和冲突,并且是以极为个性化和极为独特的方式进行的"。其创作的"深刻的哲理性、描绘生活矛盾及人物性格时的分析主义,结构和情节的新形式,非凡丰富的语言和描写的极限伸展性"②等特点正是其对俄罗斯文学的最大贡献。

---

① Цветаева М. Письма к А. Тесковой. Прага：Academia，1969. С. 106.

② Вантенков И П. Бунин-повествователь（рассказы 1890—1916 гг.）. Минск：Изд-во БГУ，1974. С. 152.

第二章

对话传统

在布宁漫长的文学创作之路伊始之时，冈察洛夫、格里戈罗维奇（Дмитрий Васильевич Григорович，1822—1900）、萨尔蒂科夫-谢德林、列斯科夫、乌斯宾斯基、热姆丘日尼科夫（Алексей Михайлович Жемчужников，1821—1908）、列夫·托尔斯泰、契诃夫等众多前辈作家都还健在并且尚在从事创作。可以说，布宁初登文坛的年代，恰逢俄国文学史上一个最为复杂和矛盾的时期，正如他自己所说："我同时目睹了四个文学时代，第一个是格里戈罗维奇、热姆丘日尼科夫、列夫·托尔斯泰的文学，第二个是《俄罗斯财富》编辑部的文学，第三个是艾尔杰利（Александр Иванович Эртель，1855—1908）、契诃夫的文学，第四个正如梅列日科夫斯基（Дмитрий Сергеевич Мережковский，1865—1941）所说，是超越一切规则，打破一切特点的文学。"[①]如何在创作中避免民粹派文学的文体单调性和克服新文学中过分注重形式的不良倾向，要解决这个问题需要有丰富的艺术创造力和高度的艺术敏感度，这只能向俄国文学传统去寻求答案。布宁对俄国经典作家有着一种深度自觉的继承精神，俄国作家中再也没有人像他那样，视自己为伟大前辈们身后留下的精神财富的理所当然的继承者。

---

① Бунин И А. Собрание сочинений. в 9 т. Т. 9. М.：Художественная литература，1965. С. 279.

第一节　布宁与列夫·托尔斯泰

列夫·托尔斯泰是布宁一生最为热爱和崇拜的作家之一,在布宁的一生中,"曾经有许多文学家、艺术家对他个人的发展产生过重大的影响,例如契诃夫、高尔基,但是,其中的影响未曾因为时间的延伸而变化、未曾因个人的际遇而变化的,唯有托尔斯泰"①一人而已。布宁自己就曾经说过:"除了托尔斯泰之外,我对任何人再无钦佩之情。"布宁与托尔斯泰在思想与创作上的关系之密切是一个毋庸置疑的事实,甚至将托尔斯泰称为布宁的"人生主题"亦丝毫不以为过。

一

托尔斯泰似乎注定要与布宁一家结下不解之缘。布宁的父亲"青年时代与托尔斯泰一样也参加过塞瓦斯托波尔保卫战",甚至在作战期间两人还曾有过一面之缘。早在孩提时代,布宁就已经从父亲的谈话中对托尔斯泰有了一些初步的认识,并开始对托尔斯泰怀有某种不同寻常的情感。

青年时代的布宁曾经是一名狂热的托尔斯泰主义者,甚至"很早就幻想有幸见到他"。托尔斯泰主张自给自足,反对建立在掠夺与剥削他人基础上的生活,认为那样会"违背'自然的'感觉与体悟",使人道德沦丧,最终沦入"邪恶且可悲"②的境地。出于对托尔斯泰的崇拜与迷恋,布宁甚至开始按托尔斯泰主义"修行","强烈渴望"去过那种"大自然中纯洁、健康、'善良'的生活,靠自己的劳动生活,穿朴素的衣服"③。他不仅造访过托尔斯泰主义信徒在乌克兰的营地,甚至心中暗自期待能够见到托尔斯泰本人,能够"进入与托尔斯泰亲近的人之列"。事实上,布宁有一天忍不住将这个由来已久的想法付诸了行动,但最终还是因胆怯而改变了主意。

1893 年 7 月,布宁在给托尔斯泰的信中以无比崇拜的口吻写道:"您的每一个词语对我来说都无比珍贵,您的作品打开了我的整个心灵,唤醒了我

①　邱运华:《蒲宁》,四川人民出版社,2002,第 53 页。
②　伯林:《俄国思想家》,彭淮栋译,译林出版社,2001,第 292 页。
③　Бунин И А. Освобождение Толстого. PARIS：YMCA-PRESS，1937. C. 73 - 74.

对创作的狂热渴望。"1894 年 1 月,布宁终于如愿以偿,在托尔斯泰莫斯科织工街的家中见到了他仰慕已久的大作家。初次见面,布宁便敏锐地发现托尔斯泰的"步态"和"坐姿"竟然同自己的父亲"有着某种相似之处"。而托尔斯泰面对窘得不知所措的布宁的关怀与体贴,竟让布宁情不自禁地想怀着狂喜的、儿子般的柔情俯身于托尔斯泰的大手上。会见虽然短暂,但却永远地留在了布宁的记忆中,并在日后被布宁详细写进了回忆录当中。托尔斯泰不仅在会面时教导布宁要终身过平民化的生活,更在同年 2 月 23 日给布宁的信中语重心长地写道:"不要想要别的什么形式的更加称心如意的生活,任何形式的生活都无甚差别。只有那种需要集中心灵的力量去爱的形式才更好。"

事实上,布宁对托尔斯泰主义的热情并没有持续多久,他很快便对那些托尔斯泰主义者心生厌恶,而不屑与之为伍。当然,这也与托尔斯泰本人一再告诫他不要执着于做一名托尔斯泰主义者有很大关系。

1900 年,迁居莫斯科的布宁又与托尔斯泰有了更多的交往。托尔斯泰也很欣赏这个初出茅庐的文学新秀,不仅对布宁的《看不到鸟儿……》和《幸福》等作品赞赏有加,还常常来到布宁的《中间人》杂志编辑部"坐上一两个小时"①。期间布宁印象最深刻的一件事就是托尔斯泰在 7 岁的爱子万尼亚夭折后所说的那句"死亡是不存在的"。

1910 年,得悉托尔斯泰逝世的消息后,布宁怀着无比悲痛的心情给托尔斯泰夫人发去了一封唁电,上面写道:"沉痛哀悼,敬吻您的手和那逝者长眠的神圣之地。"

二

对于布宁来说,他对托尔斯泰的崇拜并没有因放弃做一名托尔斯泰主义的信徒而告一段落,更没有因为托尔斯泰的逝世而终结。他对这位伟大的思想家和艺术家的热爱持续了整整一生,正如他在一次接受采访时所说的那样,"对我来说,列夫·托尔斯泰就是上帝"。据说,青年时代的布宁曾多次表示要重写《安娜·卡列尼娜》,可是随着年龄的增长,他越来越为自己

① 蒲宁:《蒲宁回忆录》,李辉凡译,东方出版社,2002,第 67、69 页。

想法的幼稚而羞愧,也越来越折服于托尔斯泰无与伦比的天才与高超的技法。据说,《安娜·卡列尼娜》一直放在布宁的枕边,直至其去世前数小时,他还在朗诵安娜和伏伦斯基邂逅的场景,并为之老泪纵横。

托尔斯泰的创作跨度近 60 年,其作品以广阔的视角审视和描绘了俄国社会从农奴制改革前后到第一次资产阶级革命的历史发展,深刻揭示了 19 世纪下半期这一俄国历史发展进程中的特殊时代的复杂性与矛盾性。托尔斯泰认为"只有在运动中的真才是真"[①],他将人与社会、当下与历史紧密地联系在一起,通过对作为病态社会的"微观"显现的人的刻画,完成了对"当下的"现实、历史和时代的全景呈现与深度解读。他执着于探求人生的真谛,其所主张的"勿以暴抗恶"和"道德自我完善"学说更是对俄国社会产生了巨大的影响。

19 世纪与 20 世纪之交的俄国普遍倾向认为托尔斯泰的"勿以暴抗恶"理论是对基督教诸多信条的重新诠释,甚至在某种程度上意味着一种新的哲学体系的创立。托尔斯泰对许多同时代的俄国作家的世界观都产生了极大的影响,他的人生、命运及其对俄国社会的影响问题成为这一时期许多俄国思想家、作家感兴趣的课题,布宁亦不例外。可以毫不夸张地说,托尔斯泰甚至成为布宁的人生主题之一。从青年到暮年,布宁多次忆及这位前辈文学巨匠。《托尔斯泰的解脱》一书正是布宁半个多世纪以来对托尔斯泰的人生道路、创作个性与哲学思想进行不懈探索的总结之作。

《托尔斯泰的解脱》采用了布宁晚年最为钟爱的文学体裁——随笔形式写成。其文如行云流水一般,看似信手拈来,实则匠心独具。布宁大胆打破时空的界限,时而将托尔斯泰亲友的回忆与见闻穿插其中,时而又对源自《圣经》、佛经或其他文化的古老经典的引文信手拈来,并在此基础上最终完成了对托尔斯泰的行为与思想的深度解读与阐释,体现出了其独特的文学个性。可以说,这不仅是一部别具一格、充满哲理性的"回忆录",更是为所有作为悲剧创造者的艺术家、哲学家献上的一曲"挽歌"。

《托尔斯泰的解脱》创作于 1937 年,随着年纪的增长,布宁越来越深刻地认识到自己和托尔斯泰之间的差距,认识到自己并不具备托尔斯泰先知般伟大的力量。布宁认为托尔斯泰是人类历史上罕有的、终生关注人的存在,

---

① Толстой Л Н. Полное собрание сочинений. Т. 47. М.-Л.: Художественная литература, 1937. С. 201.

甚至将自己的全部生命奉献给哲学与宗教探索从而赋予自己的创作以特殊价值的伟人之一。终其一生,托尔斯泰都是艺术与思想领域绝对价值的创造者。全书在"幻想见到他的幸福"的基调中,完成了对托尔斯泰形象的重构。

布宁认为托尔斯泰艺术遗产中最宝贵的就是"真实(правда)"。真实作为托尔斯泰创作最本质的特征之一,一直为俄国文坛所珍视。早在1855年,涅克拉索夫就曾在致托尔斯泰的信中写道:"我不想说我是如何高度评价您的才华的,以及您总是多么才华横溢和锐意创新。这正是当今俄国社会所需要的东西——真实,而这种真实随着果戈理的逝世已经所剩无几了……您赋予我国文学的这种形式的真实,在我们看来是全新的。"①

对于"什么是真实"的问题,布宁借用了托尔斯泰本人的话进行了回答:"我小说中的主人公就是真实,我全心全意地爱着他们,不遗余力地再现其全部之美,他们过去、现在和将来永远都是美的。""就真实这个意义来讲,甚至连其作品的语言在俄国文学中也是独树一帜的,它没有小说惯于使用的华丽辞藻、现成的修辞手法和套路,却以用词的大胆、严谨、准确得当而令人赞叹。甚至连其书信也是那么务实、质朴、自然,他口中讲出来的话也总是那么简单中肯。"

布宁眼中的托尔斯泰就像大自然一样无比真实。他自始至终坚持这样一个原则,即无论在生活中,还是在艺术中,必须要做到一点——不说谎,而这一原则对他的创作和人生都是适用的。

虽然在当时的很多人眼里,托尔斯泰是一个叛逆者、无政府主义者、渎神论者,但布宁却将托尔斯泰视为哲学家、道德家、传教士。在谈及托尔斯泰世界观中最重要的部分,即他的宗教观问题时,布宁写道:

……他并没有创立自己的基督教理论,他只不过还原了被世间和教会学说弄得黯淡无光的真实的基督。托尔斯泰崇拜基督,但并不认他是神。……托尔斯泰是个现代人、实证主义者。他那么睿智,不会不清楚我们的理智是有局限性的。不过在承认理智的局限性的同时,他也不认为理智能够通过信仰和启示的方式来认识绝对真理。他喜欢使用宗教、上帝、永生

---

① Некрасов Н А. Полное собрание сочинений и писем. В 12 т. Т. 10. М.: Правда, 1952. С. 240 – 241.

等字眼……上帝之于他是一种难以理解的原始力量，灵魂不灭也只是承认这样一个事实，即我们的精神生活是从某处来，将来当然也要到某处去；而信仰按照他喜欢重复的伊万·基列耶夫斯基的话说，不但是认识真理，还是忠实于真理。这一切与教会的学说相去甚远，因此托尔斯泰从其世界观而论，是一位真正的实证主义者，是我们这个世纪的产儿。有一点非常好：他不像实证论主义者那样，说基督布的道与人的本性相矛盾，只应把基督的学说视为一种在尘世无法达到的理想。他认为，正是应该，这种学说应该也能够实行：在世俗世界观之下，他教导人们按照上帝的意志去生活。……如若不然，以死亡为终结的生命就会毫无意义。①

　　在布宁心中，托尔斯泰是世界的良心，文明世界的良心，他的伟大足以与佛陀和耶稣媲美。托尔斯泰年轻时也曾希望成为一个最富有、最伟大和最幸福的人，但当他真正拥有了财富、荣誉和妻儿，成为一个幸福的人时，却痛感无论是在俄国，还是在欧洲其他国家，乃至自己的家庭生活中，所见都只是些可怕的东西。他痛感只要找寻不到人生的意义和死亡的拯救之法，人生就是如此之难耐。只要不摆脱尘世的生活、人的生活，就无法摆脱死亡的重负。尘世间的功名利禄对他来说不过是过眼云烟，他的灵魂深处一直渴望某种最重要的东西，渴望解脱与救赎，从而获得生命与灵魂的净化。

　　布宁对托尔斯泰的看法明显有别于同时代的梅列日科夫斯基，后者曾在《列夫·托尔斯泰与陀思妥耶夫斯基》一书中将托尔斯泰定位于肉体的歌手而非灵魂的歌手，所达到的仅仅是世界的肉体，而布宁却认为托尔斯泰从来不是古希腊人，而是尘世肉先于灵思想的秉持者。布宁视托尔斯泰的出走为灵与肉斗争的伟大胜利，是其从与自己的信念、自己的良知如此惊人地不一致的现实生活中的解脱，是其对个人幸福的彻底拒绝和对上帝的回归。

　　在《托尔斯泰的解脱》一书中，托尔斯泰的形象中映射出，抑或是不自觉地流露出布宁的某些个性特征。全书的叙事以作者的"我"为中心展开，从其个人的印象、观点和价值出发，在向读者揭示托尔斯泰的"自我"的同时，也引领着读者逐渐进入布宁的"自我"。叙述主体与主人公之间的这种紧密关联不仅体现于行文中布宁对托尔斯泰行为和思想的论述与评价，也体现

---

① 　Бунин И А. Освобождение Толстого. PARIS：YMCA-PRESS，1937. C. 198－199.

于对其"出走"与"解脱"的解读和诠释中。

托尔斯泰曾说："时空与因果不过是思维的形式,生活的本质超乎这些形式之外,不仅如此,我们的人生就是越来越多地屈从于这些形式,然后再从这些形式中解脱出来。"布宁特别强调,在这段很少被人提及的话中,恰恰隐藏着解读托尔斯泰的全部思想和行为的钥匙——屈从然后再解脱,入世然后再回归。

布宁试图从东西方两种文化完成对解脱的阐释,在他看来,解脱或是基督教式的,如基督所说,"我的国不属于这个世界,人若信我就永远不见死"①;或是佛教式的,凡所有相,皆是虚妄,放下我执,方得解脱。第一种解脱即回归上帝,而对于上帝,托尔斯泰的理解是"上帝之于我乃是我企望的目标,我的生命就在于对他的企望之中。因此上帝之于我必定是无法理解和称谓的","人认识到自己是其一部分的无限就是上帝"。托尔斯泰的人生一如他本人所理解的那样,是精神的、无限的(上帝的)本质对有限的事物的穿越,他的一生是约伯之路、佛陀之路,乃至人子之路,是灵与肉漫长而激烈的斗争,而他最后的出走正是回归上帝,走向永恒和不朽。

对于托尔斯泰来说,在其智慧的巅峰时期不仅没有留下一城、一国,甚或一个世界;而只留下了一样,就是上帝;只留下了"解脱"、出走、回归上帝,融入,重新融入上帝之中。②

托尔斯泰的人生之路是灵与肉的漫长斗争。当生命临近终点时,托尔斯泰没有城市,没有国家,没有世界,只剩下"解脱、出走、回归上帝",并最终完全"融入"其中。"该醒了,也就是该死了",死亡是所有矛盾的毁灭者,是崭新的、未知的存在的开始。在此,一生痴迷于死亡之谜的布宁最终将死亡诗化,也为托尔斯泰的创作谱写了一曲深情的挽歌。

第二种解脱是佛陀在菩提树下证得的涅槃之法,出离苦海、了脱生死之路。

解脱即是剥去精神的物质外衣。

---

① 《圣约·新约·约翰福音》18.8.
② Бунин И А. Освобождение Толстого. PARIS：YMCA-PRESS，1937. C. 8.

解脱即是弃绝自我。

解脱即是灵魂深入到唯一的真实的存在,即是梵我一如(Брама-Атман),一切存在的基础及人的精神的真实本质。梵天是人固有的真我,是存在于肉体的黑暗中的自我,唯一的、完整的、永恒的东西。

解脱即是对自我的渴望,对进入一种似梦非梦、无欲无求的境界的渴望。

人的我就是自我在尘世的化身,是其在尘世的显现。

解脱的、得救的人就是彻底认识自我、回归自我且不作后继有人之想的人。①

俄国诗人霍达谢维奇(Владислав Фелицианович Ходасевич,1886—1939)指出,"尝试解决与调和存在于天才作家身上的所有矛盾的无效性、非必须性、非真实性"②构成了布宁写作《托尔斯泰的解脱》的动机,这一评价无疑是极富见地的。布宁在重构托尔斯泰形象的过程中最终也完成了自我的建构。

三

死亡是托尔斯泰和布宁思想与创作的共同主题之一。文学批评家司徒卢威(Глеб Петрович Струве,1898—1985)曾说过:"死亡,某种肮脏的、神秘的、全世界最伟大和最有意义的东西,是布宁心爱的主题之一。大概除了托尔斯泰之外,再也没有一位俄国作家那样痴迷于死亡主题,并将其融入对生的强烈渴望、对上帝创造的这个世界的悠长感叹之中。对生的热爱、对上帝造物之神奇的认识和死亡感紧密地交织在布宁身上,并以此为题材创作出了一些优秀作品。"③俄国哲学家斯捷普恩(Фёдор Августович Степун,1884—1965)也在纪念布宁获得诺贝尔文学奖的文章中写道:"大概在托尔斯泰之后再也没有什么写死亡的新东西,但布宁找到了托尔斯泰没有说出

---

① Бунин И А. ОсвобождениеТолстого. PARIS:YMCAGPRESS,1937. C. 71 - 72.

② Ходасевич В Ф. Собрание сочинений:В 4 т. Т. 2. Записная книжка. Статьи о русской поэзии. Литературная критика 1922—1939. М.:Согласие,1996.

③ Струве Г П. Русская литература в изгнании. PARIS:YMCA-PRESS;М.:Руский путь,1996. C. 67 - 68.

来也没有找到的词语和形象。一方面,布宁对死亡的感受和描写比托尔斯泰拥有更多的肉体因素和腐臭气;另一方面,在他描写死亡的词句中……带有某种托尔斯泰所没有的隐秘性和神秘性,甚至宗教中的弥撒仪式性。"[1]

托尔斯泰是一位具有强烈死亡意识的作家,他很早就因母亲之死而对死亡有了刻骨铭心的体验和感受。在《童年》中,当主人公尼古连卡偷偷溜进停放着母亲灵柩的大厅,站在椅子上想看清母亲的脸时,他初次感受到了死亡,他看到的"那白里带黄的东西",让他简直"不能相信这就是她的脸"。

当我确信这就是她时,我吓得浑身打了个哆嗦,但我不懂她那双紧闭着的眼睛为什么凹陷得那么深。为什么她的脸色那么苍白,一边面颊的白皮肤下还有黑斑?为什么她面部的表情那么严峻、冰冷?为什么嘴唇那么苍白,嘴巴那么好看、那么庄重,透露出一种超凡的宁静,使我凝视她的时候不禁打了个寒噤?……[2]

死亡对于尼古连卡来说,是一种无法理解、无法克服的力量,将其目光吸引到母亲那张已经毫无生气的脸上。母亲生前的音容笑貌和这可怕的现实开始在他脑海中交替浮现,令他完全出了神,甚至暂时失去了自己存在的意识,体验到一种崇高的难以描摹的又悲又喜的感觉。此时主人公也意识到自己的哀伤并不是纯粹的,而是有些不真诚和不自然的,其中甚至夹杂着一种自我欣赏的成分和自私的满足感。直到一个五六岁的小女孩充满恐怖的尖叫声传来,才令他仿佛第一次懂得了一个痛苦的真理,内心充满了绝望,从而情不自禁地发出了一声更加可怕的叫声。

这时我才明白,为什么大厅里充满混合着神香的那股浓烈难闻的气味。我一想到那张几天前还是那么美丽那么温柔的脸,那张世界上我最心爱的人的脸,竟会使我感到这样恐怖……[3]

对于托尔斯泰来说,面对死亡的恐怖发出的尖叫并没有就此终止,而是

① Степун Ф А. Иван Буни //Современные записки. Париж, 1934. № 54. С. 205.
② 托尔斯泰:《童年·少年·青年》,草婴译,上海文艺出版社,2008,第 125 页。
③ 同上书,第 128 页。

延宕为日后阿尔扎玛斯的恐怖之夜。

托尔斯泰中年的激变即始于其对以死亡为终结的生命意义的思考,对死亡的思考。他开始觉得,既然我们为之活着的一切——一切世间的幸福、享乐、财富、名望、尊贵、权力——既然这一切终将被死神夺去,那么这些幸福就毫无意义了。"托尔斯泰将所有的生活现象都置于死亡的符号之下,而这种托尔斯泰式的世界观恰恰也是布宁所具有的。在布宁看来,带有死亡在场感的生与寻求解脱死亡之道是托尔斯泰思想的两极。一方面他极力捍卫根深蒂固的自我及自我之特殊性,另一方面,他又努力寻求打破自我,"渴望失去'特殊性'以及失去其的隐秘的快乐"成为其"基本特点"①。托尔斯泰的痛苦之根源恰恰在于其思想两极不可调和的矛盾性,如同自己笔下的奥列宁一般,他很早就"恍然大悟,他根本不是什么俄罗斯贵族,不是莫斯科社交场中的人物,也不是某某人和某某人的亲戚朋友,他只是一只蚊子,一只野鸡,一只鹿,跟此刻生活在他周围的那些东西一模一样。'我也像他们那样,像耶罗施卡大叔那样,活一些时候,然后死去。他说得对:只有青草在上面长出来'"②。但是,托尔斯泰注定不可能像一只鹿或耶罗施卡大叔那样,活些时候然后死去,只有青草长在坟上而已;因为他注定与众不同,既是"伟大的受难者",又是"伟大的幸运儿",天生具有"特别强烈的感知力""再现力""特别鲜活、特别形象(感性)的记忆力",拥有"特别强烈的自我"以及"对肯定这个自我的强烈渴求"③,虽然他本人也十分清楚这种渴求是毫无意义的。他毕生都在和这种与众不同的"特殊性"进行斗争,试图消灭它,"让暂时的我和永恒的我合一",在其忘我探求人生真谛的道路上,最终以出走的形式完成解脱,走向了永生之门。

在布宁的创作意识中,对托尔斯泰的整体认识是逐步形成的。从日记中的零星片断到《阿尔谢尼耶夫的生活》,再到《托尔斯泰的解脱》这部总结性著作,布宁完成了对托尔斯泰的布宁式解读。如果说《阿尔谢尼耶夫的生活》体现的是布宁对自然之美的托尔斯泰式感知,以及托尔斯泰般洞悉死亡奥秘的敏锐直觉,那么,在《托尔斯泰的解脱》中,托尔斯泰这位最终从死亡中解脱出来的艺术家成为布宁这部最为复杂和独特的作品的主人公,布宁

---

① Бунин И А. Освобождение Толстого. PARIS:YMCA-PRESS,1937. C. 195,43.
② 托尔斯泰:《哥萨克》,草婴译,上海文艺出版社,2008,第256页。
③ Бунин И А. Освобождение Толстого. PARIS:YMCA-PRESS,1937. C. 67-68.

通过对托尔斯泰的人生和创作的审视和总结,完成了对自己重新认识的尝试以及与托尔斯泰这位伟大思想家的心灵对话。也许正是出于这个原因,才有学者把《托尔斯泰的解脱》称为《阿尔谢尼耶夫的生活》的姊妹篇,其实,无论是写入世的后者,还是写出世的前者,构成其思想基础的都是"屈从然后再解脱"这一布宁与托尔斯泰所共有的理念。

四

布宁所处的时代是个"剧变的时代,社会动荡的时代,一些社会集团消失另一些社会集团产生的时代"。这必然对布宁的创作产生影响,这种"无意的布宁式联想"甚至"不由自主地成为时代的象征"。在这样一个时代,托尔斯泰以其在精神生活中无可辩驳的声望成为布宁的"灵魂导师"。布宁继托尔斯泰之后,"在人与其周围真正的世界,即与自然界、普通自然关系的世界和真正的自然情感世界的合一中寻求出路"。托尔斯泰式的主题在布宁的小说中"复杂化、沉重化"。无论是《哥萨克》中的奥列宁,还是《复活》中的聂赫留多夫,尽管他们具有"道德复活的深度",但却感觉不到周围世界的悲剧性。托尔斯泰笔下的世界是"以现成的、但彼此却毫无关联的形式"呈现的,主人公的命运源于其"拒绝了一种不公正的、虚伪的、不道德的存在形式并获得了另一种公正的、真实的、道德的存在形式"。

布宁打破了静止平和的托尔斯泰式叙事风格,将"戏剧性和崇高的悲剧性因素"赋予了主人公融入另外一种生活环境的进程;同时,他"用融入行为替换了这一漫长的、被哲学解读的融入过程,而这一布宁式的融入行为是人进入令人惊慌失措的、变幻莫测的、充满混乱、或隐或现的悲剧性的世界,这种进入是沉重的,引起了最出乎意料的后果的"。"人与世界融合,将世界融入自身,自己成为慌乱与悲剧的承载者"。布宁在这方面发展了托尔斯泰的传统。正是这一创作特征成为衔接其革命前创作和侨居时期创作,把《乡村》与《米佳的爱情》《苏霍多尔》,把《快乐农家》与《中暑》《阿尔谢尼耶夫的生活》连接起来的重要一环。布宁汲取了生活悲剧的成分,赋予托尔斯泰的思想以现代性,他在发展托尔斯泰的思想的同时,也让其变得更为沉重,生活的悲剧变得更为自然和更为直接。①

　　《从旧金山来的先生》是布宁所有小说中公认的托尔斯泰式作品,让人不由得联想起了托尔斯泰的《伊凡·伊里奇之死》。这篇小说体现了作家创作中的两种对立倾向,这在一定程度上也与布宁对待托尔斯泰现实主义流派的态度有关。现实主义最重要的特质就是认识现实的激情,"现实主义解释了现象,在社会历史的基础上确定了现象的因果"。现实主义文学的主人公是"超个性、理性、文化的因素的载体"。有鉴于此,"19世纪现实主义关于人的理念是理性主义的。而时代理性主义的基本形式无疑是历史主义"②。虽然布宁是"从传统型小说开始自己的文学之路的"③,但他却逐步抛离了现实主义诗学法则,这一点在其创作伊始就有所体现,这一点也体现于托尔斯泰。布宁从以下三个方面打破了现实主义范式:第一,与多数现实主义作家不同,在他笔下,人处于社会生活之外,从一开始就是孤独的,并且永远是孤独的;第二,其行为从来不是由理性情节所决定的;第三,人的真正生活是在历史之外的,因此布宁力求描绘的是历史的超历史特点。

　　如果说《轻盈的气息》完全具备上述特点,那么在《从旧金山来的先生》中,一切就不那么简单了。虽然在《从旧金山来的先生》中显露出某些新的、非现实主义诗学的因素,也表现出具有资本主义文明特色的世界观主导下的主人公的极端特征,但这篇作品却充满现实主义所特有的社会历史激情。布宁和托尔斯泰一样,都认为资本主义文明的最大缺陷在于其人生观,将享乐和安逸视为人的最高存在价值。但与托尔斯泰不同的是,托尔斯泰在19世纪80年代的创作中已经体现出清晰的因果关联性,但在布宁的创作中却鲜有这种因果关联性,而分析型艺术思想却表现得十分鲜明。最终《从旧金山来的先生》成为"现实主义的巅峰之作,但同时也是与现实主义的告别之作"。按照在因果关系中挖掘现实的本质这一方法来讲,这篇小说是现实主义的;按照预言了整个文明不可避免地走向毁灭的启示录,小说则排除了社会历史继续发展的可能性。《从旧金山来的先生》是旧方法和新哲学的混合,与托尔斯泰小说诗学的最大不同在于其体现了新型的思想综合。

---

　　①　Долгополов Л К. На рубеже веков. О русской литературе конца XIX—начала XX века. Л.: Советский писатель, 1985. С. 289 – 290.

　　②　Линков В Я. Мир и человек в творчестве Л. Толстого и И. Бунина. М.: Изд. МГУ, 1989. С. 93 – 94.

　　③　同上书, С. 108.

与托尔斯泰的《伊凡·伊里奇之死》相比,虽然两位作者都谴责了各自作品中的主人公,但原因却各不相同。在《伊凡·伊里奇之死》中,托尔斯泰对主人公错误观点的反驳带有理性与伦理特点,而在《从旧金山来的先生》中,布宁对美国富商的批判则是基于其情感的匮乏。在布宁看来,从迷失走向真理是不可能的,而世界的本质却是不变的,因此历史在其文本中消失,"布宁认为世界永远都是由同样的因素构成,而不可能有新的因素产生"①。

布宁的"世界与生活的不变本质"和启示录的预言是共存的。生活与世界在日常生活现实的层面上是不变的,而启示录、"新人"的傲慢与魔鬼的对抗则属于形而上层面。作品文本的修辞致力于确立这些层面之间的关系,"旧金山来的先生"之类的人的存在主义过错恰恰在于他们无法接受现实的形而上考量。在《从旧金山来的先生》中,布宁像托尔斯泰一样,"从支配人类的'永恒'法则角度来作出判断"②。而那种对历史现实的评价意图,则带有对现实的社会定位性,因而完全不是托尔斯泰式的。托尔斯泰没有谈及启示录,而布宁却"预言了现代社会的毁灭,等待着它的是与充斥着罪孽的、腐化的古代多神教世界一样的结局"③。这让我们更多地联想起托尔斯泰的政论思想,而不是与托尔斯泰现实主义的决裂。

其实,上述两篇小说之间的差异并不在于思想层面,虽然布宁小说中呈现的世界是不可能发生变化和注定走向毁灭的,但是布宁和托尔斯泰对现代文明的本质的看法却是相近的。在建构文本时,思想却起了不同的修辞作用。在以《伊凡·伊里奇之死》为代表的一系列作品中,叙述者的哲学立场是随着文本的进程发生变化的。与托尔斯泰不同的是,布宁的短篇小说在修辞上是完整一体的。整个文本是作为预先设定的形而上理念的证明而建构起来的。但是这种整体性是以哲学理念地位的变化为代价的:如果说《伊凡·伊里奇之死》的修辞学将叙述者的伦理思想当作不受具体文本格局限制的真理引入读者的世界,那么《从旧金山来的先生》结尾处呈现的形而上图景则是由其特有的修辞结构所决定的。布宁的这篇小说赋予了托尔斯

①　Линков В Я. Мир и человек в творчестве Л. Толстого и И. Бунина. М.: Изд. МГУ, 1989. С. 132.

②　Михайлов О Н. Строгий талант. Иван Бунин. Жизнь, судьба, творчество. М.: Современник, 1976. С. 162.

③　Линков В Я. Мир и человек в творчестве Л. Толстого и И. Бунина. М.: Изд. МГУ, 1989. С. 133.

泰类型的思想系统以均质性和内部兼容性,但同时也将这一系统限制于具体作品的范围之内。

从托尔斯泰的现实主义到布宁的现代主义也在很大程度上体现了19世纪末至20世纪初俄国文学的发展与嬗变。托尔斯泰现实主义流派的核心理念是人的社会历史局限性,托尔斯泰的文本修辞学最终克服了文本界限而走向了社会历史现实。相比之下,布宁则欠缺类似的社会历史局限性,其原因在于布宁并不希望自己的文本思想结构在文本之外成为理解现实的模式。布宁文本与社会历史现实之间存在着明显的界限,而托尔斯泰却没有,究其原因不在于两位作家所持的不同的哲学思想,而是因为其文本修辞结构不同,以及在《轻盈的气息》和《从旧金山来的先生》这两篇作品中体现出的布宁两种不同的创作倾向。

五

从总体上说,对布宁与托尔斯泰的比较研究一方面有助于对托尔斯泰在20世纪文学进程的投射、对其文学遗产的继承与重新审视等问题的深入思考,另一方面也有助于对19世纪与20世纪之交俄国文学以及20世纪俄侨文学对托尔斯泰的接受、19世纪俄国文学传统对20世纪俄罗斯文学的影响等问题作出部分解答。

托尔斯泰所处的时代是俄国现实主义的巅峰时代。在其身旁集结了一大批与其拥有共同创作准则的作家,在他们的共同努力下俄国现实主义获得了举世公认的伟大成就。与托尔斯泰相比,布宁则处于俄国现实主义的终结以及五花八门的现代主义流派粉墨登场的时代。用布宁自己的话说就是"俄国文学发生了令人难以置信的贫乏和麻木"[①],目睹19世纪俄国文学所具有的崇高感、使命感的丧失以及文学流派的四分五裂,这一切都令其倍感孤独与失落。

与托尔斯泰的不同之处在于,布宁所处的世纪之交恰值"人与世界的理念发生本质变革"的时代。他是最早感知到人"从对社会历史发展的乐观信仰转变为对历史的不可控的自发力量的怀疑与恐惧"的作家之一。历史观

---

① Бунин И А. Собрание сочинений. В 9 т. М.: Художественная литература, 1967. Т. 9. С. 529.

是影响托尔斯泰和布宁创作的重要因素之一。对于托尔斯泰来说,主导他的历史是发展的,是"不可逆的、有明确指向的、有规律的改变"。其笔下的"主人公具有高度发展的能力。托尔斯泰在发展中描绘人的内心生活以及人与人之间的相互关系"。在他的任何一部作品中,"都存在着发展及其必不可少的因素——矛盾与冲突,这些因素保障了向某种明显表现出来的结局和结束的进展"。而布宁则恰恰相反,他有一种明显的不变倾向。他笔下的主人公个性是完整的,许多年里甚至终其一生都不发生任何改变。其作品的"情节或是干脆缺失,或是具有完全特殊的进展特点,与其称其为发展,不如称其为轮回,这种轮回不会产生本质上的新因素"。基于这种对历史和人生的悲剧观,其小说的结局常常是"连主人公也无法弄清楚因由地、激烈地分手、死亡和失去"。布宁偏爱长篇大论式的静态描写,而在描写人时他更倾向于其"直觉和情感",而非"思想和行为"。① 布宁不相信历史,这既是决定了其创作的重要因素,也是其与 19 世纪俄国现实主义的本质分歧之所在。

布宁不知道该如何去解决时代的重大问题,有时甚至还肯定这种"无解性"。但是作为一位 19 世纪俄国现实主义肯定生活原则的继承者,他还是主动去认识生活,努力捕捉其所处悲剧时代生活之意义。其"对消极接受时代悲剧性矛盾的拒绝",其对"人无论在什么情况下都可以是幸福的"②这一观念的坚信,至今看来仍具有超越时代的意义。

托尔斯泰曾谈起"欢乐的神圣性",他认为"欢乐和愉悦是一种对上帝意志的履行"③。对生活的热爱是托尔斯泰等 19 世纪俄国现实主义作家人道主义思想的出发点,而布宁对生活的赞美和歌颂、对存在之欢乐的肯定也恰恰体现出他与 19 世纪俄国现实主义文学传统的深刻关联性。

第二节　布宁与契诃夫

契诃夫是布宁一生中除了托尔斯泰之外最为亲近的一位前辈作家。布宁终生都很怀念契诃夫,在他看来,就心灵的敏锐性和感染力而言,在俄罗斯作家中很难找到比契诃夫更丰富、更复杂的人了。

---

① Линков В Я. Мир и человек в творчестве Л. Толстого и И. Бунина. М.: Изд. МГУ, 1989. С. 171 –172.

② 同上书,С. 173.

③ Толстой Л Н. Полное собрание сочинений. В 90 т. Т. 55. С. 120.

一

布宁与契诃夫于 1895 年相识于莫斯科。对于初次见面的情景，布宁回忆道："我看见的是一个中年人，戴着夹鼻眼镜，穿着简朴而令人喜欢，相当高的个子，体态非常匀称，行动非常轻捷。他殷勤地欢迎了我，但是很简便。"

"您写得很多吗？"有一次他（指契诃夫——作者注）问我。

我回答说写得不多。

"不行。"他用一种低沉而洪亮的男中音几乎是阴沉地说。

"要知道，需要工作……一辈子都要……孜孜不倦地……"

"我认为，故事写完后，应把它的头和尾都删掉。在这里，我们小说家最会撒谎……"

初次见面，契诃夫"关于需要孜孜不倦地工作和工作中要做到真实和简单到禁欲主义的地步"①这一最喜爱的话题就给布宁留下了深刻的印象。

1899 年春天，当布宁与契诃夫再次相遇于雅尔塔的海岸时，布宁发现"他变化很大：他瘦了，脸也黑了，他的整个面容却像从前一样，显露出他所固有的优雅，……一个饱经风霜而且有着更高文雅体验的人的优雅……"，讲起话来也更加简明扼要，让对方"自己去捕捉其思想潜流中的中间环节"。契诃夫望着大海，"按自己的方式"告诉布宁，"描绘海是非常困难的。不久前我在一本学生的笔记本上读到一篇东西，您知道他对海是如何描写的吗？'海是大的。'就这一句。我认为，写得非常好。"在布宁看来，契诃夫对"海是大的"的赞赏正是出于"对事物的最高的简朴的不断的渴求、对一切奇巧的强作的东西的憎恶"②。从契诃夫简短的言谈中，同为作家的布宁敏锐地发现了契诃夫"只爱真诚的东西，本性所固有的东西（只不过不是粗糙的和落后的），而且明确地不能容忍说空话的人、书呆子和伪君子"的特质。此次偶遇之后，布宁就开始频频造访契诃夫位于"阿乌特卡的白色的石砌的别墅"，

---

① 蒲宁：《蒲宁回忆录》，李辉凡译，东方出版社，2002，第 71 页。

② 同上书，第 72、73 页。

甚至觉得自己完全成了"他家里的自己人"。契诃夫的"友好"与"温情"令布宁终生难忘,他的"智慧和才华"更是令布宁"折服",在这个别墅里度过的时光成为布宁一生中最美好的回忆。

布宁认为契诃夫性格的最大特点就是安详与克制。在布宁的回忆中,"从来没有看见契诃夫发怒,他很少生气,即使生了气,他也惊人地善于控制自己"。即便是饱受病魔的折磨、批评家的攻讦,契诃夫也泰然处之,从不对人抱怨或者诉苦。布宁深刻地体会到,契诃夫的这种克制不仅表现在他对自己的态度上,"也表现在他对最亲密的人的态度上……这不是冷淡,而是某种大得多的东西……"①

二

契诃夫是布宁最为亲近的艺术家之一,但是谈到自己的创作,布宁却屡次重申自己的作品中完全没有一点契诃夫式的东西。对于这一点,契诃夫本人也颇为认同,他认为谈论布宁的契诃夫情结是很愚蠢的,布宁要比自己犀利得多。

两位作家的声明虽然斩钉截铁,但关于契诃夫对布宁文学创作的影响问题的争论并没有就此终止。有学者断言契诃夫对布宁的影响微乎其微,也有学者试图从布宁的小说中寻找契诃夫对其直接影响的证据。关于这一问题,俄罗斯契诃夫研究专家波洛茨卡娅认为最富于建设性的观点不是将布宁视为"契诃夫主题的天才模仿者",或是将两者的创作生硬地割裂开来,而是"将布宁的创作与契诃夫的创作视为两种值得比较的客观审美价值体系",因为契诃夫对布宁来说"不仅仅是年长于其的同时代人,同时也是开发了俄国现实主义更多潜能的艺术家"②。她的观点得到了大多数学者的赞同,成为当今布宁与契诃夫文学关系研究领域的主流观点。

在布宁本人看来,他和契诃夫的相近之处在于对艺术细节的虚构。对具有独特性与多面性的艺术细节的寻觅与筛选是二人的一大相似之处。但两者对艺术细节的充实与提炼是不同的,其细节的语义色彩也大不相同。

---

① 蒲宁:《蒲宁回忆录》,李辉凡译,东方出版社,2002,第 76 页。
② Полоцкая Э А. Чехов в художественном развитии Бунина//Литературное наследство. Т. 84. кн. 2. Иван Бунин. М., 1973. С. 66.

例如布宁对《樱桃园》的否定态度就印证了这一点，他认为契诃夫去写贵族是徒劳无益的。他既不了解贵族，也不了解贵族的生活。俄国也从来就没有过什么樱桃园。

布宁对契诃夫的关注胜于对屠格涅夫等其他作家的关注。原因是多方面的，但最主要的原因是布宁与列夫·托尔斯泰一样，都将契诃夫视为"罕有的、极其成功地推进了新的写作形式的发展与建立的艺术革新者"①。布宁曾说过："从本质上说，从普希金与莱蒙托夫时代起文学技巧就未有进步。只是汇入了新的主题、新的感情等，但文学艺术本身却并未前进。契诃夫在自己最优秀的作品中开始改变形式，他迅猛地成长。他是个杰出的诗人。难道有批评家能对他最近的作品的形式提出一句批评吗？没有。"②我们由此看得出布宁对契诃夫的创作一直是非常关注的，特别对其艺术手法更是关注。

另一方面，布宁却又高叫着"让一切文学手法都见鬼去吧"，其实这与前者是并行不悖的，因为布宁认为一个走上文学道路的人只有在有了自己的世界观、人生观的前提下，学习、借鉴前辈的创作经验才是有益的；也只有这样，才能创作出独特的作品。为此布宁终其一生都在进行着艰难的探索，他说："我一生都为无法表达想表达的而痛苦……我在做不可能的事。我只能用自己的眼睛看世界，却无法用其他方式看世界，我为此而痛心。"布宁"用自己的眼睛"看世界，然后"再现他所见处于一切关系与矛盾中的世界，再现世界的原生态，感受与观察气味、颜色、声音起伏与色彩变换"。布宁甚至说能否捕捉到声音"决定了小说后续的写作。找不到这种声音，也就无法写作"。布宁这一点很像被他誉为"每个独立的词、每个声音、每个字母都有意义"③的法国作家福楼拜。

布宁作品中的每个词、每个声音都称得上是言之有物，同时又在作品基调的发展奠定中发挥着作用，这一点在其诗化作品中表现得尤为明显。例如在《山口》一文的开头他写道：

---

①　Гречнев В Я. О прозе XIX-XX вв. Л. Толстой. А. Чехов. И. Бунин. Л. Андреев. М. Горький. СПб.: Санкт-Петербургский государственный университет культуры и искусств，2000. С. 102.

②　Бабореко А К，Бунин И А. Материалы для биографии（с 1870 по 1917）. М.: Художественная литература，1967. С. 171.

③　同上书，С. 171 - 172.

夜幕已垂下很久，可我仍举步维艰地在崇岭中朝山口走去，朔风扑面而来，四周寒雾弥漫，我对于能否走至山口已失却信心，我牵在身后的那匹浑身湿淋淋的、疲惫的马，驯顺地跟随着我亦步亦趋，叮叮当当地碰响着空荡荡的马镫。①

夜幕低垂、朔风扑面、寒雾弥漫，不知来自何方的旅人迷失了方向，寥寥数笔，就让读者感觉到一种忧愁与失望的情愫，联想到命运多舛、人生的孤独与绝望等主题。忧郁成为这篇小说的基调，绝望的氛围在"大地上的万物似乎都已死绝，早晨似乎永远不会再来"一句达到高潮。

契诃夫与早期的布宁的接近源自对日常生活的关注，后者"经历了一个从直接反映社会问题到隐喻性地把社会危机放到全人类的哲理性高度来思考的演变过程"②。此后，到了19世纪与20世纪之交，在布宁创作的一系列散文诗体作品中，死亡、爱情、自然这些主题占据了越来越重要的地位，这一创作倾向在侨居国外、特别是布宁的后期创作中成为主流。

早期的布宁与契诃夫一样，作品普遍都带有一种抒情色彩，此后，布宁被原生态问题所吸引，这不仅从根本上改变了他对社会现实的描写，也改变了其短篇小说的创作基调。此外，布宁继契诃夫之后，更多地将书面语与口语融为一个修辞整体，从而丰富了俄罗斯文学的艺术方法。

早期布宁对前辈作家的引用自然而丝毫不显突兀，引语与作者之言一道构成了有机修辞整体。即使在布宁早期的小说中，引语已带有修辞色彩，用来从标准语体系角度来评价与因此自由和谐地进入作者叙事领域中。这种建立在引语基础上的叙事形式并不表示别人对事件的评价、理解或诠释。早年的布宁与早年的契诃夫在叙事的主观评价性方面颇有相近之处，但还是具有自己的特色。契诃夫的早期作品对评价形式的使用直接与作者个人对被描写的事物的态度无关，仅仅见证了作者戴着独特的面具，而这种形式在布宁早期创作中占优势预示着作者——叙事者本人的立场。作者成为自己的作品王国的唯一创造者与凌驾于其上的绝妙观察者。作者在作品中的至高地位不仅体现在其直接叙事中，也体现在主人公的对话与内心话语等中性成分中。

① 蒲宁：《蒲宁文集》，第1卷，戴骢等译，安徽文艺出版社，2005，第249页。
② 冯玉律：《跨越与回归——论伊凡·蒲宁》，上海外语教育出版社，1998，第89页。

三

"小人物（маленький человек）"这一概念最初见于别林斯基（Виссарион Григорьевич Белинский，1811—1848）发表于 1840 年的《聪明误》一文，但其作为文学形象却产生于 19 世纪二三十年代的俄国文学，是俄国现实主义文学最具有代表性的主题之一。所谓小人物，主要是指那些卑微的小官吏、社会地位低下的小市民，抑或是穷困潦倒的破落贵族。俄国现实主义作家们真实地反映了普通人的生活，他们的痛苦、贫穷或是微不足道的快乐。

俄国作家笔下最早的小人物是《聪明误》中的莫尔恰林和《驿站长》中的萨姆森·维林。此后果戈理在《外套》中沿袭了这一主题，塑造了阿卡基·阿卡基耶维奇·巴什马奇金的形象。小人物通常出身和社会地位都不高，没有杰出的才能，也没有坚强的性格，无力为恶，与人无害。无论普希金也好，果戈理也好，其创造小人物的初衷无非是想提醒那些习惯于赞叹浪漫主义主人公的读者们，普通人也是人，值得同情、关注和支持。

在俄国，小人物主题是与现实主义一起诞生的。随着俄国现实主义文学步入高峰，小人物形象画廊也更加丰富。在陀思妥耶夫斯基的《穷人》中的杰符什金和《罪与罚》中的马尔美拉多夫问世之后，小人物主题发展开始分化，一些小人物上升为具有革命民主主义思想的平民知识分子，另外一些小人物则堕落为封闭狭隘的小市民，如契诃夫的小说《姚内奇》中的斯塔尔采夫、《醋栗》中的尼古拉和《套中人》中的别里科夫等。

19 世纪末 20 世纪初，小人物主题依然受到契诃夫、高尔基、别林斯基、安德列耶夫（Леонид Николаевич Андреев，1871—1919）、索洛古勃（Фёдор Сологуб，1863—1927）、阿维尔琴科（Аркадий Тимофеевич Аверченко，1880—1925）、什梅廖夫（Иван Сергеевич Шмелёв，1873—1950）等众多作家的关注。

俄国作家对这些"来自发臭的、黑暗角落的主人公"①的悲剧性进行了深入的发掘，希望借此表达自己对社会上无人保护的、软弱、物质贫穷的人的

---

① Григорьев А А. Русская литература в 1851 году//Русская литература XIX века: хрестоматия критических материалов. Сост. М. Г. Зельдович и Л. Я. Лившиц, М.: Высшая школа, 1975. С. 411.

命运的人道主义态度。小人物虽然身处社会底层,但依然表现出极为丰富的心理多样性:或是向命运妥协,或是努力捍卫自己的尊严,甚或进行哲理性思考,如普希金的《驿站长》中的维林、果戈理的《外套》中的巴什马奇金、陀思妥耶夫斯基的《穷人》中的杰符施金等。

俄国的现实主义文学呈现了形形色色的小人物形象,有的小人物试图通过改变自己的经济状况或外表来赢得周围人的尊敬,如格列比翁卡(Евгений Павлович Гребёнка,1812—1848)的《鲁卡·普罗霍罗维奇》中的鲁卡·普罗霍罗维奇、果戈理的《外套》中的巴什马奇金;有的在对生活的恐惧中惶惶不可终日,如契诃夫的《套中人》中的别里科夫;有的在官僚主义的压抑现实中罹患心理失常,如陀思妥耶夫斯基的《双重人格》中的戈里亚德金;有的在内心反抗社会矛盾的同时又对地位、财富怀有一种病态的渴望,终至丧失理智,如果戈理的《狂人日记》中的波普里希钦;有的因惧怕上司而发疯或死亡,如陀思妥耶夫斯基的《脆弱的心》中的瓦夏、契诃夫的《小公务员之死》中的切尔维亚科夫;有的害怕遭到批评而随时改变自己的行为和思想,如契诃夫的《变色龙》中的奥楚蔑洛夫;有的只有在对女人的爱情中才能找到幸福,如皮谢姆斯基(Алексей Феофилактович Писемский,1821—1881)的《老年的罪过》中的费拉蓬托夫、库普林的《石榴石手镯》中的热尔特科夫;有的希望通过魔法改变自己的生活,如格列比翁卡的《忠诚的药》中的德米特里·伊万诺维奇、索洛古勃的《小矮人》中的萨拉宁;有的因人生失败而选择自杀,如安德列耶夫的《谢尔盖·彼得罗维奇的故事》中的谢尔盖·彼得罗维奇等。

小官吏是俄国文学小人物主题中一系列最成功的形象。随着时代的发展,俄国作家特别是在契诃夫笔下的这些"被损害的和被侮辱的"小人物渐渐地不再被作家和读者寄予同情(哀其不幸),更多的则是质疑与谴责之声(怒其不争)。其中较有代表性的是《小公务员之死》《胖子与瘦子》《变色龙》中那些自甘下贱甚至不惜卑躬屈膝、阿谀逢迎的小官吏形象。

布宁的短篇小说《档案》、果戈理的《外套》与契诃夫的《套中人》一起构成了俄罗斯文学的小人物三部曲。《档案》的主人公菲松是个年逾八旬、外表可笑的小老头儿。他为地方自治会管理档案,"将近七十年都是在穹形的地下室里度过的,将近七十年在地下室的半明不暗的过道里像耗子似的穿来穿去,不停地把卷宗装订成册"①,以至于被他的同事戏称为"卡隆"(希腊神话中的冥河摆渡者)。

　　从《外套》的巴什马奇金到《套中人》的别里科夫再到《档案》的菲松,俄国的小人物经历了一个漫长的演变过程。与自己的两位前辈一样,菲松的外貌和生活方式都表现得灰暗贫乏、胆小怕事、疏离现实。"他个子非常矮小,高高地拱起着枯干的背脊,一身装束怪里怪气得上哪儿都找不着第二个:上身着件小贩穿的那种灰不溜丢的长上装,也闹不清是用什么料子做的,脚上套着双军用大皮靴,两条细腿齐膝盖埋在笔直而又宽大的靴筒里,走起路来一步三晃"。"不仅如此,他还终年戴着一顶脱光了毛的羔皮帽,由于生怕耳朵着凉,把帽子戴得非常之低,将两只耳朵统统罩没,这就使他益发什么都听不见了"②,这一点与别里科夫几乎如出一辙。而菲松坚信没档案不行这一"放之四海皆准的真理",也和别里科夫挂在嘴上的"千万别闹出什么乱子来"一样,体现出其对现实的隔离与逃避的态度。

　　菲松像巴什马奇金、别里科夫一样,"总想用一层壳把自己包起来,仿佛要为自己制造一个所谓的套子,好隔绝人世,不受外界影响"③。作为"套中人",他们"都尽量想要把自己隐藏到一个抽象的世界中,用一个套子把自己和现实生活隔离开"。他们就像脆弱的婴孩,"他们生存的重要主题是第二个母腹:外套、外壳、套子,而这些东西似乎可以保护他们抵御严酷的气候和外部世界的变化无常"。在上述三篇作品中,都有一个功能相同的物品充当着"母题基础",这一点从这些作品的题目《外套》《套中人》和《档案》上即已体现出来。相对于巴什马奇金的外套和别里科夫身上穿的棉大衣、床上挂的帐子和马车上支起的车篷,菲松的"套子"就是档案,"从象征意义上说"这些"物在形式"把这些小人物"与令他们感到恐惧的世界隔离开"④。

　　菲松与巴什马奇金、别里科夫一样,过着最卑微的生活。他"每天从早忙碌到晚,忙得精疲力竭,却只有三十卢布零五十戈比的月薪,可他已手足无措,不知该如何处置这么一笔巨款了,他生活的俭朴可想而知"。虽然他工作极为卖力,却还是受到同事的轻视和嘲讽,甚至连门房都"动辄就对他

<hr />

① 蒲宁:《蒲宁文集》,第 3 卷,戴骢等译,安徽文艺出版社,2005,第 1 页。
② 同上。
③ 契诃夫:《契诃夫短篇小说选》,汝龙译,人民文学出版社,2002,第 159 页。
④ 爱普施坦:《套中小人物:巴什马奇金-别里科夫综合症》,载于《俄罗斯文艺》2010 年第 1 期,第 67 页。"综合症"现作"综合征",此处保持作品名称原译文,特此说明,下文不再一一指出。

恶声恶气地大吼大叫","把他骂了个狗血淋头"。即使是再"官卑职小"的人从他身边走过时,他也要"肃然起立,双手垂下,贴着裤缝,竭力挺直身子,竭力使那两条齐膝埋在笔直而又宽大的靴筒里的腿不摇来晃去"①。

事实上,菲松和巴什马奇金、别里科夫都是"社会恐惧症"患者。就像自己那两位沉溺于抄写公文和教授古希腊文的前辈一样,菲松也"陶醉在干不完的工作之中",整日忙于整理档案,在"档案库里一年到头忙得不可开交"。在这里,"档案"发挥着与"外套"和"套子"相同的功效,将菲松这些小人物与外部世界隔绝开来,甚至连他本人也坚信上面和下面是"两个截然不同的世界,坚信天下永远不会有两根麦穗长得一般高低,哪怕到世界末日也有大小之别,尊卑之分"。在他眼里,"凡是从高山之巅来到这黑洞洞的档案之谷的人","头上都有一圈灵光","多少年来他一直卑躬屈膝地生活在这座权势的高山之麓"。对于菲松来说,世界上"同时存在着两种截然不同的生活","楼上"的生活和"地下室"的生活,而楼上的生活在他看来不啻为"洪水猛兽的那个世界"②。

小人物"拥有他们自己的内心生活世界,并伴有主动要疏离外部世界的行为"。他们"沉浸于自我,弱化或失去与外部世界的交流,失去对现实的兴趣,缺少交际的欲望,缺乏激情的体验","可是这种与外界的疏离,并不意味着永远拒绝针对外界的行为"③。小人物虽然一直试图生活在自己封闭的世界中,但其生活也并非一成不变,而是仍旧不可避免地会发生某种冲突与剧变。这些冲突或剧变更多时候肇始于一种主动的或是被动的需求、需要,甚至是某种愿望。巴什马奇金为了御寒想要一件新外套,别里科夫也在同事的游说和撮合下想要娶妻成家,甚至连菲松也在时代"春的理想"和"自由"口号感召下,"吃力地走出他的地下室","爬上楼梯","虽说走得非常之慢,却顽强地向楼上攀登",终于他来到了"上面"的世界,可以"自由地在走廊里,在各个科室,各间办公室里转来晃去"④。但"上面"的生活并没有将民主和自由带给这位卑微的小人物,而是导致了其悲剧性的结局。

巴什马奇金日思夜想的"外套"(шинель)、别里科夫心仪的姑娘"瓦莲

① 蒲宁:《蒲宁文集》,第3卷,戴骢等译,安徽文艺出版社,2005,第2,5,3,7页。
② 同上书,第5,7,6页。
③ 爱普施坦:《套中小人物:巴什马奇金-别里科夫综合症》,载于《俄罗斯文艺》2010年第1期,第70页。
④ 蒲宁:《蒲宁文集》,第3卷,戴骢等译,安徽文艺出版社,2005,第9页。

卡"(Варенька),甚至菲松所幻想的"自由"(свобода)在俄语中都属于阴性名词,而"在这些小人物与他们渴求的女性客体之间"总有一个体格健壮的、"充满男性特征的角色出现"①。例如抢走巴什马奇金外套的人满脸胡须、声音像打雷,手像人的脑袋那么大,把其吓得昏倒的将军也是官威十足,对其又是跺脚,又是大吼;把别里科夫从其家里赶走的科瓦连科身高手大、声音像是从桶里发出来的一样;而严厉斥责菲松的斯坦凯维奇则身材魁梧,外貌像一头雄狮,讲起话来高亢有力,犹如金石之声。

三个小人物的最终结局几乎都是一样的:在经历了一场致命的惊吓后,他们都是"下楼梯,回到家,倒在床上,再没起来"。"小人物空虚、平淡无奇的生活,唯一的点缀即是某种奇怪的、不是来自这个世界的标志性嗜好;尝试融入生活,像其他人一样,娶妻,或新外套;而瞬间的震荡和死亡,像是对这种背叛最初生活意向的报复,凶手正是那些强势的'大人物'。"②这里特别值得关注的是两位"大人物"形象——《外套》中的将军和《档案》中的斯坦凯维奇——都是以一种居高临下的态度,对可怜的小人物又是跺脚又是大声训斥,最终吓得小人物丢了性命。

相对于上述的相同点,菲松与巴什马奇金、别里科夫最大的不同之处在于他毕竟生活在一个洋溢着自由和民主气息、人们心中渴望变革的时代。被时代氛围所感染的菲松第一次来到了"上面"的世界,并且鼓起勇气进入了大人物们才有资格使用的厕所。虽然这一行为的结果依然是悲剧性的,但却标志着小人物在与时俱进,标志着其在一定程度上的觉醒以及为追求自由平等所做的尝试。与契诃夫对别里科夫所持的讽刺、批判与否定的态度不同的是,布宁对菲松虽然颇有不赞同之处,甚或间有揶揄,但更多的是寄予了同情与关怀。其对小人物的人道主义态度,也显示了20世纪初人本主义回潮的大趋势。

小说中特别值得关注的是"档案"这一意象,一方面它起着帮助菲松构筑起抵御外部世界的"套子"的作用,另一方面它又成为历史的载体,将人的生活记录于其中,留待后人去探究。菲松坚信没有档案是不行的,而这也正是作家本人的观点,正如历史是为后世书写与记录的一般。此外,菲松的绰

---

① 爱普施坦:《套中小人物:巴什马奇金-别里科夫综合症》,载于《俄罗斯文艺》2010年第1期,第69页。

② 同上。

号"卡隆"也具有某种隐喻内涵,卡隆不仅是冥河上摆渡亡魂的船夫,他还是辨别生死之神,肩负着甄别来到冥河岸边的是亡灵还是不应进入地狱的活人的任务;而菲松的工作不正是给那些曾经在"青天白日之下所度过的某一段生活用火漆盖上死亡的印记"吗?菲松就如同冥河船夫卡隆一般,在生与死之间画上一道鲜明的界线,随着死亡的降临,死者曾经的"那段生活"便永远"坠入这卷宗的坟冢",坠入这地下的"深谷"。

在小说结尾,布宁最终完成了他对永恒主题——死亡的回归。一个小人物的死亡,或许轻如鸿毛,但其一生亦并非毫无价值。

多少年月过去了,可我却还时时想起他的死。而且年月越久,在我心中播下的怀疑就越深。比如说吧,我现在已经完全跟已故的菲松一样,对档案抱着深度的敬意。不管人们如何高谈平等,可是生活,诚如他所说的没有档案是不可思议的,所以应当妥善地保存档案。因为世上如果不存在档案,不存在菲松们,那么即使我这张记载下菲松的可怜和不幸的故事的纸头又怎能保存下去呢?而只有菲松们存在一天,这张纸不用说就可保存一天。这样迟早会有人看见这张纸的,而且越迟看到越好,因为越迟,新一代人看到有关这则古老故事的记载就会感到震惊。[1]

契诃夫与布宁在对待小人物态度上的差别,实际上带有鲜明的时代印迹。如果说《套中人》中的别里科夫、《小公务员之死》中的切尔维亚科夫、《醋栗》中的尼古拉·伊万内奇、《变色龙》中的奥楚蔑洛夫等小人物因其精神死亡,其思想与行为成为妨碍社会发展和进步的绊脚石而受到契诃夫的嘲讽与批判,那么菲松则不然,虽然他的命运依然是悲剧性的,但在布宁的人道主义视野的观照下,他成为一个社会变革时代历史的真实写照,从而凸显出小人物的存在之不可抹杀的价值。两位作家都以其无比敏锐的洞察力对俄罗斯民族性的核心问题进行了深刻的剖析,得出了自己的答案。

第三节　布宁与陀思妥耶夫斯基

布宁崇拜托尔斯泰,亲近契诃夫,却唯独对陀思妥耶夫斯基始终持不接

---

① 　蒲宁:《蒲宁文集》,第3卷,戴骢等译,安徽文艺出版社,2005,第11-12页。

受、甚至强烈否定的态度。究其原因，布宁一直把"描绘性别吸引的悲剧性与非理性力量"视为自己的"领域"，甚至对托尔斯泰也丝毫不肯相让。事实上，在这一点上，无论是托尔斯泰也好，还是契诃夫也好，都没有"妨碍到"他，但陀思妥耶夫斯基却"明显妨碍到了"他。布宁视"激情的非理性、爱恨、激情的悲剧式非逻辑性主题"为自己的"领地"，同时，任何"让他觉得异样的文体风格都会激怒他"；而陀思妥耶夫斯基对于布宁来说恰恰是"盖在自己土地上的别人家的房子"①。

一

　　布宁对陀思妥耶夫斯基的反对甚至厌恶之情溢于言表。从现存的其亲友的日记中就有不少相关记载。他本人就曾在1940年4月30日的日记中坦承："我不知道自己更厌恶哪个人，是果戈理还是陀思妥耶夫斯基？"

　　布宁夫人曾在日记中记录下了布宁关于"为什么不喜欢陀思妥耶夫斯基"的一段谈话。在布宁看来，陀思妥耶夫斯基的"一切都明了细致、经过深思熟虑，但他就是个叙述者，很有才智，但也仅仅是个叙述者而已，而托尔斯泰就另当别论了。陀思妥耶夫斯基想去阿尔卑斯山就开始大谈特谈阿尔卑斯山。讲得似乎头头是道，而托尔斯泰则是给出某个特征，一个又一个特征，于是阿尔卑斯山就出现在眼前"。对于陀思妥耶夫斯基的创作，布宁更是无甚好评："永远都是一种手法，让所有人凑到一起然后就是争吵。"②

　　库兹涅佐娃在《格拉斯日记》中也记录了1930年12月18日布宁在读《群魔》时对陀思妥耶夫斯基的评价："我想说，陀思妥耶夫斯基实在是个糟糕的作家。"他认为读者对陀思妥耶夫斯基的崇拜是盲目的，如同《皇帝的新衣》中"人们不敢说皇帝没穿衣服，甚至对自己也不敢承认这一点"③罢了。

　　①　Лотман Ю М. Два устных рассказа Бунина (К проблеме《Бунин и Достоевский》)//Лотман Ю. М. О русской литературе. СПб.: Искусство-СПБ，2005. С. 730.
　　②　Устами Буниных: Дневники Ивана Алексеевича и Веры Николаевны и др. арх. материалы. В 2 т. Под ред. М. Грин . Т. 2. М.: Посев，2005. С. 124－125，241.
　　③　Кузнецова Г. Н. Грасский дневник. (http://www.e-reading-lib.org/bookreader.php/31273/Kuznecova_-_Grasskiii_dnevnik.html)

二

布宁在自己的创作中就世界观和美学方面的问题与陀思妥耶夫斯基展开了激烈的对话。长篇小说《罪与罚》是陀思妥耶夫斯基所有作品中最受布宁关注的一部。1911—1912 年创作的《夜话》《伊格纳特》《叶尔米尔》和《苏霍多尔》是最早与《罪与罚》发生关联的作品,此后,布宁又在 1916 年创作的两篇短篇小说《最后一个春天》和《圆环耳朵》中对《罪与罚》的情节与主题进行了解读。

《圆环耳朵》是布宁所有作品中公认的与《罪与罚》关系最为密切的一篇。在创作这篇小说时,布宁效仿陀思妥耶夫斯基,以报纸刊登的变态杀人案作为素材和情节基础。小说以彼得堡为背景展开,这一点也与《罪与罚》相同。而在篇名上,他似乎有意与陀思妥耶夫斯基作对,小说最初的名称是《没有罚》,而在 1929 年出版于法国的小说集《夜》中,这篇作品又被命名为《罪》。其创作宗旨也许正如布宁借主人公索科洛维奇之口所说的那样:"不要再去编造那些有关受到惩罚的罪的长篇大论了,该写写那些未受任何惩罚的罪了。"①在这篇小说中,布宁与陀思妥耶夫斯基就人性恶、罪与罚等问题进行了激烈的辩论。

布宁小说的主人公作为善、光明、爱与美的化身,常常体现出一种细腻的诗化倾向;但他们又往往处于某种相同的、不受道德或理智控制的存在本体论法则的影响之下。主人公的完全不自由状态让其无法对自己的行为作出任何伦理判断,使其不再对自己行为负任何道德和伦理责任。布宁的伦理学没有深刻的人性基础;幸福、快乐、死亡的恐惧都不取决于人的本性;而爱情等人的情感领域则完全处于伦理准则和要求之外,布宁的作品中重视的仅仅是情感本身的力量和美。思想和历史发展等范畴因缺乏美、诗意和意义,则处于布宁的关注之外。

《圆环耳朵》的主人公索科洛维奇却在很大程度上不同于布宁笔下的其他主人公。他是一个以残杀女性为乐的变态杀人狂,小说篇名即取自其与同伴有关"孽种、天才、流浪汉和杀人犯都长着一副圆环耳朵,就像勒死这些

---

① Бунин И А. Собрание сочинений. В 6 т. Т. 4. М.: Художественная литература, 1988. С. 124.

人的绞索一样"的谈话。

对于自己的杀人动机,索科洛维奇是这样解释的:"相对于男人,人们总是更倾向于杀女人。我们的感观对男人身体的关注永远也比不上对女人身体的关注,生养我们的性别只是一种低等生物,只会淫荡地委身于粗暴有力的雄性。"①索科洛维奇将自己归入"孽种"之流,他杀死可怜的妓女科罗利科娃并非是因为情感纠葛抑或是复仇,而仅仅是出于其杀人的本能和欲望。

索科洛维奇的犯罪哲学让我们不由地联想到《罪与罚》的主人公拉斯科尔尼科夫。但是,索科洛维奇与拉斯科尔尼科夫等 19 世纪俄国现实主义文学人物不同,"拉斯科尔尼科夫的行为是思想的产物,虽然是错误的思想";索科洛维奇的行为"却自然而然地源于时代及其精神、社会和经济的特殊性"②。在《罪与罚》中,我们看到了主人公人性、个性和本性之间复杂的相互影响,展示出充满动感的内心世界和内心斗争;但索科洛维奇却显然缺乏这种丰富的内心世界活动和斗争。布宁让自己的主人公完全受人的生物本能支配,促使其犯罪的唯一动力就是杀人的激情,其世界观的形成完全不是由历史原因所决定的,而是由社会环境、教育等原因造成的。

布宁试图像陀思妥耶夫斯基一样,将对人性的杀戮本能问题的探讨上升到全人类的层面。在他看来,任何时代、任何国家、任何人,包括国家、革命者、帝王、罪犯都有"杀人的欲望",并且对此毫无悔意。人类文明,包括哲学、宗教、艺术、日常生活的全部历史,都见证了人类不变的残酷本性。布宁借索科洛维奇之口阐明了自己的这一观点:

　　人人心中都有杀人抑或是施暴的欲望。有人对杀人有一种无法抑制的渴望,原因却各不相同,比如说隔代遗传或是心中暗自积聚的对人的仇恨。杀人的时候他们不慌不忙,杀了人之后,他们不像通常所说的那样感到痛苦,恰恰相反,他们回复常态,倍感轻松,即使他的愤怒、憎恨、隐秘的嗜血欲体现为这样卑鄙龌龊的形式。该抛弃那些有关被追缉的杀人犯良心不安和恐惧的故事了。人们不要再重复那些杀人者会因血而发抖的谎言了。不要再去编造那些有关受到惩罚的罪的长篇大论了,该写写那些未受任何惩罚

　　①　Бунин И А. Петлистые уши. http://az.lib.ru/b/bunin_i_a/text_1830.shtml
　　②　Линков В Я. Мир и человек в творчестве Л. Толстого и И. Бунина. М.: Изд. МГУ, 1989.

的罪了。杀人犯的心情取决于其对杀人的看法,取决于其杀人行为换来的是绞刑还是奖赏赞扬。比如说,那些承认家族复仇、决斗、战争、革命合法的人,难道死刑是令人痛苦和恐惧的吗?①

布宁认为陀思妥耶夫斯基倾向于对人的理想化,因此,他故意以一种反历史主义的姿态去解读陀思妥耶夫斯基的人道主义。他借索科洛维奇之口指出从古至今,从未有人因自己的血腥杀戮而内疚悔恨,实际上,痛苦的只有拉斯科尔尼科夫一人而已,即便如此,这也仅仅是因为他自己贫血以及出于那个把基督塞进自己所有低俗小说的可恶的作者的意愿罢了。②

<h2 style="text-align:center">三</h2>

陀思妥耶夫斯基是布宁漫长的创作生涯中最隐秘、最令其痛苦,同时也是最强有力的对话者,在布宁的许多作品中都能找到其与陀思妥耶夫斯基辩论的痕迹。高尔基认为后期的布宁在创作中即流露出一种明显的"重写陀思妥耶夫斯基"的愿望。作为俄国文学传统守望者的布宁,对传统的心态是复杂的,但其中首要的还是"向心力",自 20 世纪 20 年代末期起,这种"向心力"又增添了一抹特殊的思乡情愫。"布宁以一位现实主义作家的非凡才能再现了俄国生活,那种他热爱但他自己也清楚地知道现实中不存在了的生活。这是对一个现实中不复存在的世界的现实主义描绘。这个世界曾经存在于俄国文学之中,吸引着满怀思乡之情的布宁,正是在俄国文学中布宁才能看到真正的现实。"也正是基于这个原因,布宁抚今追昔,开始在自己的创作中"重构俄国形象"。

布宁热爱 19 世纪的俄国诗歌,他在自己的小说中常常会或明或暗地引用茹科夫斯基、巴拉廷斯基、费特、波隆斯基等人的诗句。他的小说充满诗意,体现出一种特殊的"抒情"气质。但他对 19 世纪俄国小说的态度则复杂得多,首先表现在与陀思妥耶夫斯基的关系方面。"陀思妥耶夫斯基的人道主义情怀"在布宁看来不过是"虚伪的滥情"③罢了。

---

① Бунин И А. Петлистые уши. http://az.lib.ru/b/bunin_i_a/text_1830.shtml
② 同上。
③ Лотман Ю М. Два устных рассказа Бунина（К проблеме《Бунин и Достоевский》）//Лотман Ю. М. О русской литературе. СПб.: Искусство-СПБ, 2005. С. 739 - 740.

　　总的来说,布宁的"陀思妥耶夫斯基指向"更多地体现为一种创作竞赛,带有某种论战性色彩。相对于前期、中期的创作,布宁的"陀思妥耶夫斯基文本"更多地出现于其侨民时期的作品当中。陀思妥耶夫斯基式的情节显现于《骑兵少尉叶拉金案件》(1925)、《可怕的故事》(1926)、《伊留什卡》(1930)和《凶手》(1930),以及《林荫幽径》中的《歌谣》(1938)、《海因里希》(1940)、《克拉拉小姐》(1944)、《萨拉托夫号轮船》(1944)和《夜宿》(1949)等作品中。在这一时期的艺术探索中,布宁没有直接指向陀思妥耶夫斯基,而是更多地将"罪与罚"体现于主题线索和情节变化(先罪后罚)上。

　　在布宁的此类作品中,被杀者通常都是女性,如《轻盈的气息》中的女中学生奥利娅、《圆环耳朵》中的妓女科罗利科娃、《骑兵少尉叶拉金案件》中的女演员玛丽娅、《海因里希》中的女记者海因里希等,而且大多是年轻、貌美、性感的女性,例外的只有《可怕的故事》中的那个法国老妇人。而作为施暴者的男性则有着不同的杀人动机:出于妒忌,如《轻盈的气息》中的哥萨克军官、《海因里希》中的奥地利作家;杀人本能,如《圆环耳朵》中的索科洛维奇、《可怕的故事》中的两个无名凶手;甚或是应被杀者本人的要求,如《骑兵少尉叶拉金案件》中的叶拉金。相比之下,拉斯科尔尼科夫则是为了钱而杀了一个放高利贷的干瘪老太婆。

　　布宁笔下的杀人者形象与拉斯科尔尼科夫存在着明显的对立。布宁在《骑兵少尉叶拉金案件》中将罪犯划分为偶然型和本能型两种类型,如果说拉斯科尔尼科夫属于前者,那么以索科洛维奇为代表的布宁笔下的男性杀人者则通常属于后者,他们一方面被女性之美所诱惑,另一方面却又无法容忍自己被女性之美所诱惑,出于对自己意志软弱的痛恨而去仇视和杀害女性。

　　此外,布宁的上述小说与《罪与罚》的最大不同之处在于其没有涉及对罪的惩罚与忏悔问题。布宁用人的嗜血和恶魔本性去解释杀人行为,在其笔下凶手不仅常常逍遥法外,更遑论悔过和赎罪了。布宁在作品中通常有意回避对审判的描写,只有《骑兵少尉叶拉金案件》例外;更重要的是他没有让杀人者去经历漫长的惩罚与赎罪历程,因而他们也就不会有其后的复活和新生。究其原因在于布宁与陀思妥耶夫斯基在对人的本性的看法问题上存在着分歧。陀思妥耶夫斯基打造的是一个为了自己而选择犯罪并且完全能为自己的行为负责的自由人的形象和理念。而在布宁的艺术世界中是没有自由的,其主人公完全受动物本能支配去杀人,事后却不会感到一丝良心不安,其内心冷酷无情,心理扭曲变态,既然丝毫不会受到良心的折磨和谴责,自然也就不会让自己为所犯罪行承担任何道义或法律责任了。这一点在索科洛维奇身上表现得尤为明显。在《圆环耳朵》这篇小说中,布宁似乎有意与 19 世纪文学的类型化手法相对立,其主人公身上那些恒常不变的、任何时代的人都具有的、完全不受意识支配的特质被强化。

最终,布宁以自己的方式"重写了"《罪与罚》,以全新的方式解读了陀思妥耶夫斯基创造的"罪—罚—净化(复活)"的三位一体模式。与处于犹疑与忏悔之中的拉斯科尔尼科夫不同的是,布宁的主人公明显"缺乏忏悔和赎罪"[①]意识。布宁创造的这种有罪无罚主题恰恰是对俄国经典文学传统的继承、反思和发展。

布宁作为 20 世纪俄罗斯文学史上最为重要的作家之一,其创作深刻体现了对 19 世纪俄国文学传统的继承和发展。事实上,他对果戈理、陀思妥耶夫斯基和象征主义者的否定以及对托尔斯泰的偏爱同样都是基于其所成长的这一传统。布宁与托尔斯泰一样,都把"万能的"文明视为卢梭式的乌托邦,在他们看来,文明不过是历史的本质错误而已。

第四节　接受与创新

从布宁对 19 世纪俄国经典作家的评价与接受情况来看,其对俄国文学传统的解读和认同似乎存在着一种"地域性"特征。他认为俄国文学由两种传统构成,一种是果戈理和陀思妥耶夫斯基的彼得堡文学,另一种就是俄国中部文学。他不喜欢果戈理、陀思妥耶夫斯基这些彼得堡系作家,是因为他认为彼得堡是"处于美丽的自然世界之外的"[②]。而俄国中部则不然,那里不仅是布宁的家乡,也诞生了托尔斯泰、屠格涅夫等诸多位伟大的俄国作家。正如他在《从旧金山来的先生》法文版的前言中所写的那样,他的祖辈就住在"俄国中部,那里是肥沃的森林草原过渡地带","最为丰富多彩的俄语"就

---

① Жильцова Е А. Роман《Преступление и наказание》Ф. М. Достоевского в творческом восприятии И. А. Бунина и М. А. Алданова//《Вестник Новгородского государственного универсетета》2010. № 57. С. 37.

② Лотман Ю М. Два устных рассказа Бунина (К проблеме《Бунин и Достоевский》)//Лотман Ю. М. О русской литературе. СПб.: Искусство-СПБ, 2005. С. 741.

"形成"于那里，"以屠格涅夫和托尔斯泰为首的几乎所有伟大的俄国作家都出自那里"①。他在评价托尔斯泰的语言特点时所讲的一段话是对此观点的最好诠释：

> 我也是托尔斯泰的同乡，过着与托尔斯泰同样的生活。不，这不是托尔斯泰的特点，而是我们共同的特点，即那个最远到库尔斯克、奥廖尔、图拉、梁赞和沃罗涅什的面积不大的地区的语言特点。难道不是所有伟大的俄国作家都运用这种语言吗？几乎他们所有人都是我们那里的……茹科夫斯基和托尔斯泰是图拉的，丘特切夫、列斯科夫、屠格涅夫、费特、基里耶夫斯基兄弟是奥廖尔的，安娜·布宁娜和波隆斯基是梁赞的，科尔佐夫、尼基京、迦尔洵、皮萨列夫是沃罗涅什的……甚至连普希金和莱蒙托夫也是部分属于我们的，因为他们的亲族也是我们那里的……②

　　布宁与19世纪俄国文学的关联是如此之紧密，以至于曾被米哈伊洛夫等批评家斥为"太守旧了"。事实上，布宁对俄国经典文学的态度在一定程度上与其家族血统（其家族前辈中就出了诗人布宁娜和茹科夫斯基）及其自幼生活的庄园的地理位置（离托尔斯泰的雅斯纳雅波良纳庄园、屠格涅夫的斯巴斯科耶－鲁多维诺沃庄园、莱蒙托夫的科罗波托沃庄园较近）等原因有关。19世纪俄国文学的主人公与人物形象在布宁创作个性的形成过程中发挥了很大作用。他曾借《阿尔谢尼耶夫的生活》的主人公阿尔谢尼耶夫之口深情地说："这些书卷激发了我青年时代最初的理想、最初的强烈的写作欲，我为满足这种欲望而做了最初的尝试，展开了想象的羽翼。"③俄国经典文学帮助布宁去"认识时空中的世界"④，作为"时代之子"的布宁则在自己的创作中对俄国文学的经典性主题、思想和人物形象进行了再审视、再思考，并赋予了其新的内容。
　　布宁作品文本表现出的充实绵密的质感在很大程度上来源于与19世纪

　　① Бунин И А. Из предисловия к французскому изданию《Господина из Сан-Франциско》// Собрание сочинений. в 9 т. Т. 9. М.：Художественная литература，1967. С. 267.
　　② К воспоминаниям о Толстом//Лит. наследство. М.：Наука，1973. Т. 84. С. 396 - 398.
　　③ 蒲宁：《蒲宁文集》，第5卷，戴骢等译，安徽文艺出版社，2005，第104页。
　　④ Степун Ф А. И. А. Бунин и русская литература // Бунин И. А. Собрание сочинений. В 8 т. М.：Моск. рабочий. 1994. Т. 3. С. 13.

俄国文学的互文性（интертекстуальность）。这种互文性既有助于突出重点，又能帮助读者捕捉作家对其所描写的事物的态度。布宁从来不认为文学独立于"真实的生活"之外，在他的作品中，茹科夫斯基、普希金、巴拉廷斯基、莱蒙托夫、果戈理、屠格涅夫、涅克拉索夫、冈察洛夫、萨尔蒂科夫-谢德林、陀思妥耶夫斯基、丘特切夫、费特、波隆斯基、迈科夫、托尔斯泰、纳德松、契诃夫等人的作品或是成为艺术核心，或是转变为某种文化象征，以某种不同的形式被提及、被引用或是被复现。他在延续着俄国艺术传统的同时，也在新时代语境下对其进行了深入反思和多元探索。

其实，自始至终布宁最关注的都只有俄罗斯——俄罗斯性格和谜一样的俄罗斯心灵。在布宁看来，俄罗斯民族性格的复杂性基于俄罗斯人的欧亚双重性。布宁甚至将俄国人分为两种类型，一种是由"罗斯"气质主导的，另一种则是由"蛮族"气质主导的。对年代久远的基辅罗斯，他无比神往；而俄罗斯民族性格中的"蛮族"因素在他眼中却成为野蛮愚昧之源。也正是对俄罗斯心灵之谜的解读令布宁文本呈现出如此迷人的复杂性和多样性。

相对来说，布宁更多地被认为是一位"托尔斯泰流派"作家。布宁的小说创作所体现出的抒情自然主义倾向是其与同时代作家的本质区别。将诸多不可融合之因素融诸笔端，这也体现出了布宁在创作方法上的综合性。就起源而论，布宁确实具有某种托尔斯泰式的独白主义倾向，而这种独白又多半不是叙事性的，而是抒情性的。布宁的这种抒情性叙事基调也并非是莎士比亚式的，而是带有费特的风格。而布宁对俄国经典作家的复杂态度也在一定程度上与其艺术方法的独白特质有关。

布宁在历史倾向和审美评价方面是相当保守的。他是最早敏锐地感知到"让生活停留在原地"这一世纪任务的作家之一。他亲身经历了形形色色的文学流派，目睹了各式各样的艺术家，但却对其做出了否定，将其视为社会衰落的表现。布宁世界观中最本质的东西就是历史的周期发展观，即人类社会必然要经历从田园牧歌式的贫穷到城市的繁荣再回复到简单与贫穷。在他眼中，20世纪是远离自然的，因此艺术家也多是病态的。他的这一观点与主流文学是对立的。布宁不承认进步的存在，认为那只是虚伪的积聚，是对自然法则的偏离，是没有生命力的实验和审美过度化。在他看来，一切对自然订立的道德审美法则的其他理解都是"颓废"的，都是虚伪和欺骗。基于这一认知语境，安德列耶夫、索洛古勃、叶赛宁（Сергей

Александрович Есенин，1895—1925)、帕斯捷尔纳克（Борис Леонидович Пастернак，1890—1960)以及许多与他同时代的作家就都被否定了。

　　此外，在对俄罗斯道路问题的看法上布宁也是相当保守的，在这方面倒可以说他在某种程度上承袭了费特的观点。这种保守性也就决定了他对待包括二月革命在内的所有俄国革命必然会持反对和否定态度。在这一点上，他倒与俄罗斯的另一位诺贝尔文学奖得主索尔仁尼琴颇有相通之处。

　　在对布宁与俄国文学传统的关联问题进行思考的同时，其创作个性的形成图景亦逐渐得以清晰显现。布宁这位 20 世纪俄罗斯文学杰出代表作家的命运，亦在很大程度上折射出俄国现实主义在这一危机时代的发展轨迹，俄国现实主义的两大分支"果戈理—陀思妥耶夫斯基"派与"托尔斯泰—布宁"派，它们之中的哪一个更富于能产性，却似乎至今也尚未有定论。

第三章

体裁诗学

19 世纪与 20 世纪之交,短篇小说、小型中篇小说成为俄罗斯文学的新亮点。继契诃夫将这一体裁纯俄罗斯化之后,布宁将其体式与样式锤炼至几近完美的程度。布宁小说在体裁方面的突出特点之一就是篇幅短小、结构自由、内涵深刻,来源于对生活现象、性格的抽象与变形却又不离奇突兀,开放式结尾更是留给读者无限遐思的广阔空间。

第一节　小体裁

一

19 世纪后期,俄国文学经历了一场从长篇小说等"大型叙事形式"向随笔、短篇小说和中篇小说等"小体裁(малый жанр)"的过渡与转型。众所周知,文学发展进程中的一切重大变化都源于社会生活的变化,源于"时代的精神"和"时代的压力"。自 19 世纪 80 年代起,俄国社会开始进入一个萧条时期,这不可能不对社会生活的各个领域,乃至文学产生影响。诚然,也正是从这一时期起,俄国现实主义文学开始出现危机,而这一危机的直接结果便是"大型叙事形式的衰落和小体裁的崛起"。最初,一些批评家还称这是西欧文学风尚影响下的不良现象,是文学危机的征兆,但很快他们就承认了这种体裁更替的"合理性"。19 世纪末 20 世纪初,小体裁最终成功地"排挤了"长篇小说,并在此后数十年间一直占据着俄罗斯文学的主导地位。①

小体裁的成功在很大程度上得益于此前长篇小说的不懈探索和巨大成就。俄国农奴制改革后,俄国作家对人性、道德和伦理等问题的兴趣益发浓厚,屠格涅夫、冈察洛夫、托尔斯泰、陀思妥耶夫斯基等人的长篇小说创作便是鲜明例证。而普希金因其在小说创作领域取得的成就以及在"人性的理解、描绘世界和人的手法和原则"方面创作契合了时代"哲学和艺术走向",而重又引起俄国文坛的关注及"对其作品的重新解读"。到了 19 世纪与 20 世纪之交,"回归普希金"则更多地被这一时期的俄国小说家们理解为"对普希金心理分析原则的回归"。契诃夫作为其中的代表,他不仅继承了普希金的心理分析手法,更重要的是,他还继承了由后者开创的"对现实、人的性格与命运的、全方位的立体描写原则"。而布宁、高尔基、安德列耶夫、库普林等人在这一点上则与契诃夫十分接近,并借此"在很大程度上提升了短篇小说这一体裁的传统叙事结构的信息量,从根本上扩大了其所有体裁要素的语义负载和容量"②。

19 世纪与 20 世纪之交小体裁得以迅猛发展的另一个重要原因是严酷时代专制政治下压抑苦闷的社会氛围,促使作家转向了寓意型和抒情哲理型作品的创作。而小体裁凭借其形式的简洁性和内容的丰富性最大限度地满足了时代的需要。小体裁作家在继承前辈作家宝贵经验的基础上,不仅将注意力集中于对人性、人的个体存在和社会存在、隐秘的心理活动和性格的深度剖析等问题的思考上,还致力于对新的认识现实的艺术手法和原则的探寻。后期托尔斯泰、契诃夫等人充满了先知般预言的作品,则成为布宁的抒情哲理随笔和高尔基、库普林等作家的短篇小说生长的沃土。

随着小体裁的发展,作家们越来越关注性格与环境的对抗以及社会影响人的复杂机制。在新的历史条件下,"性格越来越少地依赖于狭义的环境,与环境的关系也变得更加摇摆不定、灵活多变。人正在摆脱以往的稳定关系,成为与环境影响成十字交叉,甚至对立的生活影响的着力点"③。这不仅反映在托尔斯泰、契诃夫的中篇及短篇小说创作中,布宁对此更是贡献卓

---

①　Гречнев В Я. О прозе XIX-XX вв. СПб.: Санкт-Петербургский университет культуры и искусств,2000. С. 3 – 4.

②　同上书,C. 10 – 12.

③　Социалистический реализм и классическое наследие. М.: Государственное издательство художественной литературы,1960. С. 103.

著,其短篇小说着重强调"作为叙述者的主人公的抒情性自我认识",特别关注"人的最隐秘的情绪和感受,日常生活、陈设和风景的微小细节"。如果说安德列耶夫的短篇小说倾向于"逻辑形象建构和哲学概括型的描写原则",那么,布宁的短篇小说创作则发展了"俄国文学传统的、具体描写型的叙事形式"。

文学体裁的更替必然带来体裁类型、特点和功能的变化。世纪之交小体裁的突出特征表现为作家"对中短篇小说的自由结构和开放形式"的浓厚兴趣,体裁之间的相互渗透成为一种普遍趋势。体裁渗透作为俄国文学史上一个由来已久的文学现象,经由 19 世纪下半期屠格涅夫、陀思妥耶夫斯基、托尔斯泰和契诃夫等多位文学巨匠的创作实践的大力推进,其发展态势在 19 世纪末 20 世纪初表现得越发强劲有力,作家的创作体现出不同文学样式之间的相互影响已经成为司空见惯之事。这一时期不仅体裁渗透的覆盖面更加广泛,体裁的形式和结构变化显著,作家对体裁潜力的挖掘也更为细致和深入。布宁身处"体裁碰撞的时代洪流"①之中,体裁类型多样化自然而然地成为其创作的一个突出特点。

相应地,世纪之交"作者立场的描写方式和手法"也变得更为复杂化。一部分作家继承了契诃夫、福楼拜和莫泊桑的传统,钟情于客观、冷静、中立的叙事形式;另外一些作家则刚好相反,倾向于"对作者观点直接地、抒情评述式地表达";而应用最广泛的则是将两者结合起来的"主观—客观型叙事形式"②。

从总体上说,小体裁的繁荣作为俄国现实主义在新的历史条件下对新的发展思路的探寻,也进一步推进了俄国现实主义文学最富代表性的心理分析方法的深化和完善。

二

体裁更替作为世纪之交俄国文坛最为引人注目的事件,小体裁的异军突起并由此占据俄国文学的主导地位这一时代特征也必然在布宁的创作中

---

① 　Половицкая Э Я. Взаимопроникновение поэзии и прозы у раннего Бунина//Изв. АН СССР. 1970. Т. 29, вып. 5. С. 412.

② 　Гречнев В Я. О прозе XIX-XX вв. СПб.: Санкт-Петербургский университет культуры и искусств, 2000. С. 17 - 18.

打下深刻的烙印。与同时代的库普林、扎伊采夫（Борис Константинович Зайцев，1881—1972）等许多作家一样，布宁对言简意赅的短篇叙事体裁有一种特殊的偏爱，对契诃夫这位俄国短篇小说集大成者更是充满无比的崇敬。在其文学遗产中，除了诗歌、长篇小说《阿尔谢尼耶夫的生活》和晚年探讨托尔斯泰、契诃夫等作家创作的随笔之外，其创作的都是小体裁作品。

布宁的小体裁创作不仅表现出体裁、风格和手法的多样性，还体现出将"各种不同的材料情节组织原则"有机结合于同一篇作品文本之内的突出特征。① 以短篇小说这一布宁最为喜爱的体裁为例，就既有"前契诃夫式的"传统型短篇小说（主要通过肖像和心理特征描写来揭示主人公的复杂生平经历），又有新旧描写手法相结合的短篇小说（表现为对情绪变换和纯心理学领域的高度关注）。

特别值得关注的是，布宁的小体裁创作还呈现出一种独特的抒情哲理化倾向，这是诗人布宁对作家布宁发生影响的结果。"布宁作品中的叙述者与诗歌的抒情主人公相类似，都是混合型人物，既是故事的讲述者，又是主人公，还是作者观点的体现者。作为作品中的一个角色，他更多的是在进行审视和观察，而非参与事件。这一时期作品中的事件所占比重较小，对自然的思考与描写则构成了诸多短篇小说的基础。"②此外，布宁小体裁作品"语言的音乐性和节奏感，比喻和诗性隐喻的大量运用"也都源自布宁诗人这另一重身份。其实从某种意义上说，布宁的无情节型短篇小说（бесфабульный рассказ）亦在很大程度上源于此。在这类小说中，"对情节的暗示取代了事件与情景，即取代了明确的、相互关联的情节……最常见的是性格的尖锐矛盾的缺失和冲突的弱化。人开始与自然面对面，而对自然的理解又带着非同寻常的紧张感。"在《山口》（1892—1898）、《静》（1901）、《阿尔卑斯山中》（1949）、《夜宿》（1949）等不少短篇叙事作品中，布宁思考的核心问题都是"人与世界之间关系的复杂的辩证法"，即"人与世界被悲剧性地分离"，而"人又是世界不可分割的一小部分"③。

可以毫不夸张地说，布宁小体裁作品中每个词、每个声音都有着极为丰

① Гейдеко В А. А. Чехов и И. Бунин. М.：Советский писатель，1987. C. 255，266.

② Половицкая Э Я. Взаимопроникновение поэзии и прозы у раннего Бунина//Изв. АН СССР. 1970. T. 29，вып. 5. C. 414.

③ Гречнев В Я. О прозе XIX-XX вв. СПб.：Санкт-Петербургский университет культуры и искусств，2000. C. 98，106.

富的内涵,都参与作品基调的确立。"情绪显现的外向性"是新时期俄国文学的突出特点。新的俄国文学"绘声绘色地为历史学家讲述经历的情绪",如同旧俄国文学"讲述的是占主导地位的思想和世界观"一样。通过对布宁短篇小说的分析,我们发现这一时期不仅作家"对人的存在的情感范畴更加关注,其对情感范畴的描写原则也发生了重大变化"①。继契诃夫之后,布宁也放弃了对内心世界采取直接描写的原则,而是通过大量的细节描写,构筑起了一个充满色彩、声音和气味、内涵丰富的布宁式的物质世界。不仅如此,他甚至还通过艺术细节来揭示人物的性格,这一方法几乎见于布宁不同时期、所有类型的作品中。《田野》(1896)、《八月》(1901)和《松树》(1901)便充分说明了这一点。

时间是布宁所有作品中看不见的主角。其笔下的所有人物都只能眼睁睁地看着时光的无情流逝,却无能为力。他们为时光的一去不复返而惆怅、叹息、痛苦,时光却依然故我,只把回忆留给他们。回忆是人们无法改变的,却又与人们永远相连的。令人遗憾的是,这个看不见的主角在《塔妮卡》(1893)、《卡斯特留克》(1895)、《雾》(1901)、《安东诺夫卡苹果》(1900)、《莠草》(1913)等作品中却常常被遗忘。以《安东诺夫卡苹果》为例,这篇短篇小说常常被批评家们指责为作者对旧式地主生活的沉迷。事实上,布宁是想借此告诉读者,那种被贴上旧式地主生活标签的世界却是如此之特别,独一无二,也正是这样一个世界才孕育了辉煌灿烂的俄国文化和那么多伟大的文学艺术家,因此它是不应该被忘却的。在这篇小说中,岁月流逝的过程成为布宁哲学思考的核心问题。在作品中,与岁月流逝相关联的不仅是对季节变换(从"金风送爽的初秋"到冰天雪地的冬季)和贵族庄园走向没落(从"养尊处优"的庄园地主生活到"穷到了要讨饭"的小地主生活)的描写,更主要的是这一切都是借主人公的视角来呈现的。从一个无忧无虑的小男孩到饱经沧桑的成年男子,主人公眼中的外部世界是变化的,而他也在世事变迁中完成了一个人的成长历程。

在以《安东诺夫卡苹果》为代表的布宁 19 世纪 90 年代小体裁创作中,作家就已经有意不让主人公严格按照时间的先后顺序来叙述事件。到了1910—1920 年,当作家确立了更加简洁明了的叙事形式时,对主人公过往人

---

① Гречнев В Я. О прозе XIX-XX вв. СПб.: Санкт-Петербургский униве ⁄ситет культуры и искусств,2000. С. 107.

生经历的描写就更加简短，有时甚至"吝啬"到只有一两句话的程度。例如，在《从旧金山来的先生》这篇具有高度浓缩性的短篇小说中，对主人公"从旧金山来的先生"的来历就语焉不详，他姓甚名谁我们无从知晓，只知道他58岁，是一个雇用了数以千计的华工的富翁。此后，布宁更是越来越少去描写日常生活的"流水账"，而是将注意力更多地转向了主人公生理、外在和精神面貌方面的变化，其心灵的成长以及时间在其身上留下的印迹。

列夫·托尔斯泰曾说："艺术的主要目的……就是揭示有关人的心灵的真理，揭示那些简单的词语所无法揭示的秘密。"[①]人的心灵之秘和心灵之谜，尤其是俄国人的，自青年时代起就强烈地吸引着布宁，而且越是到后期，他就益发关注人的心灵中最隐秘的东西，人的性格中的动物性因素，无意识的激情、冲动、本能，他的作品中似乎有个"黑匣子"，这就是人的意识中最深层次的潜意识。《快乐的农家》(1912)、《伊格纳特》(1912)、《扎哈尔·沃罗比约夫》(1912)、《叶尔米尔》(1913)、《沿路》(1913)、《浮生若梦》(1913)、《我一直沉默》(1913)、《阿格拉雅》(1916)、《圆环耳朵》(1916)、《米佳的爱情》(1925)、《骑兵少尉叶拉金案件》(1925)、《净身周一》(1945)等均属此列。

布宁的小体裁创作长达半个世纪之久，其间必然要经历一个复杂的发展演变历程。基于作家创作风格和方法的多样性，这一演变历程也就注定不会是直线性的。例如，布宁早年的短篇小说创作虽然被公认为散发着浓厚的抒情性，但这一时期还是有作家对主人公的态度难以捉摸的《在别墅》(1895)与几乎无法确定叙述类型的过渡的《塔妮卡》问世。此后，布宁创作中的叙事性因素和抒情性因素之间的相互关系开始发生变化，相应地，情节建构和体裁结构也发生了变化。

在布宁早期的创作中，情节的发展通常依靠的不是事件，而是作者对事件的理解。虽然每一个事件都可能有其独立意义，但它依然要服从于抒情性叙述主体。而在布宁成熟期的创作中，叙事性因素虽然最终超越了抒情性因素，但也并未因此排斥后者。这一变化从整体上对作品，即从作者对待描写对象的态度到角色形象都产生了影响，这实际上体现了作家创作的一个新倾向，即把充当叙述者的主人公在个性和社会性方面塑造得更为多面立体、生动形象、更有分量。对比一下1910年之前创作的《新路》(1901)、《山

---

① Толстой Л Н. Полное собрание сочинений. В 90 т. М.: Художественная литература，1928—1958. Т. 53. С. 94.

口》《松树》《安东诺夫卡苹果》和 1910 年之后创作的《力量》(1911)、《富裕的日子》(1911)、《蟋蟀》(1911)、《夜话》(1911)、《快乐的农家》,就更加充分印证了这一点。也许我们应该把 1910 年之前的作品称为主人公的心灵反应更为确切,因为在这些作品中作为叙述者的主人公,其独立性是相对的、有限的,其话语、其对人和世界的看法都是模糊的、孤立的,主人公的观点与作者的观点常常混在一起,有时甚至会替代作者的观点。而在 1910 年之后的作品中,人物的性格特征、对人和世界的观点乃至作者的立场都更加清晰明确。这些也充分说明了布宁小体裁作品中作者立场的表达形式的多样性和复杂性。

从总体上说,布宁对小型叙事体裁的钟爱主要是"出于其对主人公内心面貌的关注(在某一具体的时代情景下)⋯⋯虽然日常生活的具体性存在于布宁的所有短篇小说中,但最令他激动的依然是生命的意义、幸福、爱情与死亡等永恒问题"[①]。

此外,世纪之交寓言故事(притча)、传奇(легенда)和故事(сказка)这些俄国传统小叙事体裁的回归,也在很大程度上影响了这一时期的短篇小说创作。上述三种小体裁将抒情性与叙事广度、哲学深度有机结合的这一特点,被短篇小说所借鉴和吸收。发展到后来,短篇小说与上述三种小体裁相互渗透与融合程度之深,以至于有时甚至很难将它们区分开来。布宁的《山口》《阿强的梦》等寓言故事被有些研究者归入短篇小说之列即是一个典型的例子。

第二节 寓言故事

寓言故事是一种古老的文学体裁,最早俄语拼写为 причта。在古罗斯时代,寓言故事的范畴相对广泛,包括了谜语、谚语、格言警句、预言等,后来则成为一种独立的体裁形式。

利哈乔夫认为寓言故事是唯一能够以寓喻的形式教化读者的体裁。它是对现实的形象概括,讲述的是普遍的、时常发生的事情。古罗斯时期的寓言故事还与《圣经》有着千丝万缕的联系。《圣经》中充满了寓言故事,福音

---

① Смирнова Л А. Иван Алексеевич Бунин: Жизнь и творчество. Кн. для учителя. М.: Просвещение,1991. C. 82.

书中基督就用寓言故事的形式布道。可以说,寓言故事在为古罗斯的各个阶层和阶级服务的共同的文学美学综合体中发挥了作用。从古代一直到 18 世纪,寓言故事都包含着道德宗教内容。

普罗科菲耶夫将寓言故事定义为"一种小型的叙事体裁,其所包含的抽象概括带有教益意义,肯定道德或宗教规范",其"作用在逻辑上和结构上都倾向于创造出一个集大成式的例证,用以表达道德思想"①,并将其划分为情节寓喻型、简短格言型、谚语型、世俗型、圣经型、编年史型、原创型等多种类型。

综合多位学者的观点,寓言故事通常应该具有以下几个特点:

第一,寓言故事中的事件具有时空不确定性,亦不固定于某个具体历史人物。

第二,寓言故事以概括变体的形式叙述现实,中世纪的作者和读者倾向于认为它要关注过去存在过和将会永远存在的事物,关注不变的和时常发生的事情。②

第三,寓言故事具有形象的象征性,哲学潜文本,通过设置情节冲突以展示其道德内容,而其道德哲学结论与情景则具有尖锐性。③

第四,在寓喻方式上,寓言故事的寓喻在本质上接近民间口头诗歌的象征寓喻观。

第五,寓言故事能够发人深省,其内涵之丰厚,有时甚至适用于不同时代、民族与社会形式。

寓言故事作为一种带有说教性和寓喻性的小型叙事体裁,在古代和 18 世纪的俄国文化生活中曾经发挥了特殊作用。从寓言故事发展历程来看,它参与各个时期各种文化现象的构成,既存在于编年史、教义、布道文、公文等古罗斯书面体作品中,又一直被广泛应用于民间口头诗歌中。由此可见,它既是文学创作现象,又是民间创作现象。据此,我们可以将其划分为民间寓言故事(фольклорная притча)和文学寓言故事(литературная притча)。在经历了百年沉寂之后,文学寓言故事于 19 世纪与 20 世纪之交重获生机,究

---

① Древнерусская притча/Сост. Н. И. Прокофьева, Л. И. Алёхиной. Коммент. Л. И. Алёхиной; Предисл. Н. И. Прокофьева; Оформ. Б. А. Дидорова. М.: Сов. Россия, 1991. С. 6.

② Лихачёв Д. С. Славянские литературы как система// Славянские литературы: V Международный съезд славистов (Прага, август 1968). С. 45.

③ Бочаров А. Свойство, а не жупел // Вопросы литературы. 1977. № 5. С. 95.

其原因在于它能够引发人们对人类普遍问题的思考，从而获得了布宁、库普林、扎伊采夫等作家的青睐。布宁的《山口》(1892—1898)、《梦》(1903)、《先知之死》(1911)、《戈塔米》(1919)、《叛教之夜》(1921)等便是优秀的文学寓言故事作品。

对于上述作品，学者们很早就发现了它们在形式、叙事等方面有别于传统意义上的短篇小说，而将其称为幻想小说、寓言小说、哲理微型小说，抑或是散文诗等。这些称谓揭示了上述作品的突出特点——寓喻性(аллегоризм)，而寓喻性恰恰是寓言故事这一文学体裁的基本特征。

1892—1898年布宁创作的《山口》是一篇非常典型的寓言故事，不仅作品中的事件具有时空不确定性，人物、自然形象和客观物象都充满象征性。这篇寓言故事虽然篇幅短小，但其创作却前后用了整整6年时间，此间，布宁不断地重新审视自己对生命的看法。这篇作品在布宁创作史上占有十分重要的地位，标志着布宁的创作从此进入了一个新的时期——过渡时期。在这篇作品中，我们看到布宁开始从对日常生活问题的思考转向了更高层次的生死问题。如果说布宁此前更关注的是社会现象，是被侮辱和被损害者的话，那么在此后的创作中，他越来越倾向于将情绪的表达置于首位，人物则退居为其表达自己的情感、思想、感受的"工具"。

在《山口》中，作家化身为主人公"我"，一个孤独的旅人，牵着一匹疲惫不堪的马儿，冒着寒风和浓雾，在黑夜中向山口艰难跋涉。开篇伊始，作家便用浓重的笔墨为读者勾画出一幅艰苦卓绝的旅途画面。作家一开头便直接叩击人生艰辛、命运多舛的主题，"夜""风"和"寒雾"则奠定了作品忧伤的基调。在紧接其后的叙述中，孤独与失望的色彩变得更加浓重。

在迷蒙的夜色中，我走到了松林脚下，过了松林便是这条通往山巅的光秃秃的荒凉的山路了。我在松林外歇息了一会儿，眺望着山下宽阔的谷地，心中漾起一阵奇异的自豪感和力量感，这样的感觉，人们在居高临下时往往都会油然而生……夜色迅速地浓重起来，我向前走去，离松林越来越近。只觉得山岭变得越来越阴郁，越来越森严，由高空呼啸而下的寒风，驱赶着浓雾……夜已经很深了，我低下头避着烈风，久久地在山林黑咕隆咚的拱道中冒着浓雾向前行去，耳际回响着隆隆的松涛声。

"马上就可以到山口了，"我宽慰自己说，"马上就可以翻过山岭到没有风雪而有人烟的明亮的屋子里去休息了……"

　　但是半个小时过去了，一个小时过去了……每分钟我都以为再走两步就可到达山口了，可是那光秃秃的石头坡道却怎么也走不到尽头。松林早已落在半山腰，低矮的歪脖子灌木丛也早已走过，我开始觉得累了，直打寒战……我感觉到我正置身于人迹罕至的荒山之巅，感觉到在我四周除了寒雾和悬崖峭壁，别无一物。我不禁犯起愁来……既然现在我就已失去了时间和地点的概念，我还会有足够的力气走下山去吗？①

　　崇山峻岭，夜色诡谲，寒风刺骨，雪雾漫天，步履维艰，求助无门，山口却似乎仍旧遥不可及，此时此刻，主人公甚至已经不知道自己身在何方，迷路的恐惧和绝望的心绪开始占据他的身心。在这迷雾笼罩的漫长的时刻，他甚至感觉大地上的万物似乎都已死绝，早晨似乎永远不会再来，至此，主人公的迷茫与绝望之感似乎达到了顶点。但是，作家却笔锋一转，绝望的心情最终并没有击垮主人公，反而使他坚强起来，步子迈得比以前勇敢坚定了。在这里，通向山口之路实际上象征着人生之路，通向山口之路艰险漫长，人生之路又何尝不是如此。诚如布宁所说，人生就如同攀登阿尔卑斯山，是一条艰辛沉重的旅程，但其使命和结果却注定只有一个——发现人生的新境界。主人公所面临的充满艰难险阻的旅途，又何尝不是一次超越自身的心灵之越。面对命运的残酷考验，主人公没有怨天尤人，也没有消极沉沦，而是抱着即使永无出路也绝不放弃的坚定信念，迈着坚忍不拔的步伐，勇敢前行，大无畏地迎接命运的挑战。

　　走，走。只要咱俩不倒下，就豁出命来走。在我的一生中，像这样崎岖荒凉的山口已不知走过多少！灾难、痛苦、疾病、恋人的变心和被痛苦地凌辱的友谊，就像黑夜一样，铺天盖地地压到我身上——于是我不得不同我所亲近的一切分手，无可奈何地重挂起云游四方的香客的拐杖。可是通向新的幸福的坡道是险巇的，高得如登天梯，而且在山巅迎接我的将是夜、雾和风雪。在山口等待着我的将是可怕的孤独……但是咱俩还是走吧，走吧！②

---

　　①　蒲宁：《蒲宁文集》，第1卷，戴骢等译，安徽文艺出版社，2005，第249－250页。
　　②　同上书，第251－252页。

在《山口》的结尾,作者以理性而深邃的口吻向读者道出了这样一条人生哲理:即使人生充满痛苦和不幸,却始终阻挡不住勇敢者前行的脚步,虽然前面等待着我们的可能是光明战胜黑暗,但也可能是"可怕的孤独",或是"永远留在黑夜和风雪之中"。

天亮后,白天又将以人和阳光使我高兴起来,又将久久地迷惑我……可或许不等明天到来,我就会在山间的什么地方倒下去呢?于是我将永远留在这自古以来荒无人烟的光秃秃的山巅之中,永远留在黑夜和风雪之中了。①

布宁在《山口》中所使用的"具体词语和概念都包含着寓喻意义和象征性潜文本"。作品中没有关于主人公外貌和来历的描写,甚至连其性格特点也无从知晓。"在作家的视野中,通常关注的是主人公的某种心理状态、情绪,以及与此种情绪有关或是由此种情绪引发的思考。构成布宁笔下人物情绪基础的是对周围世界,首先是对自然的感性理解。"②

寓言故事的创作时期是布宁创作史上的过渡时期。这一时期的布宁曾经写道:"生命是这么有意义,人对生命的认识却是有限的,死亡很快就将来临。我愿意长生……"③这席话揭示了作家心底最隐秘的痛苦与矛盾:一方面是人生苦短,世事无常;另一方面又渴望揭示人性并赋予生存更高层意义的真。这一思考亦深刻地体现于《先知之死》《叛教之夜》和《戈塔米》等作品中。

创作于1903年年底的《梦》曾被契诃夫高度评价为一篇"出色的""卓越的""不乏令人惊叹之处"的作品。布宁逝世前夕,在谈到这篇自己创作于半个世纪之前的作品时曾说:"它全部都是虚构的,除了其中最主要东西——预言,抑或是不祥的预言,毕竟离不幸的1905年不远了嘛……也就是老神父的梦、他夜里在教堂看见和听见的那三只公鸡。那一时期人们一直都在谈这个,而我本人是在我们县城叶尔茨,在集市的小饭馆里,从一个在那里喝

①　蒲宁:《蒲宁文集》.第1卷.戴骢等译.安徽文艺出版社,2005.第252页。
②　Гречнев В Я. О прозе XIX-XX вв. СПб.: Санкт-Петербургский университет культуры и искусств, 2000. С. 104.
③　Бунин И А. Собрание сочинений. В 9 т. Т. 3. М.: художественная литература, 1967. С. 545.

茶的小市民口中听说的。"①

　　诚如布宁自己所说,老神父的梦和他梦见的红、白、黑三只公鸡是通篇的核心,也是作品最耐人寻味之处。红公鸡是一个充满了象征色彩的符号,红色令人联想起火和血,是战争和革命的象征。此时的布宁虽然不能预知未来,却似乎已经预感到俄国即将陷入革命、战争、暴力和流血,如同那句忧伤的俄罗斯古语:"那天的白昼就此逝去,换来了阴暗的秋夜。"面对国家、民族的多事之秋,布宁从心底发出了"愿主显灵"这一沉重却又苍白的呐喊。

　　1911 年问世的《先知之死》取材于《圣经》中的情节,主要讲述了将埃及人民从奴役和盲从中解放出来的先知摩西之死。这篇寓言故事集中关注的是生与死的悲剧性冲突,其主题思想是对道德理想的渴望能够战胜对死亡的恐惧,人最终将在自己的行动中获得不朽。文本中对这一思想的阐释是呈抛物线式的,作家在作品开头提出了这一思想,在中间又转去叙述先知的故事,结尾处又最终回归这一思想。布宁借作品中的先知之口说出:"人应该把自己的每个瞬间都献给生,然后再去想死,要把自己所做之事放在天平上好好称一下,再毫无畏惧地去迎接那个无法逃避的时刻。"在布宁看来,死亡并不像我们想象得那么可怕,人不要用死去吓唬自己,应该时常想着活在世上的时候多行善,因为"无论是世界还是人都无法用另外一种方式存在"②。可以说,布宁这篇作品的精神主旨与当时流行的颓废派哲学是截然对立的。

　　此后问世的《戈塔米》《叛教之夜》是两篇带有东方色彩的寓言故事,并且都有源自佛教故事的情节。

　　《戈塔米》中的同名女主人公是一个出身贫寒的农家姑娘,她心地纯良,个性随和,乐于助人,因为又高又瘦而被村民们起了个难听的绰号——"干瘪的戈塔米",她对此却毫不介意,仍旧热心帮助大家。

　　有一天,正在河边洗衣服的戈塔米被王子看中,做了王子的情妇。在她怀孕后,王子将她带回了宫中,却在临产前被宫廷总管以女人应该回娘家生产为由赶出了宫门。对此,她毫无怨言,离宫后在树林中生下了孩子。此后,她虽然被王子迎回宫中,却倍受冷遇。为了不让王子在与她偶遇时感到内疚与自责,她选择了住进池塘边的茅舍去喂天鹅。

---

① Бунин И А. Собрание сочинений. В 8 т. Т. 2. М.: Московский рабочий, 1994. С. 545 – 546.
② Бунин И А. Смерть пророка. (http://az.lib.ru/b/bunin_i_a/text_1410.shtml)

　　无论面对何种境遇,戈塔米始终顺从地接受命运的安排,总能设身处地地为他人着想,以德报怨。在离宫生产的途中,她曾经遇到一个盲人老乞丐,老乞丐告诉她:"戈塔米,走你的幸福之路吧!"在这里,幸福之路实际上意味着神圣之路。是什么样的神圣之路呢? 在作品的结尾,布宁给出了这样的解答:

　　暂时她是幸福的,甚至她自己也不知道,她在为那些伟大的苦难做着准备,那些理所当然要代替眼前的幸福并将引导她走向唯一真理之路、黄衣僧侣之所的苦难。

　　以心顺从、挣脱枷锁的人有福了。

　　我们栖身于极乐之所,不爱这个世界上的任何东西,如同仅仅携着双翼的鸟儿一般。[1]

　　这篇作品的诸多情节都隐秘地指向佛教。所谓"黄衣僧侣"即是指身着黄色袈裟的佛家弟子,而"幸福之路""唯一真理之路"则意味着皈依修行之路。佛陀出生于喜马拉雅山南麓的迦毗罗卫国,其母是在回娘家生产途中在一棵无忧树下生下了他。佛陀在出家之前曾路遇比丘点化其解脱之道,从而坚定了出家修行的决心。戈塔米亦是出生于喜马拉雅山脚下,后来也曾遇到告诫她走"幸福之路"的老乞丐。甚至于临产前离宫、在树下产子的情节也与佛陀母亲的经历如出一辙。

　　戈塔米顺从自己的心灵,自始至终以一颗慈悲之心去善待身边的每一个人和每一件事,无欲无求,以自己的隐忍、谦卑和恭顺,最终挣脱了人世间欲望与烦恼的枷锁,走上佛陀式的幸福之路、觉悟之路与解脱之路。

　　《叛教之夜》创作于布宁侨居巴黎时期,作品延续了作家一贯的生死主题。据库兹涅佐娃后来回忆,侨居法国的布宁不仅经常阅读佛经,还很喜欢与人谈论佛教问题,更是常常在谈话中从佛教转向生与死、人生的意义等他最为关注的问题。

　　上述三篇寓言故事都带有东方色彩,但却又都与《圣经》有着千丝万缕的联系——《阿强的梦》中船长对人生的感叹,《戈塔米》中所谓的"幸福之

---

　　[1]　Бунин И А. Готами. (http://az.lib.ru/b/bunin_i_a/text_1940.shtml)

路"和"以心顺从、挣脱枷锁的人有福了",以及《叛教之夜》这一题名。布宁通过这三篇作品探讨了生与死,生命的意义及生命如何才能不朽。他最终找到了问题的答案——只要还被人记得,人就是不死的。

《叛教之夜》这篇作品的题目源自《圣经》中彼得三次不认主的故事。据《路加福音》记载,耶稣曾对门徒彼得说:"彼得,我告诉你,今日鸡还没有叫,你要三次说不认得我。"①耶稣的话很快就应验了,彼得在此后的一夜中确实当着看门的使女、一同烤火者和马勒古的亲属的面三次说不认主。这篇作品的篇名虽然与基督教有关,但其内容却充满了佛教色彩。

在一个可怕的暴风骤雨肆虐的夜晚,黑暗似乎要把一切吞噬,一个"赤足剃发、袒露右肩、穿着破烂的苦行僧衣的人",他高呼着,"高尚的、神圣的、大彻大悟的、战胜欲望的人无比荣光"。此时,黑暗中出现了"无数火焰般的眼睛",魔终于现身了,僧人沾沾自喜地对魔说:

　　魔,你是徒劳的! 千眼之魔啊,你是徒劳的,你在诱惑,你在大地之上穿越创造生命的飓风和暴雨,穿越青草茂密、重又变得芬芳的坟墓,新生命却正从腐烂和尸骸中诞生! 收手吧,魔! 欲望之于我身,如同雨滴从闭紧的莲叶上滚落一般!②

火焰般的眼睛照亮了黑暗,僧人看见一个盘膝端坐的高大身影,虽被蛇缚身,却面不改色,他就是佛陀。佛陀的话振聋发聩:

　　弟子,我所言不虚,你将一次又一次离开我,为了魔、为了死亡的生命的甜蜜的欺骗,在这个尘世之春的夜晚。③

按照佛教的说法,所谓的魔是指众生所烦恼的四魔,即贪欲、怒恚、愚痴等烦恼的烦恼魔、五蕴结合肉体的阴魔、夺走人寿命的死魔以及扰乱人世间所有心身的他化自在天魔。魔由心生,佛陀一生亦曾经多次经历魔障的考验。据说,佛陀即将成佛之时,魔王波旬为了阻挠他圆成佛果,曾命令特利

---

① 　《圣经·新约·路加福音》22:34.（http://bible.kuanye.net/hhb/）
② 　Бунин И А. Ночь отречения.（http://az.lib.ru/b/bunin_i_a/text_1980.shtml）
③ 　同上。

悉那(爱欲)、罗蒂(乐欲)、罗伽(贪欲)三个魔女前去诱惑佛陀。三魔女浓妆艳抹,极尽媚态,佛却深心寂定,不为所动,并使法力令其得见自身丑态,三魔女终羞愧而遁。简而言之,魔代表着欲望和死亡;而成佛,则是放下,意味着克服自己的欲望,走向解脱之路。

不仅佛教如此,《圣经》中亦不乏类似表述,例如《罗马书》中保罗就曾说,"我觉得肢体中另有个律,和我心中的律交战,把我掳去叫我附从那肢体中犯罪的律","我以内心顺服神的律,我肉体却顺服罪的律了。"

《叛教之夜》是一篇隐含着复杂的佛教和基督教意味的寓言故事,其寓意颇为值得我们探究。作家在此似乎想告诉读者这样一个道理:信仰之路是漫长而充满艰辛的,每个人都可能动摇、迷失甚至堕入魔道。彼得因为软弱,即使面对的只是三个无关紧要的小人物,也曾三次表示不认主;而佛陀的弟子心生魔障却不自知,还在夸夸其谈地大讲什么"欲望之于我身,如同雨滴从闭紧的莲叶上滚落一般",为自己的信仰之"坚定"而沾沾自喜,其实却早已深陷魔障而背离了佛法正道。

布宁一直在苦苦地探寻生与死的问题,如同《圣经》中所说的那样:"我真是苦啊,谁能救我脱离这取死的身体呢?"其实答案就在《圣经》之中:"因为我们属肉体的时候,那因律法而生的恶欲,就在我们肢体中发动,以致结成死亡的果子。""感谢神,靠着我们的主耶稣基督就能脱离了。"[1]只有信仰才能够真正将人从欲望与死亡的痛苦中拯救出来,实现真正的觉悟与解脱。

上述两篇寓言故事都包涵了深刻的基督教和东方宗教、哲学因素,东西方思想的精髓巧妙而并不突兀地融汇于每一篇作品中,体现出布宁对生死问题探索的多元视野,既是其创作深厚功力的体现,更是其思想深邃的体现。但同时,我们也要看到,东方哲学与文化在其作品中并不居于主流,更多时候充当的是其灵感的源泉,或是赋予了作品那个时代曾经风行一时的东方色彩。

寓言故事作为一种古老的文学体裁,在"沉睡"多年之后在世纪之交独特的社会文化语境之下得以"复苏",并在布宁、库普林、扎伊采夫等人的创作中得到了广泛应用,究其原因,这首先是源自该体裁作为一种自觉性手法体现于作家创作之中这一独一无二的特性。此外,上述作家创作的寓言故

---

① 　《圣经·新约·罗马书》7:23-25,5,25.(http://bible.kuanye.net/hhb/)

事不仅都具有短小精悍、耐人寻味的寓喻性和思想的抛物线式发展等共同特点,其作品中的事件在逻辑上和结构上更能够集中直观地表达道德思想。

与库普林关注当代社会问题,扎伊采夫对世界的抽象性、象征性解读相比,布宁的寓言故事则更多地关注永恒问题。其寓言故事创作中以《圣经》情节为基础的圣经寓言故事(библейская притча)的优势地位就充分说明了这一点。

1898 年,《山口》的问世标志着布宁的创作进入了一个崭新的时期,开始从日常生活问题转向更高层次的生死问题。作家曾说:"生命是那么有意义,人对生命的认识何其有限,人很快就会死。我多么赞成活无数岁啊……"寥寥数语就揭示了作家心中最深刻的痛苦:一方面是人生苦短与尘世幸福的不完满,另一方面则是对某种能够令存在获得解放并赋予存在以崇高意义的真的渴望,而这种思想上的矛盾就体现于《先知之死》《叛教之夜》《戈塔米》等寓言故事之中。

第三节　诗化小说

布宁的小说创作,没有像 19 世纪俄国现实主义作家们那样去刻意塑造典型人物形象,精心设计完整的故事情节。他的小说情节淡化,着意于对生活的诗意描绘,意境悠远空灵,余韵绵长,散发着浓郁的怀旧气息和独特的抒情气质,语言优美平实、简约含蓄却又蕴含着丰富的语义内涵。布宁的诗化小说无论是从形式到结构,还是从手法到风格,都一改俄国传统小说的叙事范式,对 20 世纪俄罗斯乃至欧美小说的创作都产生了深远的影响。

一

诗化小说是法国象征主义运动的产物,其倡导者为法国象征派诗人古尔蒙,他于 1893 年提出了"小说是一首诗篇,不是诗歌的小说并不存在"这一主张。"从此,诗化小说作为融合叙述方式与诗意方式的一种类型在西方小说史上一直绵延不绝"。同时,"这一诗体文化"也"预示了 20 世纪西方小说领域的深刻美学变革"①。

1900 年,胡塞尔《逻辑研究》一书的问世,不仅标志着现象学的兴起,也"开创了一种新思维方式",即"面向事物本身的'看'"。"在西方哲学史上,有两种'看',一种是传统的主客分的认识论模式,一种是现象学式的'看'"。现象学式的"看",是"本质直观,即通过直观直接把握事物的本质"。胡塞尔试图超越二元对立的思维方式,将"本质和直观这两个原本矛盾的概念融合起来,认为直观可以把握本质",从而消除了"本质与现象、直观和理性二无区分所带来的各种哲学弊端"。海德格尔则在此基础上发展了现象学的"看",指出应该"用事物显现它本身的方式来看待事物,也就是说,事物如何显现它本身,我们就如何来看待事物"。现象学的"看"作为一种崭新的思维方式,使我们能够"在主客体交融的状态中,在现象本质合一的状态中","'看'到事物本来的样子","体会到生命的本真样子",从而"直抵生命的最深处"。诗化小说正是凭借这种现象学的"看"的方式,才"直观到人生物理的本来面貌,直抵人生的生命底处",并最终将一个"充满了诗意的世界"展现在读者面前。②

诗化小说是一种追求诗意效果的小说,它是小说和诗融合、渗透后出现的一种边缘体裁。美国学者弗里德曼认为,"随着意识流的出现,诗与小说结合起来了"。作家不再让事件捆绑、摆布自己的心灵,常常在小说中像诗那样运用情绪的流动,内心的独白,放射性的结构,思维空间大大开拓,能自由地表现自己的旨蕴意念。其抒情性因素打破了严密的结构框架,冲淡了完整的情节密度。

诗化小说具有诗的审美目标,它或表现为整体构思上寓于诗情,或表现为局部的描写充满诗意。它是作家经过精心提炼而创造的某个独特形象、细节、特定氛围、场景的描写,充满浓郁的抒情气息,凝聚丰蕴的哲理意味。这类小说不注重叙事功能,不以情节冲突来塑造人物性格,而是重视创造意境。它凭借诗的隐喻、象征和主情性,让时间、心理变得交融浑然,情节淡化而富有哲理性的诗意美。有着诗意美的小说,具有一种从有限的形象画面,升华到无限的思想、理念的升腾力,一种从具体的人物情节提高到普遍的意蕴、诗情的概括力,它既有生活的具体实感、美感,又有引人深思的博大厚重

①　吴晓东:《现代"诗化小说"探索》,载于《文学评论》1997 年第 1 期,第 118 页。
②　张红秋:《用现象学"看"诗化小说》,载于《兰州大学学报》2004 年第 5 期,第 21 - 22 页。

的思想内涵。它们或有震撼心魄的激情，或漾动性灵的抒情，充满了诗的基调、诗的韵致、诗的醇香，是作家心灵同客观世界的契合的升华。

诗化小说的诗意主要来源于以下三点：

第一，"小说语言携带的诗意"。这种语言的诗意主要表现在以下几个方面：一是"诗意的畅达，即当作家要用语言表达一个意思的进修，他首先看重的并不是如何把所要表达的那个'意思'表达得更为准确，而是如何把语言组织得更为流畅，而且，那流畅又近乎音乐般的流畅"；二是"背离常规的组合"，"小说的语言很多时候绝不能一味中规中矩。背离常规地使用语言恰恰能够对读者产生一种出其不意的新鲜刺激，从而制造一种诗意的效果"；三是"故意增加赘词赘语"。

第二，"整体叙述所创造的情境诗意"。"所谓整体的诗意的情境，既是小说中弥漫出来的一种艺术的氛围和情绪，又是一种具体艺术的环境和场景。"

第三，"作家主观内心的诗意"。"小说中的诗意情境，归根结底，是来源于作家内心的诗样的理想，或者说是来源于作家的诗意的内心。正由于作家内心饱含诗情，才有了诗意小说的根本的土壤。在这里，作家的内心世界，才是他创造的诗意小说的决定因素和根本源泉。"①

从古今中外看，从俄罗斯的契诃夫、布宁到印度的泰戈尔，大体处于同一历史阶段，都处于本国的现代化进程之中，一方面是对本国传统文明中的愚昧、落后、残忍的风俗习惯的鞭笞，另一方面又隐含着本土文化遭受西方文化入侵时的隐痛。夹在两种文明的冲突之中，站在人道主义立场，审视本土文化，批判陋习，又为本土文化的衰微而痛心。

诗化小说作为一种新的小说体式，它有着区别于传统小说的独特结构特征：一是"结构的散文化"；二是"艺术思维的意念化、抽象化"，"诗化小说不再刻意创造典型环境中的典型人物，它追求的是对生命的一种抽象化的哲理思考图式。小说已由创造形象转变为传达抽象的哲学观念，作家艺术思维逐渐意念化、抽象化"；三是"象征性意境的营造"。②

布宁既是一位诗人，又是一位小说家。虽然他是凭借诗歌创作而成名，

---

① 郝雨：《跨文体写作与诗化小说》，载于《理论与创作》2003 年第 1 期，第 65－66 页。
② 刘洋：《现代文学史上的"诗化小说"》，载于《湖南科技学院学报》2005 年第 10 期，第 84－85 页。

但是其在小说创作上所取得的成就要远高于诗歌。诗化小说是布宁对俄罗斯文学的重要贡献，也是其对俄语标准语的极大丰富。与布宁同时代的许多作家(包括民粹派作家)都对作品的形式抱以一种轻慢的态度，语言单调乏味，结构松散，杂乱无章，而某些现代派作家又过分追求形式上的标新立异。对于上述两种倾向，布宁都是无法接受的，他在继承了19世纪俄国文学传统的基础上，努力寻求符合内容的形式与语言，"对事件与性格进行了鲜明的视觉描绘"。

布宁的小说存在着两种叙事风格，一种是"对现象进行清晰、细节化的、事物性描绘，作者的个性消失于现象之后"；另一种则是"将作者的个性置于首要地位，强调主观感受，甚至叙述也在某种程度上从事于主观感受"。这两种风格时而相互交织，时而又彼此独立。其小说"结构简单，没有尖锐的冲突以及表达清楚明确的开头和结尾"，叙事基调平静和缓，"不急于把结论告诉读者，而是让其作为所描写对象的结果自然而然地得出"。布宁对日常生活的感觉与描绘细致入微，对环境的细节描写更是极为细腻，有时甚至长达数页。

布宁的作品"再现了鲜活的民间言语色彩"。例如，在《乡村》等反映农民生活的小说中，他大量使用了俄国中部农民的谚语、俗语和俚语；此外，在这类作品中，"作者的情绪"通常都是"隐藏的"。而《安东诺夫卡苹果》《阿尔谢尼耶夫的生活》等作品则与其有着明显的不同，在这些小说中，布宁以主人公的感觉贯穿通篇，"描写性因素从属于叙事的主观倾向性，其结果是抒情性情愫占据了首位，而对布宁来说，这种情愫又总是与对一去不复返的过去的理想化联系在一起的，从而赋予了被描写的事物以伤感的色调"，其笔下的主人公也最终成为抒情主人公(лирический герой)。但在布宁的许多作品中，上述两种风格更多时候是并存的，"叙事因素与抒情指向是联系在一起的"①。

二

布宁小说的诗化倾向在其以自然和爱情为主题的作品中得到了最充分

---

① Волков А А. Бунин//История русской литературы. В 10 т. Т. 10：Литература 1890—1917 гг. М.，Л.：Изд-во АН СССР，1954. С. 573.

的展现。布宁是当之无愧的俄国大自然的歌手。自然主题不仅是其许多抒情诗的基本主题，也是其小说的重要主题之一。在布宁的作品中，人的情感、幻想和愿望与大自然的形象交织在一起。布宁通过景色描写传达人物复杂的内心世界，表达主人公的情感、思想和感受，以存在的图景将短暂的美妙瞬间定格为永恒。布宁认为宁静、欢乐与生机是人类存在的永恒价值之所在。

对自然的人格化是布宁钟爱的创作手法之一，但布宁对这一手法的运用迥异于象征主义充满隐喻性的人格化。象征主义者笔下的大自然只是经由想象产生的抽象，而布宁对自然的人格化则清晰明了，他看大自然不是雾里看花，而是倾向于将其视为某种与人有关，甚至是由人创造出来的东西。在他看来，人和大自然实际上都是生生不息的生命力和创造力的产物，因此在死亡之后复活便随之降临。布宁笔下的大自然之美，是如此令人心驰神往，甚至连托尔斯泰也不禁为之赞叹不已。

《安东诺夫卡苹果》充分体现了布宁对世界的诗化态度，堪称一曲大自然的欢乐颂歌。虽然其从文本形式和结构上看是一篇散文体作品，但其实质上更接近于一篇诗歌。

在布宁作品中，气味常常发挥着特殊的作用，甚至有让读者身临其境之感。其笔下的大自然，散发着迷人的清香。布宁似乎特别偏爱"清新"（свежесть）一词，这个词常常出现于其作品中。以《安东诺夫卡苹果》为例，文中就出现了"清新的早晨""清新的庄稼""清新的森林"等词组，而这一切又与"清新的秋天"联系在了一起。"秋天"是成熟的季节，对于布宁来说更是充满了复杂的语义内涵；而"清新"则意味着健康与生机。健康向上、充满生机的生命是尘世的最高福祉，而这实际上也就是作家哲学与美学思想的本质。

布宁自幼就生长于俄罗斯中部的地主庄园，《安东诺夫卡苹果》正是日益消逝的贵族地主庄园生活的真实写照。小说以对初秋的描写开篇："……我时常回忆起那晴朗的初秋……我记得那清新宁静的清晨……我记得那个满目金黄、树叶干枯而显得疏落的大果园，记得那些枫树成荫的小路，落叶的清香以及安东诺夫卡苹果、蜂蜜和秋天的清香。空气洁净得如同不存在一般，果园里到处都传来人声和大车的嘎吱声……打破了凉爽宁静的清晨的只有园子里红如珊瑚的花楸树上鸫鸟吃饱之后的咕咕叫声、人声以及很远就能听见的将苹果倒入俄斗和木桶的响声……"①作者在小说中丝毫不掩藏自己对富足、宁静的乡村生活的向往与赞美之情,在布宁心中,中等贵族的生活和富裕农民的生活并没有什么差别,都是过着那种勤俭持家、平静安宁的老派乡居生活,姑母安娜·格拉西莫夫娜那依然感觉得到农奴制存在的庄园里即是如此。

《安东诺夫卡苹果》有点像契诃夫的《樱桃园》,两者都描写了一个正在逝去的俄国。在小说开头,作者借用安东诺夫卡苹果的清香这个不起眼的细节唤起了对童年、少年时代的一连串回忆,让人情不自禁地发出了"活在世上多好啊"的感慨。在小说的第二章中,"安东诺夫卡苹果大又圆,快快乐乐又一年"的农谚将我们带入了姑母安娜·格拉西莫夫娜的庄园,一走进屋子,苹果的香气、老红木家具和从六月就摆在窗台上的已经干枯的椴树花的香气就扑鼻而来。

布宁在小说中还特别描绘了打猎的场景。在布宁看来,打猎是支撑日益衰亡的地主精神所剩无多的几件事中的一件了。布宁对打猎的描写让我们不由得想起了另一位出生于俄国中部的作家屠格涅夫。屠格涅夫和布宁在时代上属于"父与子"两辈人,屠格涅夫曾经亲身经历了贵族庄园的繁盛时期,而布宁对于农奴制却未曾亲见。他所处的时代已经是另外一番景象:"安东诺夫卡苹果的香气正从地主庄园中消失。这样的日子还是不久以前的事,可我却觉得从那时起几乎过了一百年……穷得讨饭的小地主时代来临了。"②在屠格涅夫时代,打猎曾是地主生活的重要组成部分,再寻常不过的一件事了,《猎人笔记》便是借主人公行猎展现了一幅壮美的俄罗斯风情画卷。但是到了布宁的时代,早已"没有了三套马车,没有了吉尔吉斯马可骑,没有了猎狗和灵犬,没有了家奴,也没有了这一切的所有者——打猎的地主",甚至连过去那种"拥有一块大领地和二十俄亩园子、业已破败但还丰衣足食的庄园"也所剩无几,奄奄一息了。打猎所代表的贵族时代已经一去不复返了。

在小说的结尾,安东诺夫卡苹果的香气已经消失殆尽,代之以初冬的第一场雪,小地主们一如往昔地聚在一起,把剩下的一点钱换酒喝,"在冬夜的黑暗中"唱起了"哀伤而绝望"的歌:

---

①　Бунин И А. Антоновские яблоки.(http://lib.ru/BUNIN/b_antabl.txt)
②　同上。

暮色时分狂风呼啸，

刮开了我家大门，

刮开了我家大门，

白雪把道路覆盖。①

布宁笔下的大自然不是作品情节发展的背景，更不是华而不实的点缀，自然世界本身就是作品的主角。呈现在我们面前的自然图景，既是主人公眼中所见，又折射出其心中所思。在《米佳的爱情》中，通过对自然景物的描写，作者准确地传达了主人公米佳的情感与细微的心理变化，契合了主人公米佳的心境与情绪的变换。

3月9日是米佳人生中"最后一个幸福的日子"。那一天，当他与心爱的姑娘卡佳漫步街头时，春光曾经是那么的明媚。

冬天突然让位给了春天。阳光下已颇有几分暖意，似乎云雀真的已经北归，带回了温煦和欢乐。到处湿漉漉的，哪儿的冰雪都在融化，屋檐全在滴着雪水，扫院子的纷纷把人行道上的冰铲掉，把屋顶上黏结成块的积雪扫下来，到处熙熙攘攘，一派生气。高高的浮云化作轻盈的乳白色烟霭，消融在湿润的碧空中。远处矗立着作沉思状的普希金铜像，气度平和恬静，而那座耶稣蒙难修道院则熠熠生辉。②

米佳是在几年前的春天初次萌发了真正的爱情，也是在春天与心上人一起度过了人生最美好的时光，然后在春天与心上人依依惜别。春天是万物复苏的季节，带有某种复活的意味，耶稣蒙难教堂的出现似乎隐秘地印证了这一点，但同时也为作品投下了一抹死亡的不祥阴影。此后，米佳患得患失，被爱情折磨得痛苦不堪，心力交瘁，打算回乡小住一段时日。离开莫斯科时，"一种类乎伤逝的感觉油然而生"，他"生命中的一个历程从此结束（而且是永远地结束了）"，于是，周围的景色似乎也变得让人黯然神伤，"天空愁眉苦脸，淅淅沥沥地飘着雨点。胡同里阒无一人，鹅卵石又黑又亮，像是铁

---

① Бунин И А. Антоновские яблоки.（http://lib.ru/BUNIN/b_antabl.txt）

② 蒲宁：《蒲宁文集》，第4卷，戴骢等译，安徽文艺出版社，2005，第225页。

铸的一般。巷里的房屋全都邋里邋遢的，显得忧郁、愁闷。"

　　但离别同时也带给米佳"一种突如其来的轻松感，开始憧憬着即将到来的某种新的东西。他多少平静了些，也振作了些，对周围的景物似乎也换了一副新的目光去看待"。"胡同某处的花园中，有只乌鸦由于下雨，由于暮色四合而呱呱地聒噪着。然而毕竟已经是春天了，空气中洋溢着春的气息。"①

　　米佳回乡后，回忆起十年前父亲亡故的那个春天，正是在那个春天，他"突然领悟到：世上是有死亡的！死亡存在于一切之中，存在于阳光中，院子里的春草中，天空中，果园中……"在死亡阴影的笼罩下，他突然觉得"一切都异常陌生"。

　　放眼望去，景物全非，过去太阳不是这样发光的，草不是这样发绿的，蝴蝶也不是这样发呆地停在还只是茎尖上才有点热气的春草上的，总之，一切都跟几天前不一样了，一切都因濒临世界末日而面目全非了，连春天的魅力和它永恒的朝气也显得楚楚可怜，充满忧伤！②

　　最终，米佳带着对那份在无限美好的春的世界里建立起来的美好爱情的眷恋，选择了死亡。布宁曾说："任何独立于我们之外的自然都是不存在的，空气每一次最细微的运动都是我们自己生命的运动。"③其作品中对自然的描写，达到了物我两忘、境随心转的境界。

　　布宁对大自然的描摹，总有象外之旨，韵外之致，流淌在他笔端下的那种清新的忧伤、哀婉的怀旧之感，既有对屠格涅夫传统的继承，其文辞的优美与文本语义结构的多层次性似乎又青胜于蓝，更胜一筹。

---

① 蒲宁：《蒲宁文集》，第 4 卷，戴骢等译，安徽文艺出版社，2005，第 238 页。
② 同上书，第 247 页。
③ Одоевцева И В. На берегах Сены. Париж：La Presse Libre，1983. С. 96.

第四章

经典解读

　　高尔基曾说:"如果将布宁从俄罗斯文学中删去,那么俄罗斯文学将会变得黯淡无光,将会失去他那颗孤独的、漂泊的灵魂的彩虹般的光彩和星辰般的光芒".[①] 布宁在其漫长的创作生涯中,为我们留下了诸多经典之作。诚如作家自己所说的那样,俄罗斯大地与人民总是令其激动不已,作为民族记忆的捍卫者与书写者,他的小说展现了广阔纵深、丰富多彩的俄罗斯生活图景,记录了俄罗斯独特的历史文化,对俄罗斯的无比热爱与忠诚成为其精神实验与文学创作的基础。除了《乡村》《苏霍多尔》《米佳的爱情》《阿尔谢尼耶夫的生活》等几部中、长篇小说之外,布宁的作品大多短小精悍,却深沉隽永,引导着读者去思考善恶美丑,探索人生真谛。

　　同为俄侨作家的什梅廖夫对布宁的创作进行了恰如其分地总结与评价:"我们俄罗斯民族创造的伟大文学诞生了一位光荣的作家……伊万·布宁。他来自俄罗斯深处,祖国的大地、祖国的天空、俄罗斯的大自然、广袤的原野、俄罗斯的太阳和自由的风、雨雪冰霜和难行的道路、没有烟囱的农舍和地主老爷的庄园、干旱得作响的乡间小路、苹果园和干燥棚,这些祖国大地的美景与财富、与其精神、与血脉相连。这一切都在他心中,这一切都被他汲取,敏锐与牢固地获得,并运用那奇妙的工具、准确而富于韵律的词语,即祖国的语言将这一切充实到创作中去。正是祖国的语言将其与人民深邃

---

　　① Горький М. Собрание сочинений. В 30 т. Т. 29. М.: Гос. изд-во худож. Государственное издательство художественной литературы, 1955. С. 228.

的精神、祖国的文学联系在一起。"①在此,我们选取《安东诺夫卡苹果》《乡村》《苏霍多尔》《轻盈的气息》《阿强的梦》《阿尔谢尼耶夫的生活》《米佳的爱情》《林荫幽径》等代表作进行多元化解读,以其从宏观到微观地挖掘与呈现布宁小说之永恒魅力。

第一节　《安东诺夫卡苹果》:原乡与怀乡

《安东诺夫卡苹果》是布宁的早期代表作之一。这篇以"淡化情节"著称的小说创作于 1898—1900 年,以诗化小说的形式表达了作家对自然与生命、历史与现实的感悟与体验,绘制出一幅清新优美、意境悠远的原乡画面。作为作家早期原乡系列小说中最为优美也最富于代表性的一篇,《安东诺夫卡苹果》成功地开启了作家漫长的原乡叙事之路。与十年之后问世的《乡村》《苏霍多尔》等作品中阴郁沉重的原乡场景相比,《安东诺夫卡苹果》的主旨并非是揭露"农奴制的恶"与"阴暗面",而是"借助于联想回忆与直观"完成了对"古老生活方式的光明一面"②的重构。

出身于古老贵族世家的布宁,祖上曾广置田产,但传至作家父亲手中时,即已每况愈下。为了摆脱入不敷出的窘境,布宁自幼年起就随父母在家族的布蒂尔基、奥泽尔基等庄园之间辗转迁居,但家庭经济的破产最终还是迫使其早早离家。为了谋生,小小年纪的布宁曾经做过校对员、统计员、图书管理员、小书摊主等工作,饱尝人间冷暖。作家早年这段特殊的人生经历及其民粹派思想倾向决定了其对贵族生活传统所抱持的那种既心甚向往又抗拒排斥的悖论性复杂心态,而这种心理的双重性与矛盾性不仅赋予了布宁对生命体验的独特表达与审美超越,更是成为其日后精神还乡的持久而强大的原动力。

一

还乡是人类文学的永恒母题,正如海德格尔所说的那样,"诗人的天职

---

① Струве Г. Историко-литературные заметки: К истории получения И. А. Буниным Нобелевской премии//Записки РАГ. 1967. № 1. С. 140 – 141.

② Колобаева Л А. Проза И. А. Бунина. М.: Изд-во МГУ, 2000. С. 29.

是还乡,还乡使故土成为亲近本源之处"。① 19 世纪末期的俄国处于深刻而剧烈的社会政治生活和思想文化的转型时期,俄国作家普遍"感觉到席卷所有领域的时代危机:社会经济的、政治的、哲学的、美学的"②。面对社会历史转型的巨大冲击,"文学的精神还乡"成为许多作家"自觉的审美追求"③,布宁便是其中最富于代表性的一位。作为一位带有浓厚原乡情结的作家,原乡成为布宁的生命之源、生命之根和永恒的精神家园。

"原乡"本为一个人类学概念,指的是一个宗系之本乡,即"远离故土的移民族群的原始故乡"。在文学研究中,原乡则被主要用来指涉一种"超越了特定地理位置的""对原始故乡的亲情、血缘,以及习俗、文化的认同与回归,是建立在民族文化心理基础之上的民族故土、文化故乡、精神家园。因此,'原乡'意味着对一种习俗、精神与文化的继承"④。而文学作品中对原乡形象的书写,则是"作家们创造的或直接呈现'原乡'面貌,或诱发人想象'原乡'面貌的审美形象"。原乡形象成为"一种极富有生命、文化、审美等多种意味的形象"⑤。

纵观 20 世纪的世界文学,作家对原乡形象的书写主要表现为以下四种类型:第一类是"在现实苦难、人性沉沦中力图在内心深处保留一方人类童年的净土";第二类原乡形象则与"第一类原乡形象完全相反",带有某种"沉重感、荒凉感,甚至丑陋感"、荒诞感;第三类是在"离开母土的漂泊中,写实和想象交织的呈现中构建的原乡形象";第四类是"精神——语言原乡",母语成为其构筑"精神原乡"的"独特力量"⑥。

在布宁的创作中,原乡不仅是其宗系本乡,其祖祖辈辈生活的地方,更是体现了作家个体对心灵家园的无限向往与人生意义的不懈探求。从 1889 年家道中落的布宁接受了《奥廖尔信使报》编辑部的聘请,独自一人离家谋生算起,到 1920 年他偕妻从奥德萨登船前往土耳其,从此永远告别了祖国,

---

① 海德格尔:《人,诗意地安居——海德格尔语要》,郜元宝译,上海远东出版社,1995,第 104 页。
② 阿格诺索夫:《白银时代俄国文学》,石国雄、王加兴译,译林出版社,2001,第 2 页。
③ 席建彬:《文学意蕴中的结构诗学:现代诗性小说的叙事研究》,人民出版社,2012,第 34 页。
④ 郑靖茹:《一个语言原乡者的艰难跋涉——从〈血脉〉看阿来小说中的族际边缘人》,《中国藏学》2006 年第 1 期,第 105 页。
⑤ 黄万华:《原乡的追寻——从一种形象看 20 世纪华文文学史》,《人文杂志》2000 年第 4 期,第 55 页。
⑥ 同上书,第 56 - 59 页。

这条从离乡到去国的漫长漂泊之路,作家蹒跚前行长达半个多世纪。以1920年为界,如果说作家此前创作的作品中的原乡形象是"故园"的话,那么,此后作家在小说中建构的原乡就是"故国"了。书写原乡,成为作家的一种自觉使命与创作动力,其笔下的原乡也不再是一个实体符号,而是成为一个内涵丰富,融自然风光、民俗文化、生命记忆和情感归属于一体的复杂意象。

在布宁的小说中,原乡形象往往呈现为以一种类型为主,多种类型交织杂糅的形态。如果说布宁十月革命前创作的小说大多倾向于第一种抑或第二种类型,例如《安东诺夫卡苹果》主要表现为第一种类型,《乡村》《苏霍多尔》《快乐的农家》主要表现为第二种类型;那么,作家侨居国外之后创作的《阿尔谢尼耶夫的生活》《米佳的爱情》《林荫幽径》等作品则更多地带有第四种类型的特点。而在上述这些作品中,又或多或少地夹杂着某些其他类型。

二

《安东诺夫卡苹果》以第一人称内在式焦点叙述视角,通过叙述者对自己亲身经历过的、倍感亲切的往昔——古老贵族生活方式的回忆,建构起了宁静祥和、世外桃源般的原乡形象。小说由四章组成,其中第一章描写了初秋时节安东诺夫卡苹果大丰收的场景,第二章描写了维谢尔基村和主人公姑母安娜·格拉西莫芙娜庄园的日常生活场景,第三章描写了主人公与内兄阿尔谢尼伊·谢苗内奇的狩猎生活,第四章描写了小地主的生活。

小说以"安东诺夫卡苹果"为题,"安东诺夫卡苹果"既是贯穿小说通篇的主题,同时又是作家绘制的原乡精神图谱的核心意象。从开头处的"我记得……安东诺夫卡苹果、蜂蜜和秋天的清香"[1]到第二章一走进安娜·格拉西莫芙娜姑母的宅第就扑鼻而来的苹果的香味,再到最后一章"安东诺夫卡苹果的香气正在地主庄园中消失"[2],安东诺夫卡苹果的香气似乎弥漫于整篇小说。同时,"安东诺夫卡苹果"随着行文的展开又逐渐获得了更加丰富的"意义色彩",甚至被赋予了"某种象征意味"。在小说的第一章,"安东诺

---

① 蒲宁:《蒲宁文集》,第2卷,戴骢等译,安徽文艺出版社,2005,第14页。(参照原文有所修改)

② 同上书,第29页。

夫卡苹果"是丰足自在、怡适安宁的庄园生活的象征,正如文中引用的谚语那样,"安东诺夫卡苹果大又圆,快快乐乐过一年";在第二章安娜·格拉西莫芙娜姑母家中,"安东诺夫卡苹果"则象征着乡村贵族家庭日常生活的"舒适、整洁与秩序";而在最后一章,"安东诺夫卡苹果"香气的消逝则意味着旧时代的终结与贵族庄园的没落。①

《安东诺夫卡苹果》主要采用了线性叙事这一经典的叙事方式,间或夹杂记忆叙事,作家力求在叙事进程中保持时间的连贯性,而这种努力的背后实则隐含了作家对世界的秩序性与稳定性的信念和诉求。小说中包含了大量表示时间的词句,这些词句搭建起了小说的三重时间框架结构,文本的这种时间形式不仅赋予了作家以最大限度的创作自由,使其可以朴实自然地表达对逝去的贵族庄园生活的眷恋与怀念之情,也最终成为构筑原乡完整时空体系的有机组成部分。

首先是客观自然时间。《安东诺夫卡苹果》的叙事主要就是借由这一时间模式推进的。小说按照事物的自然顺序、时间的自然运动描写了从秋风送爽的初秋八月到白雪皑皑的严冬十一月的庄园生活场景。小说的四章如日历一般排列,大致上分别与八月、九月、十月、十一月相对应,每一章作为按月标记的自然纪事,都描写了该月庄园生活中最具特色的人与事。而这些人与事,又无不与大地息息相关,作家以工笔细描的手法勾勒出一幅"人诗意地栖居在大地上"的美好图景。

其次是主观回忆时间。如果说自然时间"从属于世界的客观规律",那么主观时间就是"体现为回忆的内在时间"。主观时间的"运动沿着自身的隐秘路径,时急时缓,既可返回从前,亦可神驰未来,而不必受制于时间在现实中无法消除的不可逆性"。② 回忆作为布宁后期小说创作最为重要的叙述形式,在《安东诺夫卡苹果》中就已初见端倪。小说中多次出现"忆起"(воспоминаться)、"记得"(помнить)等与"回忆"有关的词汇便是鲜明例证,如小说第一段中就写道:"……我时常忆起那晴朗的初秋。……我记得那清新宁静的清晨……我记得那个满目金黄、树叶干枯而显得疏落的大果园,记得那些枫树成荫的小路,落叶的幽香以及安东诺夫卡苹果、蜂蜜和秋

---

① Колобаева Л А. Проза И. А. Бунина. М.：Изд-во МГУ，2000. С. 29 – 30.
② 同上书,С. 28.

天的清香。"①

最后是历史时间。相较于自然时间和回忆时间,历史时间则表现得更为隐匿,主要体现在小说的第二章和第三章。例如,在小说的第二章,主人公在安娜·格拉西莫芙娜姑母的庄园里亲身体会到了农奴制的鲜活印迹:"农奴制我虽然未曾经历,未曾见到,但是,我至今还记得在安娜·格拉西莫芙娜姑母家,我对这种制度却有过体味。我刚一策马奔进院子,就立刻感觉到在这座庄园内农奴制不但依然存在,而且未见衰微。"②在小说的第三章,当主人公错过了打猎去浏览祖传藏书时,那些泛黄的、散发出淡淡霉味的古书再次将时光倒转回伏尔泰、叶卡捷琳娜二世、茹科夫斯基、巴丘什科夫、普希金的时代。当主人公"怀着惆怅的心情思念起"祖母时,"那古朴的、充满幻想的生活又映现在"主人公"眼前……当初,在贵族庄园里有过多少好的少女和妇人啊!她们的肖像从墙上俯视着我,她们娇妍的脸庞上流露出贵族的气度,她们的长发梳成古色古香的发式,她们长长的睫毛妩媚地垂在忧悒而温柔的双眸上……"③在此,古老的庄园、藏书和肖像等意象成为历史时间的物化表征。

从表层结构上看,布宁在《安东诺夫卡苹果》中以传统的线性时序追忆了贵族庄园从初秋到严冬的日常生活,但是实际上其中又隐含了作家对俄国贵族庄园乃至农奴制由盛转衰历程的述说。借助于小说独特的三重时间交织、显性意义与隐性意义并行的架构模式,原乡形象最终得以以完美的形态呈现在读者面前。

三

诗化小说(或称抒情小说)是 20 世纪文学史上的一个"重要小说谱系",作为一种追求诗意效果的小说,它是小说和诗融合、渗透后出现的一种边缘体裁。其"清新的文字,悠远的意蕴,对创伤性记忆或显或隐的规避性姿态,虽然一直不乏冲突和纠结等矛盾性的复杂心态或体验,但总能在文学人生

---

① 蒲宁:《蒲宁文集》,第 2 卷,戴骢等译,安徽文艺出版社,2005,第 14 页。(参照原文有所修改)
② 同上书,第 21 页。
③ 同上书,第 29 页。

的普遍分裂中构建出某种超越性的审美意义,唤醒文学世界的诗意品质"①。诗化小说是布宁对俄罗斯文学乃至世界文学的重大贡献,而《安东诺夫卡苹果》无疑称得上是其诗化小说的典范之作。

　　布宁自19世纪90年代中期起才开始真正意义上的文学创作,并且是以诗人的身份登上文坛的。19世纪90年代至20世纪初作为其创作的早期,主要是以诗歌,尤其是抒情诗为主。对于承袭了费特、阿·康·托尔斯泰传统的布宁来说,风景抒情诗(пейзажная лирика)成为其这一时期创作最为典型的文学样式。毋庸讳言的是,诗歌对布宁日后漫长的小说创作历程产生了巨大影响。布宁"力求将小说隐喻化",赋予其"诗意形象与韵律"。早在19世纪与20世纪之交,布宁就已经开始有意尝试"让小说贴近诗歌",有时甚至还会直接从"自己的诗中引用完整的短语和语句"用于小说当中。②

　　对于诗化小说来讲,原乡是"一种基本精神资源","寄寓了生存的本源意义"。终其一生,布宁都在探索将"文学主体复杂的人生情怀"融入原乡叙事,力求"在传统与现代、现实与理想、革命与审美等意义的冲突与纠结中觅取、呈现"原乡的"诗意元素",为苦难人生提供"超越性的审美空间",从而赋予了原乡以独特的"诗性意义与形态"。③　在《安东诺夫卡苹果》中,作家完成了对原乡最初的诗意重构,而田园诗(идиллия)则成为其笔下原乡形象的诗化表征。

　　田园诗作为一种古老的文学体裁,对欧洲文学的发展曾经产生过非常重大的影响。田园诗自18世纪中期起在俄国风靡一时,在苏马罗科夫、罗蒙诺索夫、赫拉斯科夫、杰尔查文、茹科夫斯基等人的创作中更是多有体现。而俄国田园诗的特点也正如苏马罗科夫在《关于做诗的信》(1748)中所写的那样:

> 请在田园诗中为我歌颂晴朗的天空,
> 歌颂绿色的草地、灌木与丛林,
> 歌颂春天,惬意的白日和黑夜的宁静。
> 请让我感受牧人的纯朴,
> 借读诗来忘却忙碌……④

---

①　席建彬:《文学意蕴中的结构诗学:现代诗性小说的叙事研究》,人民出版社,2012,第1-2页。
②　Михайлов О Н. И. А. Бунин: Очерк творчества. М.: Наука, 1967. С. 51.
③　席建彬:《文学意蕴中的结构诗学:现代诗性小说的叙事研究》,人民出版社,2012,第34-35页。
④　Сумароков А П. Эпистола о стихотворстве. (http://www.infoliolib.info/rlit/sumarokov/epist1.html)

　　俄国的田园诗虽然自普希金时代起开始走向衰落，但它对 19 世纪俄国小说的影响却是一个不争的事实，田园诗因素在普希金、果戈理、冈察洛夫、屠格涅夫、列夫·托尔斯泰等现实主义作家的创作中或明或暗地显现出来，外化为这些作家笔下平静安逸的家庭生活、人与自然的和谐统一等，普希金的《上尉的女儿》和《叶甫盖尼·奥涅金》、果戈理的《旧式地主》、屠格涅夫的《猎人笔记》、冈察洛夫的《奥勃洛摩夫》、托尔斯泰的《战争与和平》等作品中就是鲜明的例证。①　而对于布宁、什梅廖夫、扎伊采夫、普里什文（Михаил Михайлович Пришвин，1873—1954）、帕斯捷尔纳克这些 20 世纪的俄罗斯作家来说，其创作中对人生的意义与本质的那种田园诗化理解无疑也是建构在这一深厚的俄罗斯文学传统的基础之上的。

　　巴赫金在其《小说的时间形式和时空体形式》一文中对田园诗这一体裁进行了深入探讨，他认为田园诗作为小说史上一种极为重要的"类型"，可以分为"爱情田园诗""农事劳动田园诗""手工业田园诗""家庭田园诗"以及"混合型田园诗"等五类。各种类型的田园诗及其变体之间虽然存在着类型上抑或是性质上的差异，但通常都具有以下三个共同特点：一是"田园诗里时间同空间保持一种特殊的关系：生活及其事件对地点的一种固有的附着性、黏合性"，这种地点通常是"祖国的山山水水""家乡的田野河流""自家的房屋"等；二是田园诗的"内容仅仅局限于为数不多的基本的生活事实"，即"爱情、诞生、死亡、结婚、劳动、饮食、年岁"等；三是"人的生活与自然界生活的结合，是它们节奏的统一，是用于自然现象和人生事件的共同语言"。②

　　在《安东诺夫卡苹果》中，布宁采用了田园诗这一别具历史文化意蕴的形式来书写原乡。从空间维度看，小说的原乡叙事经历了"苹果园—维谢尔基村—姑母安娜·格拉西莫芙娜的宅第—阿尔谢尼·谢苗内奇的庄园—维谢尔基村"的空间位移与回视。作家的视界挪移与诗性观照营造出一个风格独特的艺术审美空间。

　　虽然未曾亲身经历过农奴制的鼎盛时代，但布宁心中却始终怀有一份难以割舍的"庄园情结"，当然，他所留恋的并非是昔日农奴制下那种饱食终日、养尊处优的贵族老爷式生活，而是对远离尘世喧嚣、与大自然相伴、悠然

---

　　①　Литературная энциклопедия. Словарь литературных терминов. (http://feb-web.ru/feb)
　　②　巴赫金：《巴赫金全集》，第 3 卷，白春仁、晓河译，河北教育出版社，1998，第 424 - 426 页。

自得、充满理想化色彩的田园牧歌式生活的怀念与向往。回归大地、回归自然、回归田园是人类追求质朴纯真生活的本性决定的，还乡意味着返璞归真，超越现实的时间延绵，恢复与大地、自然业已割断的联系，借以完成自我主体意识的诗性升华。小说中，安东诺夫卡苹果挂满枝头、打谷场上金黄麦粒堆积如山代表着大地的物产丰饶，地主和农民都过着日出而作、日落而息的生活，尽享田园之乐。但是，布宁笔下的原乡并不是躲避现代文明侵袭的消极遁世的避难所，而是包含着某种超越现实层面的精神意义。

《安东诺夫卡苹果》中特别值得我们深思的是关于维谢尔基村长寿老人们的片段。百岁老人潘克拉特在被人言及活得太久时面带愧色，感觉像犯了错一样，他的老妻竟然也早早为自己准备好了考究的殓衣。虽然只有寥寥数笔，一带而过，但俄国农民对于死亡的那种乐天知命、平和超然的态度却已跃然纸上。

四

1861 年农奴制改革带来了俄国社会政治与经济生活的剧变，也在作家的个人命运与文学创作上打下了深刻的烙印。改革开启了"俄罗斯由传统性封建主义向现代化资本主义的全面的社会转型"[①]之路。19 世纪下半期俄国资本主义的发展给传统的贵族庄园经济带来了巨大的冲击，而农村遭遇的严重经济危机，更是导致大量贵族地主破产，贵族庄园也不可避免地走向没落和衰败。作为这段历史的亲身经历者与见证者，布宁在自己的原乡系列作品中忠实地再现了贵族庄园由盛转衰的历程。正如布宁在自传中写道的那样，在那个"声名狼藉的贵族的衰败已成定局"的年代，作家本人与契诃夫一起成为"歌颂正在灭亡的贵族之家的最后一批人"。布宁虽然盛赞契诃夫是"最卓越的"俄国作家，但同时也指出契诃夫实际上"对贵族地主、贵族庄园"知之甚少。[②] 的确，在对贵族庄园生活的熟稔方面，相较于自幼生长于贵族地主之家的布宁，除了屠格涅夫、列夫·托尔斯泰等前辈作家之外，同时代的俄国作家再无人能出其右了。

---

① 王云龙：《现代化的特殊性道路——沙皇俄国最后 60 年社会转型历程解析》，商务印书馆，2004，第 5 页。
② 蒲宁：《蒲宁回忆录》，李辉凡译，东方出版社，2002，第 3 页。

作为一位杰出的现实主义作家,布宁在《安东诺夫卡苹果》中虽然借助回忆,成功地绘制出了世外桃源般的原乡美好图景,却也并没有刻意回避贵族庄园的破败、贵族地主阶级没落的现实。例如,作家在小说第四章中提到"日趋衰亡的地主精神"时,指出"昔日像安娜·格拉西莫芙娜那样的庄园并不罕见",但却不可避免地"日益败落","这类庄园今天也有个别幸存下来的,但是徒具虚名,其中已经没有生活可言了……已经没有三驾马车,没有供骑乘用的马,没有猎狗、灵缇,没有家奴,也没有了这一切的享受者——就像我的内兄阿尔谢尼伊·谢苗内奇那样的地主兼猎人了"①。而在第四章中,伴随着秋去冬来的季节变换,贵族庄园的黄金时代也早已终结,"安东诺夫卡苹果的香气正在地主庄园中消失。虽说香气四溢的日子还是不久以前的事,可我却觉得已经过去几乎整整一百年了。维谢尔基村的老人们都已先后归天,安娜·格拉西莫芙娜也已故世,阿尔谢尼伊·谢苗内奇自尽了……开始了小地主的时代,这些小地主都穷得到了要讨饭的地步"②。

原乡对于布宁意味着对某些民族精神、文化与习俗的认同与继承,其中更是蕴含了其对民族性格与精神的思考。长期以来,《安东诺夫卡苹果》一直都被视为一曲贵族地主阶级的挽歌,是对贵族生活的理想化书写。事实上,小说并未仅仅局限于对以往贵族庄园生活的回忆,而是更多地承载了作家对生命意义的探寻和对民族精神内涵与文化心理的诠释。"生命对于布宁来说,就是一场回忆中的旅行,并且这不仅仅是个人的回忆,更是家族的、阶级的、人类的回忆"。在作家 19 世纪与 20 世纪之交的创作中,"肤浅的无神论"开始被"对世界的泛神论式体悟、对民族深层原理的独特的形而上学式的探究所替代",他开始尝试对"民族的、稳定的、永恒的隐秘规则"给出自己的解读与答案。③ 在《安东诺夫卡苹果》中,布宁不惜笔墨对农民和地主的衣、食、住、行展开了细致入微的描写。从村长妻子如同犄角一般盘在头上的发辫、身上穿的棉绒坎肩、长围裙和镶着金色绳边的家织条纹呢裙,潘克拉特的老伴那绣着天使、十字架、印满经文的殓衣到阿尔谢尼伊·谢苗内奇的深红色丝衬衫、天鹅绒灯笼裤和长筒靴;从农民朴素的饮食到贵族地主丰盛的午餐、豪放的宴饮;从维谢尔基村两三幢瓦房连在一起的农舍到安娜·

---

① 蒲宁:《蒲宁文集》,第 2 卷,戴骢等译,安徽文艺出版社,2005,第 23 页。

② 同上书,第 29 页。

③ Михайлов О Н. Строгий талант. Иван Бунин. Жизнь. Судьба. Творчество. М.: Современник,1976. С.109.

格拉西莫芙娜的古朴宅第;从热闹的农民市集到贵族地主的策马行猎,小说堪称是一部微型的俄国庄园生活"百科全书",而人物的命运及其三言两语间更是折射出俄罗斯民族既热情真诚又悲观消极,既温良恭顺又残酷骄傲的性格基质。

此外,《安东诺夫卡苹果》中对农民自然纯朴、怡然自得的田园生活的描写也充分体现出布宁早期创作的民粹主义倾向。众所周知,布宁早年的创作实际上是游离于"俄国文学的主线之外的",其"模仿的对象也并不是列夫·托尔斯泰、屠格涅夫或是在诗歌方面模仿涅克拉索夫",而是更加倾心于两个彼此疏离的"边缘性"流派,其中的一派是"费特、迈科夫、波隆斯基、阿·康·托尔斯泰、热姆尼丘日科夫等一批'贵族纯抒情诗人'",另一派则是"尼基京、谢甫琴科、乌斯宾斯基、列维托夫等革命民主主义或民粹派作家和诗人"。两者一道成为"滋养"布宁早期创作的"源泉"。[①] 如果说出身贵族世家的布宁在文化心理结构、艺术气质等方面更容易接受纯艺术派是件顺理成章的事,那么,他对民粹派的偏爱却不能不说有些出人意料。其实,布宁与民粹派的渊源始于其最为敬爱的长兄尤利。尤利是少年布宁的导师,在文学、思想等多个方面培养了布宁。作为一名民粹派运动的支持者,尤利还一度因为加入民粹派组织而被捕入狱。长兄的这一思想倾向无疑也在很大程度上影响了青少年时代的布宁。民粹派文学最为关注的主题即是1861年农奴制改革后"农村在资本主义冲击下的经济破产与阶级分化,农民的生活以及道德、心理的变化"[②],其创作中更是带有一种把农民和农村生活理想化的色彩。布宁在《安东诺夫卡苹果》中对原乡的诗意建构正是基于对纯艺术派与民粹派文学传统的糅合,如果说小说的诗性品格更多地源于纯艺术派诗歌,那么其对农民日常生活、风俗习惯、伦理道德和性格心理的关注则无疑承袭自民粹派小说。

作为布宁的早期作品,《安东诺夫卡苹果》不可避免地带有某些未定型性与实验性的特征,但却标志着作家原乡图谱构建之路的成功开启。在此后漫长的创作生涯中,作家笔下的原乡形象越来越多地被赋予了书写个体生命体验、反思国家民族历史命运、审视民族性格与精神等多重意味,从而最终成为20世纪俄罗斯文学的一道独特风景线。

---

① Михайлов О Н. И. А. Бунин: Очерк творчества. М.: Наука, 1967. C. 32.
② 任子峰:《俄国小说史》,北京大学出版社,2010,第 287 页。

第二节 《乡村》:大写的死亡

创作于1909—1910年的中篇小说《乡村》被公认为布宁最优秀的作品之一。关于这部小说的主题问题一直众说纷纭,有学者认为这部小说是以乡村生活为主题,作家笔下倾颓破败的"乡村"实际上是1905年革命失败之后整个俄国的缩影,作家笔下的人物巴拉什金发出的"整个俄罗斯不过是个乡村"①的感叹实际上代表了布宁本人的观点。"在精神上具有贵族气质"的布宁其实早在《安东诺夫卡苹果》《落叶》和《乡村》等十月革命前的作品中"就已如先知般地预言了他心爱的贵族庄园的衰败、宗法制关系和稳定状态的消逝,以及精神的沦丧、功利主义的盛行和混乱的到来"②。但是,也有学者持不同观点,他们认为这部小说虽然描写了乡村生活,但其"主题很模糊,很不确定",甚或是多个"主题共存"③。

从内容上看,《乡村》这部小说确实反映了布宁极为熟稔的乡村生活。但是在小说文本中,乡村又在很大程度上充当着小说情节与人物性格发展的背景。从小说的表层结构来看,作家通过时而平行时而交叉的叙事格局展现了赎身农奴出身的克拉索夫兄弟苦苦挣扎、与死亡的宿命相抗争的生存轨迹;而小说的潜藏意蕴则在于通过对克拉索夫兄弟命运的描写,表现了作家对个体生存方式的悲剧体验,并在此基础上完成了对死亡这一文学永恒主题的独特审美观照。

一

19世纪与20世纪之交的俄国作家们普遍"感觉到席卷所有领域的时代危机:社会经济的、政治的、哲学的、美学的"④。在这一特殊的意识断裂时期,俄罗斯文学被无名的苦闷所笼罩,常常流露出对生活厌倦、绝望、对死亡的期盼等情绪。这一时期作家和诗人对死亡主题的诠释不再局限于文本,

① 蒲宁:《蒲宁文集》,第4卷,戴骢等译,安徽文艺出版社,2005,第60页。
② 阿格诺索夫:《俄罗斯侨民文学史》,刘文飞等译,人民文学出版社,2004,第272页。
③ 张祎:《从归纳走向解构:蒲宁创作艺术的再认识》,载《俄罗斯文艺》2002年第6期,第88页。
④ 阿格诺索夫:《白银时代俄国文学》,石国雄等译,译林出版社,2001,第2页。

而是将其升华为一种美学观与哲学探索，一种"超越当下此间现时而转向远方彼岸永恒之心灵的漂游与求索，那种一心要摆脱尘世物象的缠绕而对存在本相之真谛的神往与寻觅"①。俄国的象征主义者勃留索夫就曾高呼死亡与爱情是尘世生活的轴心，索洛古勃也曾感叹："还能有什么样的主题？只有爱情，只有死亡。"②这一时期布宁小说创作中对死亡主题的探索不仅仅是对时代精神氛围与美学意趣的简单附和，更是与作家个人的审美取向的深度契合。

　　爱情与死亡是文学永恒的主题。纵观俄罗斯乃至世界文学的历史，从托尔斯泰、陀思妥耶夫斯基到但丁、莎士比亚、歌德、卡夫卡、海明威、马尔克斯等许多作家都曾在自己的作品中表达自己对存在和死亡的思考。死亡亦是布宁最为钟情的主题，甚至称得上是其艺术创作的灵魂与音乐，但这绝不是作家对时代文学趣味的盲目跟风与简单效仿。布宁的文学创作似乎与死亡主题结下了不解之缘。从最初对人物个体的悲剧命运体验到对民族苦难的观照乃至最终完成对整个人类生存困境的深刻反思，布宁笔下的死亡超越了时代，超越了民族，也超越了意识形态，走向了永恒。人生无常，"浮生若梦……今生一切劳碌均属空虚……我们赢得了世界，却赔了性命。帝王和乞丐同归于土"③，死亡面前人人平等，死亡是人的必然归宿，也是任何人都无法逃避的结局。

　　布宁一生都生活在"死亡的符号"④的阴影下，因为他自幼就对死亡"极度敏感"，而这种对死亡的极度敏感恰恰源于他对生的极度敏感。布宁对死亡一直抱有一种非常复杂的态度，一方面他畏惧死亡，另一方面他又崇拜死亡。生活中的布宁每遇死亡场面总是有意回避。在作品中，更是常常使用大写来书写"死亡"一词。对死亡的恐惧可能与他童年的经历有关。作家幼年时曾生过一场大病，这场病不仅让他体验到了肉体的极度痛楚与精神崩溃的滋味，也让他甚至有了一种去"阴曹地府"走一遭的感觉。随后而来的幼妹的夭折更是令作家近距离地感知了死亡。幼妹之死是布宁第一次目睹死亡，这使他一度"丧失了生的信念"，也使他初次意识到死亡之于人的必然性。布宁在其自传体小说《阿尔谢尼耶夫的生活》之中曾借主人公之口发出

　　①　周启超：《白银时代俄罗斯文学研究》，北京大学出版社，2003，第 4 页。
　　②　На рубеже. К характеристике современных исканий. Критический сборник. СПб.：Наше время，1909. С. 312.
　　③　蒲宁：《蒲宁文集》，第 4 卷，戴骢等译，安徽文艺出版社，2005，第 117 页。
　　④　Мальцев Ю В. Иван Бунин. М.：Посев，1994. С. 142.

了如下感慨："我恍然大悟,我也是要死的,而且每一分钟都可能遭到娜佳所遭到的横祸。不惟我如此,凡尘世的一切,凡有生命的、物质的、有血有肉的,都注定要死,要腐烂……""死亡有时会像乌云遮住太阳那样,把世界遮蔽,突然间,我们的一切'事物'失去了价值,我们对它们的兴趣丧失殆尽,我们对它们的法定的拥有权不复存在,它们已毫无意义,一切都蒙上了忧伤和虚幻。"①童年的经历让布宁敬畏死亡,但同时也让他崇拜死亡,因为死亡对他来说是宇宙间永恒的秘密,同时也是人类永远无法参透的秘密。在强大的死亡面前,人类又是何其渺小脆弱,不堪一击。

当死亡成为时代的缪斯,布宁这位时代歌手的琴弦上也奏出了一曲曲死亡悲歌。布宁在《乡村》中一方面描绘了19世纪末20世纪初俄国农村"满目疮痍、与世隔绝、死气沉沉、愚昧落后"②的景象,另一方面则通过对吉洪和库兹马人生悲剧的刻画,引入了对死亡这一永恒文学主题的哲学思考,而这种探讨又在后来的《从旧金山来的先生》《阿尔谢尼耶夫的生活》等一系列作品中被不断深化。

二

小说的开头通常被认为"在叙述的手法中占据了优先的地位,经常(明示或暗示)蕴含象征性的意义——寓意"③。《乡村》的开头对克拉索夫家族命运的描写就颇具某种宿命的色彩:外号叫"茨冈"的克拉索夫兄弟的曾祖父因为抢了主人杜尔诺沃老爷的情妇而被主人放狗咬死。克拉索夫兄弟的祖父是个打家劫舍的江洋大盗,小说虽然没有交代其结局,但其被捕后大概也难逃一死;克拉索夫兄弟的父亲因开店亏本,酗酒身亡。按照小说对克拉索夫兄弟命运的安排,两人最终也必将应验"命运注定你死,败草必除"的谶语。

生存与死亡是人类的两种基本本能。生存本能是"一种表现个体生命的、发展的和爱欲的本能力量,它代表着潜伏在生命自身中的一种进取性、创造性的活力"④,其目的在于保持种族的繁衍与个体的生存。而死亡本能

① 蒲宁:《蒲宁文集》,第5卷,戴骢等译,安徽文艺出版社,2005,第40、43、24-25页。
② 姚霞:《布宁的"乡村"艺术体——浅析〈乡村〉中浪漫主义与现实主义因素的融合》,载《四川外语学院学报》2004年第3期,第23页。
③ 瓦莱特:《小说——文学分析的现代方法与技巧》,陈艳译,天津人民出版社,2003,第88页。
④ 朱立元:《现代西方美学史》,上海文艺出版社,1993,第445页。

则是促使人类回复到生命前非生命状态的力量。死亡是生命的终结，生命的最终结局是死亡。海德格尔认为人是向死的存在，人的最本真的存在就是死。在布宁看来，死亡并不仅仅让人恐惧，它还意味着"丧失精神家园的灵魂的陨落"与"信仰丧失的心灵匮乏和情感危机"。死亡"属于人类末日、文明垂暮的深刻焦虑，同时它又和生存的空虚感、荒谬感、孤独感簇生在一起，它是肉体死亡与精神死亡的双重悲哀和忧虑"①。

小说的主人公克拉索夫兄弟都具有强烈的、异乎常人的生存本能。这种生存本能在哥哥吉洪身上表现为对财富和传宗接代的强烈渴望，而在弟弟库兹马身上则表现为对真理、对人生真谛的执着追求。

吉洪是个精明能干、精力充沛的生意人，靠开酒馆和杂货铺、向地主放青苗而置下了偌大家业，甚至还从昔日的主人手中买下了杜尔诺夫卡庄园。他不仅亲自管理生意，还几乎每天都去领地转悠，紧盯着每一寸土地。为了生下一男半女，他更是不择手段，先是与一个哑巴厨娘同居，新生的女儿却又被哑厨娘睡觉时不慎压死；而后，他又贪图老公爵夫人沙霍娃的中年使女纳斯塔西娅·彼得罗芙娜的陪嫁而娶其为妻，婚后妻子生下的却只是一个又一个死胎；他甚至还兽性大发，强奸了雇工罗季卡的美貌妻子——"新媳妇"阿芙多季亚，却仍旧一无所获。他为人冷酷无情，对待女人有的只是贪婪的算计、肮脏的欲望和动物般繁衍后代的本能。

吉洪充满了原始的、野性的生命力，他的生存本能让他去追求财富，生育后代。他曾经是世界的主人，但这一切不过如昙花一现，命运再次无情地嘲弄了他。生儿育女的希望已完全落空，生意更是每况愈下，先是因烧酒专卖权被收归国家而导致几家酒馆相继歇业，后又被迫卖掉杜尔诺夫卡庄园。他曾经拥有的一切正在消逝，他的肉体在一天天地衰老，妻子已先他而去，与弟弟虽然和解却并不能相知，他的一辈子就这么完蛋了，余下的生命对他而言注定只是一种孤独而绝望的等待，等待即将来临的死亡。

库兹马为人真诚善良，他一生都在渴望了解生命的真谛、渴望真理、渴望爱。他一辈子都在梦想读书与写作，他的经历是俄国一切无师自通者的经历。早在做学徒时他就顶着老板的呵责开始读书写作，甚至还曾自费出版过一本诗集。库兹马在人生之路上苦苦挣扎着，想逃脱家族灭亡的宿命。

---

① 颜翔林：《死亡美学》，学林出版社，1998，第48页。

他曾经与一个沃罗涅什的已婚女人真心相爱,即使在这个女人去世很久之后,穷困潦倒的库兹马却依然想节衣缩食攒点钱回沃罗涅什走一遭,只为"瞧瞧那些熟悉的白杨树,市区后面那个淡蓝色的小屋……"。他在启蒙老师、自由主义者巴拉什金的影响下,阅读了托尔斯泰、谢德林等人的作品,还一度成为托尔斯泰的狂热信徒,一次出行时的偶然经历又使他对"勿以暴抗恶"理论产生了怀疑,在痛苦彷徨中酗酒、堕落。生存本能让库兹马时时刻刻都在思考自己的生活,努力探寻生命的意义,但是无情的现实、"贫困和可怕的日常生活"最终还是使他"沉沦",无奈地"成为畸形人,'无花果'"①。

其实又何止库兹马,吉洪和所有的杜尔诺夫卡人又何尝不都是"畸形人""无花果"呢!杜尔诺夫卡人身上所表现出的愚昧无知、野蛮冷漠、自私麻木不也正是俄罗斯民族根深蒂固的劣根性之体现吗?!

死亡是人类的本能。面对历史与时代的洪流,杜尔诺夫卡人的劣根性注定了他们的悲剧性结局。布宁笔下的两位主人公虽然具有比众人清醒而敏锐的头脑,也曾经执着地与命运抗争,但同样在劫难逃。他们两人身上流的是杜尔诺夫卡人的血液,杜尔诺夫卡是他们的生命之"根"。对于杜尔诺夫卡,他们既不由自主地被它吸引,又本能地排斥抗拒。表面上他们是杜尔诺夫卡的主人,拥有、管理杜尔诺夫卡,但事实上,他们只是杜尔诺夫卡这座祭台上献给死亡这位宇宙的真正主宰者的小小祭品而已,杜尔诺夫卡人的生命就如同"被他们所无法理解的死亡的旋风卷起的微不足道的尘埃"②一般卑微渺小,脆弱得不堪一击。兄弟两人曾经逃离杜尔诺夫卡,试图凭借自身的努力摆脱死亡与毁灭的宿命,但杜尔诺夫卡人的宿命让他们最终却仍将回到他们一出世就为他们铺定了的生活常轨上来,回到杜尔诺夫卡,回归他们人生的起点,同时也是他们人生的终点。现实中,他们也是无处可逃的,因为整个俄国都是杜尔诺夫卡。

布宁终生都在自己的文学创作中诠释着死亡。在《乡村》中,布宁不仅通过人物形象完成了对死亡的哲学观照,更是通过小说结尾处"婚礼""雪"的意象构建起了自己的死亡美学。

---

① 蒲宁:《蒲宁文集》,第4卷,戴骢等译,安徽文艺出版社,2005,第55-56,83,61页。

② Смирнова Л А. Иван Алексеевич Бунин: жизнь и творчество. М.: Просвещение, 1991. С. 78.

　　吉洪最终还是不顾库兹马的苦苦相劝将新媳妇嫁给了最无耻的畜生——杰尼斯卡。小说结尾处作家特意安排的这场婚礼暗含着生与死的双重意味，与小说开头作家对克拉索夫家族命运的描写遥相呼应。婚姻意味着人类因结合而繁衍生息，代表着生；但"新媳妇"和杰尼斯卡彼此并不相爱，却硬生生地被撮合在了一起，一个因饱受摧残蹂躏而痛苦麻木，一个是殴打父亲、贪财好色、下流无耻的恶棍，可以想见这场婚姻注定将以悲剧收场。布宁对婚礼场面细节的描写——无论是"怀着一片父爱之情"痛哭失声的库兹马，穿着婚纱死一般美丽的"新媳妇"，还是让人"什么也看不清"的漫天风雪，送亲者如"狼嚎"般的歌声——都让人感觉这场婚礼更像一场葬礼。主持婚礼的神父喋喋不休地对新人读着"平安、长寿、贞洁……让他们多子多孙……为他们降下天上甘露，给他们家里装满小麦、新酒、橄榄油……让他们家像黎巴嫩雪松一样繁茂……"①的祝词亦颇具反讽意味，预示了小说人物的悲剧性结局。

　　布宁不吝笔墨地描写了"新媳妇"出嫁时遮天蔽日、"一阵紧似一阵，猛得吓人"的暴风雪、"茫茫雪雾"中"阴暗如晦"的"天光"和被白雪覆盖、"不见杜尔诺夫卡"的大地②。雪作为通常只出现在冬季的自然现象，标志着一年四季轮回的终结，同时也是死亡的象征。吉洪、库兹马、"新媳妇"甚至整个杜尔诺夫卡都终将难逃"命运注定你死，败草必除"的悲惨命运。暴风雪无情地吞噬了一切，"落了片白茫茫大地真干净"。但是，同时作者在潜意识中似乎也正期待着一场暴风雪，涤荡尽俄罗斯大地的污浊；而当冰雪消融之时，俄罗斯也终将在僵死中重生。

　　"死是最高的美学命题"③。在《乡村》的结尾，生与死的二元对立被消解。生是死的结束，死是生的开始，在生与死的轮回中，一切都将复归本元。布宁在《乡村》等一系列作品中对死亡做了精彩的诠释，从死亡走向永恒，布宁最终完成了对死亡的超越，成为"永恒的记忆的创造者"④。

---

① 蒲宁：《蒲宁文集》，第4卷，戴骢等译，安徽文艺出版社，2005，第113、123、125、124页。
② 同上书，第125、123页。
③ 颜翔林：《死亡美学》，学林出版社，1998，第46页。
④ Степун Ф А. Иван Бунин//Современные записки. Париж，1934. № 54. С. 205.

第三节　《苏霍多尔》：家族叙事与民族性书写

在俄罗斯文学发展史上，作为类型小说的家族小说（семейная хроника，семейная сага）取得了非凡成就。阿克萨科夫的《家庭纪事》（1857）、列夫·托尔斯泰的《战争与和平》（1863—1869）、萨尔蒂科夫-谢德林的《戈洛夫廖夫老爷们》（1875—1880）、布宁的《苏霍多尔》（1911）、高尔基的《阿尔塔莫诺夫家的事业》（1924—1925）等经典小说透过人物命运和家族兴衰，以家族叙事的模式绘制了时代风云、社会变迁与民族心灵的广阔历史画卷。《苏霍多尔》作为俄罗斯家族小说谱系中独具特色的一环，更是呈现出 19 世纪与 20 世纪之交俄罗斯家族小说有别于西方家族小说的流变轨迹。

一

《苏霍多尔》堪称布宁最完美的作品，其问世之时正值作家小说创作的第一个高峰。随着中篇小说《乡村》《苏霍多尔》等作品的相继问世，一直游离于主流文学圈之外的布宁终于得以跻身一流作家之列。

两部曲《乡村》和《苏霍多尔》的问世是布宁 1890—1910 年积聚的巨大创作力的集中爆发，标志着其创作开始步入成熟时期。高尔基对这两篇小说的评价可谓一语中的，他称赞《乡村》"初次让人去思考俄国问题……从未有人如此深刻地、如此历史化地描写过乡村"[1]，而《苏霍多尔》则是"最惊心动魄的俄国书籍之一"[2]。从小说的内容来看，《乡村》侧重于反映农民和小市民的生活；而《苏霍多尔》则致力于"绘制俄罗斯民族的另一代表——贵族的生活图景"[3]，展现俄国外省贵族的庄园生活，反映他们的精神风貌与心灵特征。小说记述了外省贵族世家赫鲁晓夫家族的兴衰历程、祖孙三代的爱恨纠葛及其领地苏霍多尔庄园的衰败没落。小说以第一人称的形式讲述了苏霍多尔的往事，但事实上叙述者"我"并非这些事件的亲历者，更多时候是来自女主人公、赫鲁晓夫家的家奴娜达莉娅的回忆。

① Бабореко А К，Бунин И. А. Материалы для биографии（с 1870 по 1917）. М.：Художественная литература，1983. С. 151 – 152.

② Горьковские чтения.1958—1959. М.：Изд-во АН СССР，1961. С. 51.

③ У академика И. А. Бунина（беседа）. Московская весть，1911，№ 3，12 сентября.

　　布宁的前辈作家们奠定了俄国家族小说的典型形态,即贵族地主与农民共同居住的宗法制下的外省农庄。《苏霍多尔》延续了这一传统,赫鲁晓夫家族就是一个由"家奴、农奴和贵族"构成的"有血缘关系的大家庭",牢牢地主宰着每个人的灵魂的"是对往昔的怀念,是草原,是草原上那种古朴的生活方式,是古老的家族观念,正是这种观念把苏霍多尔的农奴、家奴和贵族联结成一体"。贵族与奴仆甚至连性格都并无二致,"要么颐指气使,要么胆小如鼠"①。

　　赫鲁晓夫家族血统复杂,祖上拥有"古老的立陶宛和鞑靼王公的血统",同时又一直"羼杂有家奴和农奴的血液"。"我"的祖父彼得·基里雷奇和祖母安娜·格里戈里耶芙娜育有二子一女,长子彼得、次子阿尔卡季("我"的父亲)和女儿冬妮娅。在主人家中长大的侍女娜达莉娅是阿尔卡季乳母的女儿,先后服侍了赫鲁晓夫家三代人,受尽折磨,却在主人破落后依然选择留在苏霍多尔受苦,让人忍不住感叹"我们怎能不把大半辈子和我们父亲过着几乎一模一样生活的娜达莉娅,认作是我们古老的世族赫鲁晓夫家的亲属呢"②。她的堂兄弟、男仆格尔瓦西卡则是彼得·基里雷奇的私生子,而阿尔卡季又曾与格尔瓦西卡结拜为兄弟,情同手足。家族成员扑朔迷离的身世,例如彼得·基里雷奇的生母、彼得和阿尔卡季兄弟迥异的个性、格尔瓦西卡的身世等一直都是家中津津乐道的话题。

　　苏霍多尔的主人和农奴之间的关系亦是十分复杂,一方面世上哪里也找不到比他们更没架子、更好心的主人,但同时他们又性情乖戾,恣意妄为,随意处罚农奴。娜达莉娅的父亲因一点过错就被主人送去当兵,死在外边,母亲因照管的火鸡雏被冰雹砸死而被活活吓死,她本人也因为暗恋大少爷彼得,偷拿了他的一面镜子而被剪光头发,押送到田庄干农活。但是,奴仆对主人也并非都是无条件的服从,他们对主人也会恶言相向,甚或欺凌施暴,格尔瓦西卡就杀死了彼得·基里雷奇,美貌的女主人也曾被男仆特卡奇侮辱却不敢反抗。

　　在赫鲁晓夫家族内部,父子反目、兄弟成仇的事情也屡见不鲜。彼得·基里雷奇在和兄长分家时,后者将上好的世袭领地据为己有,却把贫瘠的田产分给了弟弟。彼得与阿尔卡季兄弟在父亲死后试图改善困顿的家境,却

　　①　蒲宁:《蒲宁文集》,第 4 卷,戴骢等译,安徽文艺出版社,2005,第 130,160 页。
　　②　同上书,第 130,127 页。

因轻信而典掉领地,买入三百匹劣马,本想养肥卖掉大赚一笔,结果赔了个精光,兄弟两人也从此势同水火,甚至连吃饭也要拿着皮鞭。

赫鲁晓夫家族成员的命运大都十分悲惨。彼得·基里雷奇因妻子之死而发疯,后被私生子兼男仆的格尔瓦西卡杀死,彼得雪夜乘雪橇回家被马踩死,冬妮娅因失恋而发疯,孤独终老,阿尔卡季住在姑母的卢涅瓦庄园,却无时无刻不生活在对苏霍多尔的思念和有家难回的痛苦之中。格尔瓦西卡杀人后亡命天涯,不知所踪。女主人公娜达莉娅更是命运多舛,虽然后来又被接回苏霍多尔服侍发疯的冬妮娅,却经常遭到小姐的打骂,还被无耻之徒游僧尤什卡奸污,怀孕后又因家宅失火受到惊吓而流产。

古老而神秘的赫鲁晓夫家族祖上曾出过不少达官显贵,可是传至彼得·基里雷奇一辈时就已经开始没落,此后,在经历了彼得·基里雷奇横死、克里米亚战争、冬妮娅发疯、家宅毁于大火、兄弟失和、彼得惨死等一连串变故的打击之后,更是一蹶不振。最后,连苏霍多尔也被彼得的儿子卖掉,留在"家徒四壁的倾圮的"祖宅里的只有彼得的遗孀克拉芙季娅、冬妮娅和娜达莉娅,在饥寒交迫中聊度余生,甚至连寒冬也无钱取暖,"回忆、梦幻、口角和为糊口而犯愁,成了他们生活的全部内容"。"仅在短短的半个世纪之内,几乎整个阶层就从地球上消失了",子孙更是"一代不肖于一代,有的发疯,有的自杀,有的不惜自戕,纵酒、堕落,最终像虫豸一般消失在某个地方了"。①

将赫鲁晓夫家族乃至所有苏霍多尔人紧紧联系在一起的并不仅仅是千丝万缕、错综复杂的血缘关系,而是对苏霍多尔的那种深深的眷恋与痴迷,苏霍多尔是他们心灵栖居的精神家园。阿尔卡季曾感叹:"苏霍多尔可真是乐土呀,这该死的地方"。② 诚然,对于每个苏霍多尔人来说,这里既是"乐土",也是"该死的地方"。苏霍多尔曾经森林密布,可是传到彼得·基里雷奇这一代时,"已是满目衰败景象,贫瘠的草原一望无垠,各处山坡上光秃秃的,见不到一棵树木"。但"静谧、贫困、偏僻"的苏霍多尔却用它并不丰饶的土地和并不可口的粮食养育了苏霍多尔人。"苏霍多尔人是在荒凉、落寞、死气沉沉,然而又错综复杂的生活中长大成人的,他们无不遵从那种共同的、亘古不化的、生息繁衍的方式。这种生活方式非但从不受时尚的影响,

---

① 蒲宁:《蒲宁文集》,第 4 卷,戴骢等译,安徽文艺出版社,2005,第 192 页。
② 同上书,第 130 页。

而且苏霍多尔人都对其信守不渝,有了这两点,按说这种方式应当子孙万代地传下去,永无止日。然而苏霍多尔人都是随遇而安的人,是软弱的人,是'受不了惩罚的人',要知道他们毕竟是浪迹草原的游牧民族的后裔呀!"①

赫鲁晓夫家族充分体现了俄罗斯民族性格的典型特征——矛盾性和极端性。赫鲁晓夫一家乐善好施,待奴仆亲如一家,有时却又肆意施虐,完全凭个人好恶随意支配奴仆的命运。他们充满爱国主义与英雄主义热情,彼得和阿尔卡季曾以志愿者的身份主动参加克里米亚战争,就连娜达莉娅也认为"是该教训教训这些个法国佬"。但面对变故和困厄他们又茫然不知所措,只是一味地听天由命,如作家感叹的那般——"今后日子怎么过,会不会反而不如现在?要按照新的样子生活——这可不是儿戏!主子也一样,他们也将按照新的样子生活,可是他们连按照老样子生活也不会。"②最后只能眼睁睁地看着家族不可避免地走向衰亡,甚至连自己也成为殉葬品。赫鲁晓夫家族的性情冲动,火爆好斗,又消极懒散,不事产业,何尝不是俄罗斯民族性格的真实写照呢?!

小说中的苏霍多尔实际上就是整个俄国的象征,而苏霍多尔人则集中反映了俄罗斯民族的性格特征。俄罗斯民族在其千年形成与发展历程中,曾与多个欧洲和亚洲民族接触、杂居、通婚和融合,作家让赫鲁晓夫家族拥有立陶宛和鞑靼血统恰恰就体现了这一点。立陶宛与波兰具有较近的亲缘关系并且在波兰的影响下改信了天主教,在历史上也曾与俄国发生过战争,但俄国对待两者的态度却大相径庭。在俄国人看来,立陶宛人是亲兄弟、自己人,彼此之间具有相近的民族性格;而从西方接受了天主教的波兰则是异教徒、异己者,傲慢虚伪、精于算计、善于阿谀奉承,显现了斯拉夫民族性格的退化以及与斯拉夫世界的疏离。

俄国历史上经历了长达两百余年的"鞑靼蒙古桎梏",这在其国家政治、经济、军事、日常生活乃至民族文化和性格上都打上了深刻的东方印迹。在蒙古人奉行的个人服从群体的观念的影响下,俄罗斯人逐渐形成了恭顺驯服的民族性格。其热情豪放又保守封闭、勇武善战又冲动好斗以及无政府主义等性格特征无一不与蒙古人有着莫大的关系。这些民族性格特点在赫鲁夫家族有着鲜明的体现,同时也成为其家族悲剧命运的一个重要原因。

---

① 蒲宁:《蒲宁文集》,第4卷,戴骢等译,安徽文艺出版社,2005,第142,190,191页。
② 同上书,第175,188页。

此外,作家在呈现俄罗斯民族性格图景时,还将其置于与同源的乌克兰民族的比较之中,例如娜达莉娅被罚到偏远的索什基田庄干农活时遇到的霍霍尔人夫妇沙雷和玛丽娜。霍霍尔人本就是对乌克兰人的卑称,但在这篇小说中布宁却借娜达莉娅的所见所闻,描写了乌克兰人异于俄罗斯人的日常生活与性格特征。娜达莉娅怀着忐忑不安的心情来到索什基,却发现那里"竟是那样的迷人,跟苏霍多尔大不一样",苏霍多尔的农舍"破破烂烂","邋里邋遢",[①]霍霍尔人的农舍却干净整洁,井然有序。霍霍尔夫妇端庄持重,沉默寡言,待人以礼,并没有因娜达莉娅犯了"偷窃罪"而歧视虐待她。在索什基平静的生活中,娜达莉娅逐渐平复了心境,学会了以驯顺平和的态度面对命运的磨难,并最终成为赫鲁晓夫家族历史的见证者与讲述者。

在小说的结尾,苏霍多尔已经空无一人,家宅倾圮,庄园被一望无际的黑麦所湮没。赫鲁晓夫家族最终也难逃倾覆的悲剧宿命,与旧的时代、旧的制度一道沉入历史的深渊,只余下家族墓地上几个歪歪斜斜的十字架,被时光遗忘。

二

布宁的文学创作跨越了 19 与 20 两个世纪,《苏霍多尔》问世之时,正值俄国文坛被浓厚的"世纪末"情绪所笼罩。列夫·托尔斯泰在《世纪的终结》(1905)一文中对此进行了深刻的诠释:"用福音书的话来讲,世纪与世纪终结并不意味着一个百年的结束与开始,而是意味着一种世界观、一种信仰和一种人际交流方式的终结和另一种世界观、另一种信仰、另一种交际方式的开始。福音书中说,从一个世纪向下一个世纪过渡时一切灾难都将发生,背叛、欺骗、暴行和战争……我不把这些话看作超自然的预言,而当作一种指示,当人们曾经的信仰与生活方式被另外一种所代替,当衰亡的旧事物消失并被新事物取代时,就会不可避免地发生大的动荡、暴行、欺骗、背叛和种种践踏法律的行为。"[②]

俄罗斯文学一直关注善与恶、爱与死、生存的意义及道德问题,并将这

---

① 蒲宁:《蒲宁文集》,第 4 卷,戴骢等译,安徽文艺出版社,2005,第 169 页。

② Толстой Л Н. Полн. собрание сочинений. В 90 т. Т. 36. М.: Художественная литература, 1936. С. 231 – 232.

些问题与社会问题、人与社会、人的精神世界与社会现实之间的相互关系问题联系在一起。世纪末语境下的俄国文学迎来了"深入思考祖国命运、革命与文学发展道路的时代"①。面对这样一个充满危机与变革的时代,任何作家都不可能对国家政治与社会生活的风云变幻置身事外,对国家前途命运与文学发展道路问题的思考成为俄国文学的当务之急,布宁自然也不例外。

20世纪初的俄国危机四伏,帝国的衰落、日俄战争的惨败、1905年资产阶级革命及民粹运动的破产,这一系列历史事件都促使布宁去思考俄罗斯国家的历史命运与民族性格问题。诚如作家本人所说,"吸引我的并不是农民本身,而是俄罗斯人的心灵……我不想描写乡村多彩与流动的日常生活。令我感兴趣的主要是俄罗斯人深邃的心灵,是描绘斯拉夫人的心理特征……我发表了《乡村》。这是一系列尖锐刻画俄罗斯心灵及其独特的错综复杂性、或明或暗但几乎总是悲剧性素材的作品的开始"②。作家这一时期的创作也印证了这一点,他对这些问题的关注确实并非一时的心血来潮,而是延续了数年之久,《乡村》《苏霍多尔》以及"农民系列短篇小说"都是其对"俄罗斯心灵""俄罗斯性格(русский характер)"给出的独特解读。特别是在《乡村》和《苏霍多尔》中,布宁更是着力于对俄国贵族与农民精神气质同一性的呈现。作家认为屠格涅夫、托尔斯泰虽然也写过贵族,但他们描写的只是少数高级贵族,而不是大多数贵族。事实上,绝大多数的俄国贵族过着和农民一样的生活,他们有着和农民一样的、比托尔斯泰和屠格涅夫笔下的贵族更加典型的俄罗斯心灵,他们与农民唯一的差别就是"物质上的优越"③而已。

布宁在《苏霍多尔》中试图通过赫鲁晓夫家族的历史来展现俄国贵族的命运,追溯其走向没路的根源,小说已经没有了《安东诺夫卡苹果》中的那种理想化色彩和对宗法制的美化,由古老的传说与歌谣、赫鲁晓夫家族的日常生活及其与农奴共有的生活方式等多层面呈现的俄罗斯民族精神图景也远比《乡村》更为神秘复杂和震撼人心。作家以真实而严峻的笔触描写了他自幼生长于其间的俄罗斯乡村的没落与衰败,试图以此探寻俄国社会面临的动荡和危机的历史根源与心理机制。

俄罗斯文学作为典型的、宏大的民族—国家寓言,家族小说一直能长盛

①　Муратова К Д. Реализм нового времени в оценке критики 1910-х годов//Судьбы русского реализма начала века. Под ред. К. Д. Муратовой. Л.: Наука, 1972. С. 137.

②　Бунин И А. собр. соч. В 9 т. Т. 3. М.: Художественнаялитература, 1965. С. 477 - 478.

③　У академика И. А. Бунина (беседа)//Московская весть, 1911, № 3, 12 сентября.

不衰、经典辈出的根本原因就在于其不仅具有地方志、风俗史的历史价值，更是对民族精神的全方位书写。布宁将《乡村》和《苏霍多尔》的创作宗旨定位为解读俄罗斯心灵之谜，其实质就是探寻俄罗斯民族精神与文化之根，作家将这种文化反思回到个体的生活本身，回到其所熟稔的乡村生活的直接经验中去。这种寻根（поиски корня）实际上是寻找自我，是寻找作家的个性自我，也是寻找民族文化的自我。在《苏霍多尔》中，布宁没有对生活和历史进行单纯的政治层面剖析，而是深入到民族历史文化心理结构中去，由政治批判层面上升到历史文化反思层面，从而实现了对传统文化的深层批判和对民族精神的拷问与反思。

三

家族小说不仅记录下了社会生活与时代风貌，也体现出各种文化思潮与文学观念对小说创作的影响。《苏霍多尔》就清晰地呈现出 19 世纪与 20 世纪之交俄国文学在文学规范、文学的表现方法和审美价值评判等方面发生的嬗变与转向。

长期以来，布宁一直被归入现实主义作家之列，甚至有人称其为 19 世纪俄国文学的最后一位经典作家。他与高尔基领导的、捍卫现实主义传统的知识出版社保持的良好关系似乎更加印证了这一点。但事实上，布宁的世界观与诗学都与传统的现实主义不尽相同，他与知识出版社主张的日常生活叙事也相去甚远。即便是现实主义的传统主题与生活场景在布宁笔下也是以一种不同的方式呈现出来的。这种差异性在其 20 世纪初的创作，特别是《乡村》《苏霍多尔》中表现得尤为明显。

19 世纪与 20 世纪之交是俄国现实主义与现代主义交锋的时代。事实上，布宁几乎是与现代主义同时走进俄国文学的，而其与现代主义的关系可谓是错综复杂，耐人寻味。19 世纪末 20 世纪初的前几年，布宁曾与象征主义者有过短暂的接触与合作，其诗集《落叶》就是由象征派的天蝎出版社出版的，他主编的《南方观察报》也是最早发表俄国现代派作品的报纸之一。但是，双方的"蜜月期"仅仅持续了一年多就结束了，对此，布宁给出的答案是不想再和"这些新伙伴一起扮演寻找金羊毛的勇士、魔鬼、术士，卖弄词句，胡言乱语"①。此后，他更是不止一次地对勃留索夫、布洛克等象征派诗人提出尖锐的批评，认为其背离了俄国文学固有的深沉厚重的传统，使俄国文学陷入贫乏和停滞。对于当时俄国文坛象征主义、自然主义、阿克梅派、未来主义你方唱罢我登场的局面，布宁甚至直斥其为"群魔乱舞"。事实上，布宁曾经批评过很多前辈和同时代作家，但最持久、最激烈的批评却是针对现代派和陀思妥耶夫斯基的。究其原因就在于两者都侵入了其文学领地，从而触动了作家内心深处隐秘的文学竞争情结。但吊诡的是，自认为不属于任何文学流派与阵营的布宁，却唯独没有拒绝被贴上"颓废派"的标签，这无疑又说明了布宁对俄国现代主义态度之微妙。20世纪初颓废派曾被认为是象征主义者的代名词，但在此后短短的十几年时间，现实主义作家便也被归入颓废派之列。这亦从一个侧面折射出布宁小说的多元美学特征，更被有些学者认为是开辟了俄国超现实主义的先河。

事实上，令布宁与现代主义一度接近的一个重要原因就在于两者具有共同的目标，即对现实主义的反思与超越。世纪之交的作家普遍不满足于传统的叙事形式，布宁亦不例外。布宁力求用通俗易懂的语言来表达那种"生活中与我自己身上的、书上从未好好描写过的、深刻的、神奇的、无法表达的东西"②。布宁"将被叙述的'我'与叙述的'我'联系了起来，而叙述的'我'又与作者的'我'联系了起来。他把这种开放的、严肃的自白不仅视为艺术摆脱虚伪与假设性，乃至从时间、遗忘与死亡中拯救出来的办法"。有鉴于此，情节不再是其关注的中心，其作品的戏剧性也不在于情节的冲突，而是来源于氛围与叙事基调。如果说现实主义美学的核心与精髓是"典型性"，那么布宁追求的就是"生活表现形式的独一无二性"③。这样一来，布宁就不自觉地加入到了世纪之交现代主义发动的对现实主义的斗争中来。

历史化叙事作为俄罗斯文学的经典叙事模式，一直通过建立历史元叙事的模式来支配文学实践。但在19世纪与20世纪之交，俄国文学却出现了

---

① Бунин И А. Собрание сочинений. В 9 т. Т. 9. М.：Художественная литература，1967. С. 264.

② Бунин И. А. Собрание сочинений. В 9 т. Т. 5. М.：Художественная литература，1966. С. 179.

③ Мальцев Ю. Иван Бунин：1870—1953. М.：Посев，1994.（https：//studfiles. net/preview/1864928/page：5/）

一种非历史化倾向,一种个人化经验和语言本体的现代性写作转向。在这场文学的历史化与非历史化的交汇和博弈中,作家也常常表现出迎合与反思的双重姿态,而布宁这一时期的小说创作就是这两种倾向杂糅的样本。如果说布宁在《山隘》《轻盈的气息》《从旧金山来的先生》《阿强的故事》等短篇小说中体现出强烈的非历史化倾向,那么在《乡村》和《苏霍多尔》中,他将历史化与非历史化融为一体,同时还引入了现代主义的表现手法,以中篇小说的容量成就了悠远宏阔的民族—国家寓言,从这一点上看,同辈作家再无人能出其右。

《苏霍多尔》问世之时正值布宁创作的成熟时期,展现了布宁无与伦比的叙事天赋,被俄侨文学批评家米尔斯基赞誉为"现代俄国小说中最伟大的杰作之一","是一件完美艺术品,独一无二,欧洲文学中尚无堪与之媲美者"①。在这篇小说中,布宁尝试了"全新的情节建构(不按时间的先后顺序、对现实时间的消解),全新的叙事形式(多声部性)、全新的人物刻画(散落于小说各处的印象主义细节,印象主义的形象构成了小说结构的基础,如同新印象派的绘画一般由各种细微因素的总和构成了作品的整体),对'家庭纪事'以及更加广阔的民族命运主题的全新诠释(不是那种社会学式的或是日常生活描写式的诠释,而是源自人们心灵深处及其潜意识的、形而上生活的诠释)"②,而这种创新性也正是这篇小说长期被争论与误读的根本原因之所在。事实上,《苏霍多尔》既不是对贵族庄园生活的理想化,也不是对贵族地主阶级的批判,而是要借此探究谜一般的俄罗斯心灵。

俄罗斯文学作为俄罗斯民族精神的载体,同时也参与着民族意识的建构和民族文化的认同。俄罗斯家族小说更是以宏大的历史悲剧意识为美学底蕴,以家族史来书写民族历史、文化和精神,同时以家喻国,将个人的生存、家族的命运融于时代的变迁与国家的兴衰,展现出一种恢宏厚重的史诗气质。布宁的《苏霍多尔》继承了俄罗斯家族小说的深厚传统,以细腻感伤的笔触记录了赫鲁晓夫家族的日常生活、家族成员的情感纠葛及其所居住的苏霍多尔庄园的风土民情,但又不拘于贵族庄园挽歌的窠臼,将家族史与民族史书写结合了起来,不仅反映了克里米亚战争、废除农奴制等发生在19

---

① 米尔斯基:《俄国文学史》(下),刘文飞译,人民出版社,2013,第129页。
② Мальцев Ю. Иван Бунин: 1870—1953. М.: Посев, 1994.(https://studfiles.net/preview/1864928/page:5/)

世纪下半期俄国国家政治与社会生活中的一系列重大历史事件,更是以赫鲁晓夫家族为缩影展现了俄罗斯民族和国家的历史命运以及民族性格的复杂性与神秘性,成为 20 世纪俄罗斯家族小说中最具代表性的一部经典之作。

第四节　《轻盈的气息》:"沉重的十字架"

《轻盈的气息》是布宁的短篇小说代表作之一。这篇小说自 1916 年问世起,即被公认为"经典与现代短篇小说的典范",以其高度的叙事艺术成就、清晰展现的体裁"修辞特征"、情节发展不落"社会理性"[①]小说窠臼以及阅读引发的独特审美体验等因素为研究者对其文本进行多元解读提供了充分的可能性。

结构主义是兴起于 20 世纪 60 年代的一种文本批评方法,它强调整体模式研究,主张在"逻辑—语义"的层面上,对系统进行语义解读,从而达到挖掘与作品结构密切相关的文本的深层意蕴的目的。从结构主义叙事学角度对《轻盈的气息》进行解读与阐释,有利于呈现小说文本的深层结构与意蕴,从而挖掘出这一经典作品的内在价值。

一

托多罗夫是法国结构主义的重要代表人物之一,参照他提出的"平衡—打破平衡—重归平衡"这一文本普遍模式,我们在此尝试将该小说的叙事结构归纳为"旧的有序状态—打破—混乱—新的有序状态"这样一个过程。小说的女主人公奥利娅·麦谢尔斯卡娅是一个相貌姣好、活泼聪颖、正值豆蔻年华的女中学生。她出身于一个富裕的上层社会家庭,深受父母宠爱,本来和父母过着平静而幸福的生活。可是她在 14 岁那年却被父亲的友人马柳京诱奸,由此旧有秩序被打破,引发了此后的一系列混乱。她在失身后,举止变得有些轻佻任性,曾令男中学生舍申疯狂地追求,却又以"反复无常"的态度"害得他几次想自杀";后来又与一个粗野的哥萨克军官恋爱并答应嫁给

---

① Выготский Л С. Лёгкое дыхание//И. А. Бунин: pro et contra. СПб.: РХГИ, 2001. С. 440 -441.

他,最后却又声称自己"从来连想都没想到过会爱他这种人"并给他看了自己失身于马柳京的日记,这个军官出于愤怒将其枪杀。奥利娅死后被葬于县公墓,她的女级任老师每逢假日都会造访她的墓地,将她作为"倾注自己无休无止的想象和感情的对象"①。最终,一切重归平静,事件由极度的混乱状态又回到了更高层次的有序状态。

叙事时间是托多罗夫在《叙事作为话语》一文中提出的一个重要的话语范畴,对这一问题的关注是基于故事发生的时间和叙事的时间之间存在的差异,从某种意义上说,叙事时间是一维的线性时间,而故事发生的时间则是立体的;因此,小说在如何处理叙事时间的问题上也表现为多种类型。

俄苏心理学家维戈茨基是一位较早注意到《轻盈的气息》的叙事时间问题的学者,他在自己的同名论文中借用了俄国形式主义者什克洛夫斯基等人有关"本事(фабула)"与"情节(сюжет)"的理论,对这个问题进行了独到而细致的分析。他认为小说中所谓"材料与形式之间的相互关系"即是"本事与情节之间的相互关系",其中本事是指"小说中构成日常事件基础的材料",而情节则是指"对该小说所做的形式上的加工"②。由此可见,本事作为小说的基本材料,应该是一系列按发生时间的先后顺序排列的事件,而情节则应是经过作者的精心安排而在文本中实际呈现的一系列事件。

小说应该按照事件发生的先后顺序来写,但是由于事件的共时性以及作者的意识流动不受时间一维性的限制等原因,小说的叙事时间既可以表现为"情节"按照"本事"的进展平铺直叙,也可以由作者根据自己的创作意图建构"情节",以便突出小说的主题思想。《轻盈的气息》就突出体现了这一特点。维戈茨基对这篇小说中的事件进行了排列与重组,他将所有事件分为两个序列,一个序列以奥利娅为主线,另一个序列则以级任老师为主线,并按照这些事件发生的先后顺序进行了重新排列。具体如表 4.1 和表 4.2 所示。

①　蒲宁:《蒲宁文集》,第 3 卷,戴骢等译,安徽文艺出版社,2005,第 62、64、67 页。

②　Выготский Л С. Лёгкое дыхание//И. А. Бунин: pro et contra. СПб.: РХГИ, 2001. С. 436.

表 4.1　以奥利娅为主线的排序

顺序	事件发生的先后顺序	文本中实际呈现的顺序
1	A 童年	O 坟墓
2	B 少女	A 童年
3	C 与男中学生舍申的片断	B 少女
4	D 有关轻盈的气息的谈话	C 与男中学生舍申的片断
5	E 马柳京来访	H 生命中最后一个冬季
6	F 与马柳京发生关系	K 与校长的谈话
7	G 将此事写在日记里	F 与马柳京发生关系
8	H 生命中最后一个冬季	L 被杀
9	I 与军官的片断	I 与军官的片断
10	J 与校长的谈话	G 将此事写在日记里 L 被杀
11	K 被杀	N 法院侦察员审讯哥萨克军官 E 马柳京来访
12	L 葬礼	F 与马柳京发生关系
13	M 法院侦察员审讯哥萨克军官	
14	N 坟墓	

表 4.2　以级任老师为主线的排序

顺序	事件发生的先后顺序	文本中实际呈现的顺序
1	a 级任主任	a 级任主任
2	b 对弟弟的幻想	f 造访墓地
3	c 关于思想劳动者的幻想	g 在奥利娅的坟前
4	d 有关轻盈的气息的谈话	e 对奥利娅的幻想
5	e 对奥利娅的幻想	b 对弟弟的幻想
6	f 造访墓地	c 关于思想劳动者的幻想
7	g 在奥利娅的坟前	d 有关轻盈的气息的谈话

从上述分析可以看出,《轻盈的气息》采用了非线性叙事,事件的发展并非是按照其发生的先后顺序以"直线"的方式推进的,而是"以跳跃的方式展开的"。小说的叙事者"忽而跳到后面,忽而跳到前面",常常将发生时间相距"较远的叙事点连接与比照起来","出人意料地从一个点跳到另一个点"①。但是,这篇小说的叙事并没有因这种间断性、跳跃性而显得杂乱无章,而是一个首尾呼应的艺术整体。小说从对奥利娅之墓的描写开始,经过一系列的插叙和倒叙,最后又回到了叙述的起点——奥利娅墓前,级任老师坐在那里回忆奥利娅与女友有关"轻盈的气息"的谈话。同一地点,同一时间,"本事"与"情节"的差异又归于文本叙事的完整统一。

这种差异与统一当然不是随意为之的,而是为了更加突出地体现作者力图表达的思想主题——轻盈与沉重、生命与死亡、灵魂与肉身的对立。在维戈茨基看来,这篇小说一方面借助于奥利娅的故事揭示了"日常生活的平淡乏味","空虚、无聊、卑微";另一方面,这篇小说的真正主题并不是要描写"一个外省女中学生"的爱情纠葛,而是着力于"轻盈的气息",小说通篇所散发出的"那种超然、轻灵、疏离与生活的无比的明澈之感",恰恰是"无法从构成小说基础的那些事件本身中引发出来的"②,"轻盈的气息"不仅是小说的题目,实际上还构成了小说的主题与主线,奠定了小说的基调与结构。

小说通篇都笼罩在"轻盈"与"沉重"错综交织的双重氛围中,而这种双重性的叙述风格正是通过运用对比这一修辞手法建构起来的。例如,在小说的开头,作者这样写道:

在公墓的一座新堆起来的土坟上,竖立着一个坚实、沉重、光滑的新的橡木十字架。

四月份的天灰不溜丢的;开阔的县公墓上的一座座墓碑,由于眼下树木还是光秃秃的,隔着老远就能望到。料峭的寒风在墓地上飒飒地响着,十字架的台基上,瓷制的花环也发出飒飒的响声。

十字架上镶嵌着一幅很大的凸起的椭圆形的烧瓷像,那是一个女子中学生的遗像,她长着一对活泼得惊人的欢乐的眼睛。

① Выготский Л С. Лёгкоедыхание// И. А. Бунин: proetcontra. СПб.: РХГИ, 2001. С. 443 – 444.

② 同上书,С. 442 – 446.

她是奥利娅·麦谢尔斯卡娅。①

空旷而荒凉的墓地、灰蒙蒙的天空、料峭的寒风、沉重的十字架与女主人公那双"活泼得惊人的欢乐眼睛"构成了鲜明的对照。随后,作者又以一种田园诗的笔调向我们呈现了奥利娅生前"无忧无虑"的"幸福"生活:她"家道清白、家境富裕",深受"家人宠爱",天资聪颖却调皮好动;夏日她与家人在庄园小住,乡居生活惬意而又充满诗意;在她生命中最后那个"多雪"而"晴朗的"冬天,她散步、溜冰,"心情特别快乐,像发了狂一样",②但是这一切都随着不期而至的死亡的来临戛然而止。生命的轻灵之美与死亡的沉重在此形成的强烈反差,深深地震撼了读者。而出人意料的是,奥利娅悲剧性的死亡最终却带给了她的级任老师新的精神寄托。

这个妇人是奥利娅·麦谢尔斯卡娅的级任老师,一个老处女,长久以来,一直用某种臆想来替代她的现实生活。起初她的臆想都集中在她弟弟身上。他是个收入微薄,一无可取之处的准尉,她曾把她的整个心灵,同他,同他的前程,连结在一起。不知她凭什么会认为她弟弟的前程一定是飞黄腾达的。自从他在沈阳城下被打死之后,她便要自己安命乐天,终生当思想界的一个劳动者。奥利娅·麦谢尔斯卡娅的死激起了她新的幻想。如今奥利娅·麦谢尔斯卡娅成了她倾注自己无休无止的想象和感情的对象……

奥利娅的级任老师是一个习惯于活在别人的生活中的卑微的小人物,奥利娅遗像上那双"生机勃勃"的眼睛和对其生平的追忆重新点燃了级任老师生的希望,让"这个矮小的妇人心底"涌起"一种幸福感,就如一切献身于某种狂热的理想的人那样"③。同时,奥利娅曾经拥有的快乐人生与级任老师了无生趣的生活的比照,不仅增强了小说的审美意蕴,也有力地推动了小说叙事进程的发展。

布宁在这篇小说的创作中,一改俄国小说的传统叙事模式,大胆打破时空限制,令小说的两条主线——奥利娅与级任老师的生活时而平行、时而交

---

① 蒲宁:《蒲宁文集》,第 3 卷,戴骢等译,安徽文艺出版社,2005,第 61 页。
② 同上书,第 61 - 62 页。
③ 同上书,第 66 - 67 页。

集,同时借助于不同时空场面的对比与叠加赋予了小说灵动的叙事节奏和韵味,从而营造出一种独特的美学效果与氛围。

二

为了对《轻盈的气息》进行更加深入的分析,我们在此将引入格雷马斯的结构语义学理论对其进行解读与阐释。格雷马斯"运用结构主义方法,在进行结构语义探讨及文本例证分析过程中,逐步建立起一种可供人们实际操作的文本形式化叙事分析理论"。他在《结构语义学》一书中,从研究意义的基本结构入手,上升到行动元的类型研究。他将普洛普的七个行动范围简化与重组为三组二元对立的"行动元范畴":主体与客体、发送者与接受者、辅助者与反对者。为了使之适用于文本叙事研究,格雷马斯"放弃了孤立的语义分析",转而开始关注"文本各行动元之间的共时结构",并最终"运用结构主义思维,为叙事文本设计出一个行动元模型(модель)"(见图4.1)①:

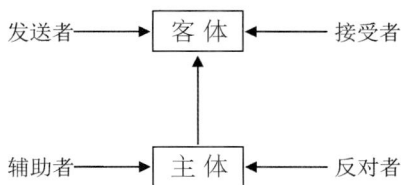

```
发送者 ──→ 客 体 ←── 接受者
              ↑
              │
辅助者 ──→ 主 体 ←── 反对者
```

图 4.1 格雷马斯的"行动元范畴"

居于这一模型中心的是主体与客体,"主体是欲望的发出者,客体既是欲望的对象,也是交流的对象,其他两对行动元起辅助作用",其中发送者与接受者关系到"客体的存在方式及最后的归宿"②,辅助者与反对者则对欲望的实现分别起到促进和阻碍的作用。

在此,我们将借助于这一模型对小说的人物及叙事结构展开分析。小说的题目是《Лёгкое дыхание》(《轻盈的气息》),其中 дыхание 一词具有"呼

---

① 李广仓:《结构主义文学批评方法研究》,湖南大学出版社,2006,第194、201页。
② 同上书,第202、200页。

吸""气息"之意,呼吸作为人类生存所必需的一项生理机能,自然而然地成了生命的象征。但是在小说中,дыхание 除了象征着生之外,也与美息息相关。小说中有一段女主人公奥利娅与女友关于"一个女人怎么样才算得上是美丽的"的谈话:

> ……有次午间休息时,麦谢尔斯卡娅同她亲密的女友、高大丰满的苏鲍季娜在校园内散步,奥利娅像打连珠炮似的对女友说:
>
> "我在爸爸的一本书里,——我爸爸有许许多多有趣的古书——看到过一段话,谈一个女人怎么样才算得上是美丽的……书里讲了许多,你懂吗,我无法统统记下来,反正这几条是少不了的:要有像沸腾的焦油一般的黑眼珠,——真的,的确是这么写的:像沸腾的焦油! ——要有像夜一般乌黑的睫毛,要有泛出柔和的红晕的面颊,要有苗条的身材,要有比一般人长的手指,——你懂吗,要比一般人长! ——要有一双纤小的脚,要有丰满适度的胸脯,要有圆得恰到好处的小腿肚,要有颜色跟贝壳一样的膝盖,要有一对削肩膀——瞧,有好多我几乎都能倒背如流了,人家讲得对嘛! ——而最主要的,你知道是什么吗? 要有轻盈的气息! 我恰恰有这样的气息,你听,我是怎么呼吸的,——对吗? 是这样的吗?"①

奥利娅在父亲的一本书中看到并认同美丽的女人必不可少的条件是"要有像沸腾的焦油一般的黑眼珠"、"像夜一般乌黑的睫毛"、"泛出柔和的红晕的面颊"、"苗条的身材"、"比一般人长的手指"、"一双纤小的脚"、"丰满适度的胸脯"、"圆得恰到好处的小腿肚"、"颜色跟贝壳一样的膝盖"、"一对削肩膀",最重要的就是要有"轻盈的气息"。而女主人公奥利娅认为自己就完全具备上述美的要件,她不仅有"一对活泼得惊人的欢乐的眼睛"、"细细的腰肢和匀称的双腿",美得难以言表的"胸脯和女性其他一切线条"②之外,还"恰恰有这样的"轻盈的"气息"。作者借此将"轻盈的气息"与生命之美联系在一起。

奥利娅作为小说的女主人公,是故事的中心人物,为故事的发展提供了基本动力。以"轻盈的气息"为表征的美是奥利娅在短暂的一生中所刻意追

---

① 蒲宁:《蒲宁文集》,第 3 卷,戴骢等译,安徽文艺出版社,2005,第 67 页。
② 同上书,第 61-62 页。

求和引以为傲的,"轻盈的气息"当之无愧地成了文本的核心,由此奥利娅和"轻盈的气息"分别成为行动元模型中的主体和客体。奥利娅与女友关于"轻盈的气息"的谈话是通过级任老师的回忆呈现的,奥利娅的生命之美也是借由级任老师的无尽追忆走向了永恒;而马柳京和哥萨克军官作为间接和直接杀害奥利娅的凶手,是美的毁灭者,他们分别充当了行动元模型的辅助者和反对者。小说结尾处,当作者借级任老师追忆了奥利娅与女友关于"轻盈的气息"的谈话之后,他又这样写道,"如今这轻盈的气息重新在世界上,在白云朵朵的天空中,在料峭的春风中飘荡"①。奥利娅如花的生命虽然终结,但"轻盈的气息"却"飘荡"于这"白云朵朵的天空中","飘荡于"这"料峭的春风中",生命之美并未因此消逝,而是被"重新"赋予了"世界"。通过对文本的上述分析,我们得到了该小说文本的行动元模型(见图4.2):

主体	→	奥利娅
客体	→	轻盈的气息
辅助者	→	级任老师
反对者 1	→	马柳京
反对者 2	→	哥萨克军官
发送者	→	生命
接受者	→	世界

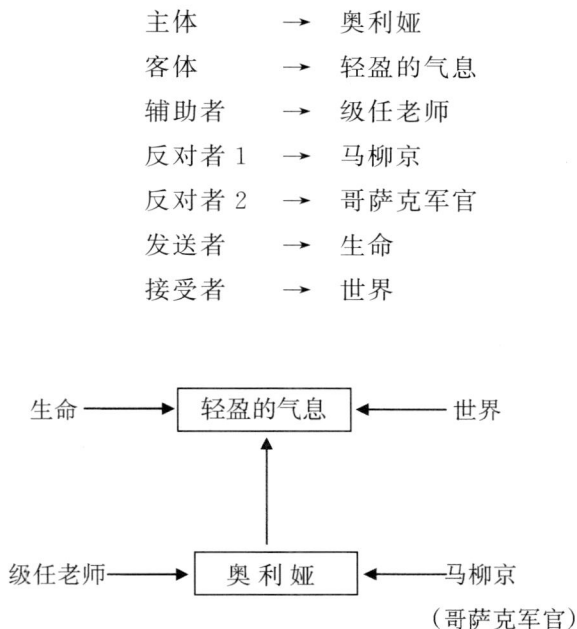

图 4.2 《轻盈的气息》文本的行动元模型

---

① 蒲宁:《蒲宁文集》,戴骢等译,第 3 卷,安徽文艺出版社,2005,第 67 页。

三

为了进一步挖掘小说的深层意义,我们在此借助格雷马斯的符号矩阵(матрица)来完成对小说文本的叙事结构及意义生成与呈现的研究。格雷马斯的符号矩阵是以二元对立原则为基础构建的,所谓二元对立,就是"把研究对象分为一些结构成分,并从这些成分中找出对立的、有联系的、排列的、转换的关系,认识对象的复合结构"①。在二元对立中,只要其中一项具有"肯定的特征",另一项就会具有"否定的特征",结构主义"往往就是运用这种思维方式,查找文学文本的对立结构,从最简单的对立,直至找到可概括整个文本的"②二元对立。格雷马斯在二元对立的基础上借鉴亚里士多德的对立与否定的命题与反命题理论建立起来的符号矩阵,称得上是一种可以对一切意义的基本结构进行形式化解析的抽象、普遍模式。格雷马斯的这一符号矩阵如图 4.3 所示,S 表示意义,S_1 和 S_2 是两个相反的义素,S^- 是矛盾项,S_1^- 和 S_2^- 是 S^- 的形式化:

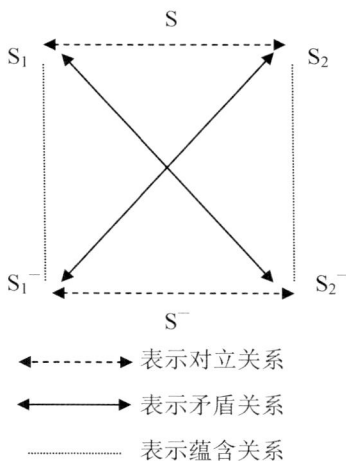

图 4.3　格雷马斯的符号矩阵

---

① 　张首映:《西方二十世纪文论史》,北京大学出版社,1999,第 171 页。
② 　李广仓:《结构主义文学批评方法研究》,湖南大学出版社,2006,第 111 - 112 页。

对《轻盈的气息》进行符号化解读可以形成如下的语义方阵(见图 4.4)：

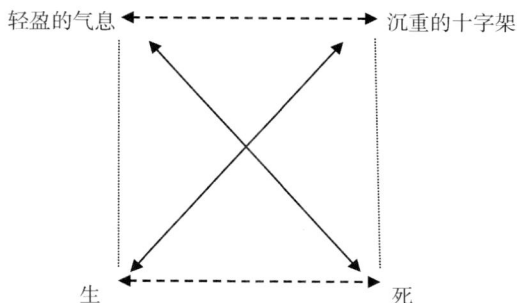

轻盈的气息 ←------→ 沉重的十字架

生 ←------→ 死

图 4.4　《轻盈的气息》的符号化解读

"轻盈的气息"与"深重的十字架"(тяжёлый крест)、生与死构成了小说文本最基本的二元对立。出现在小说结尾处的"轻盈的气息"既是小说的题目，也是小说的核心，在小说中象征着生命与美，与它相对立的则是出现在小说开篇之处的"沉重的十字架"。

自耶稣被钉死在十字架之后，十字架就成为耶稣受难死亡以救赎世人的象征。十字架作为基督教的标志性符号，是生与死、新与旧、灵与肉、神与我的交集，象征着生命与复活。小说中十字架这一符号的出现，具有深刻的宗教文化内涵。根据基督教教义，十字架是生与死的交叉点，"死亡与生命在十字架上会合——因基督之死，信者得生。死彰于斯，生始于斯。此生是得救之生，亦是新生之生。旧生命即'我'之生命，与基督同死于十字架上，而新生命即基督之'无我'生命，得以彰显于一举一动之中"①。肉身是沉重的，灵性是轻盈的，肉身死亡是灵性复活的开始，是新生的起点，是通向永恒的必由之路。奥利娅借由不期而至的死亡获得了新生，借由飘荡于世间的"轻盈的气息"走向了永生。死亡终结的只是奥利娅的肉身，生命之美却从不曾消逝，甚至借由死亡得以彰显，长留于追忆者的无尽回忆中，长留于世间，如同那"白云朵朵的天空"和"料峭的春风"一般。"轻盈的气息"和"沉重的十字架"将生与死连接在一起，生命的轻灵之美最终消解了死亡的沉重，死亡将美的瞬间定格并使之走向永恒。

---

① 十字架(http://baike.baidu.com/view/9577.htm)

对于《轻盈的气息》来说,结构主义叙事学为我们提供了一种探索文本深层意蕴的独特视角,但是这种对文本的结构主义解读方式却并非是万能的,正如罗兰·巴尔特指出的那样:"作品之所以是永恒的,不是因为它把单一的意义施加于不同的人,而是因为它向单个的人表明各种不同的意义。"①也恰恰是文本的这种不确定性和多义性才留给了我们对其进行多元化的解读与诠释的巨大空间。

第五节　《阿强的梦》:梦与真实

作为 19 世纪与 20 世纪之交的代表性作家,布宁的作品充满了悲剧性与怀疑主义的色彩,爱情、死亡与自然成为其创作的永恒主题。十月革命前的十年间,布宁已经完成了由诗人向小说家的华丽转身,他将诗歌的抒情性成功地融入小说创作中,推出了一系列佳作,其中创作于 1916 年的短篇小说《阿强的梦》与《四海之内皆兄弟》《从旧金山来的先生》因在风格与世界观方面的相关性构成了独特的艺术哲理三部曲。

《阿强的梦》的情节并不复杂:一位俄国船长从一个中国老汉手中买下了一只名叫阿强的狗,在此后漫长的返回俄国的航程中,阿强成了船长唯一的倾听者,船长告诉阿强自己是个幸福极了的人,因为他在奥德萨有个幸福的家:舒适的住宅、漂亮的妻子和活泼可爱的女儿。可是突然之间一切都变了,船长开始怀疑妻子不忠,自此陷于痛苦中不能自拔。他开始酗酒,生活也每况愈下,最后在穷困潦倒中死去,而自始至终陪伴在落魄的船长身边的只有忠实的阿强。小说的主题依然是布宁最为喜爱的爱情与死亡。

布宁别具匠心地选取阿强作为作品的主人公之一,并就此在开篇写道,"说谁还不都一样?众生都值得一提",其中流露出的众生平等思想实际也成了贯穿于作家这一时期小说创作的主旨。纵观通篇,作家一方面借助狗的视角和语式营造出"陌生化"的效果,另一方面更是通过阿强对船长生活的叙述完成了对生活的"真实(правда)"这一主题的深度思考与诠释。

生与死、生活之真实与虚空是布宁在这篇小说中着力探讨的问题。作者借阿强之口说出世上存在着三种真实:第一种真实是生活说不出的美妙,

①　巴尔特:《批评和真理》,转引自[英]霍克斯:《结构主义和符号学》,瞿铁鹏译,上海译文出版社,1987,第 162 页。

第二种真实是只有疯子才能弄明白的生活,第三种真实是所不知道的真实。前两种真实常常是相互交替出现的。船长曾经拥有第一种真实,即幸福的生活,但是他很快就发现原来世上存在着不是一种而是两种真实。第二种真实是痛苦的、龌龊的、冷酷的和令人疯狂的真实:

> 生活到处都是这样!一切都是谎言和胡说八道,人们却以此度日,他们既不信上帝,也没有良心,没有理性的生存目的,没有爱,没有友谊,没有诚实的品性,甚至连最普通的恻隐之心都没有。生活就是龌龊的小酒馆里无聊的冬日,好不了多少······①

在遭到妻子的背叛之后,船长开始相信世上只有凶恶的、卑劣的这一种真实,"即犹太人约伯的真实,那个神秘部族的智者的真实,《传道书》的真实"。对此,船长感叹道:"人呀,你要记住从小到大过的那些苦日子,以后你会说,我哪有一点快乐!"②这段话几乎就是圣经旧约《传道书》中传道者所说的"虚空的虚空,虚空的虚空,凡事都是虚空。人一切的劳碌,就是他在日光之下的劳碌,有什么益处呢?"③的翻版。

第三种真实是阿强在船长去世后才体会到的,是它"所不知道的真实":

> 此刻某个人也躺在那里,躺在······坟墓的里边。然而这某个人不是船长,不是的。既然阿强爱着船长,感到有船长这个人,它用记忆的视力仍然看得到船长——虽然谁也不懂得船长有多好——那就意味着船长仍然同它在一起:在那个死亡无法企及的无始无终的世界。在那个世界应该只有一种真实,也就是第三种真实,而它是什么样子的,阿强最终的主人是知晓的,阿强很快就要到那位主人身边去了。④

阿强曾经先后拥有四位主人:第一位主人是中国老汉,他将阿强卖给了第二位主人——俄国船长,船长死后,阿强又来到了第三位主人——船长的老友画家家中,同时等待着自己的第四位主人,"最终的主人",它知道自己

---

① Бунин И А. Сны Чанга. (http://lib.ru/BUNIN/chang.txt)
② 同上。
③ 《圣经·传道书》1.2,1.3.(http://bible.kuanye.net/hhb/)
④ Бунин И А. Сны Чанга. (http://lib.ru/BUNIN/chang.txt)

"很快就要到那位主人身边去了"。需要特别指出的是,布宁在写到这位"最终的主人"时,"主人"一词使用了大写,如同他在上文中"死亡"一词亦使用大写一般。

对于船长来说,发现妻子背叛自己之前的生活是第一种真实,之后的生活是第二种真实。对于阿强来说,被船长买下之后的航程是第一种真实,而陪伴借酒浇愁沦为酒鬼的船长的生活是第二种真实。但在布宁看来,无论是人还是动物,只有大写的主人,即死亡掌控的、未知的第三种真实才是最强大的、最不可抗拒的真实,才是唯一的、永恒的真实。

"梦"与"真实"是解读这篇作品的关键词。什么是梦?什么是真实?事实上两者之间并不存在任何界限。布宁借阿强之口感叹道:"又是黑夜了——是梦还是现实?又是早晨了——是现实还是梦?"[1]梦与真实构成了文本的两个层面,两者既是相互平行,又相互交织。在白昼与黑夜,梦与现实的变换交替中,生活由第一种真实走向第二种真实,并且最终将走向第三种真实。

从结构上看,小说中存在着过去、现在和将来这三大平行时空,其中过去是以回忆的形式体现的,而现在就是主人公痛苦的生活,将来则是早已预知的死亡。对于船长来说,过去、现在和将来这三种时空维度分别与上述三种真实相对应(见表 4.3)。

表 4.3   船长在三种时空维度上的真实

过去	现在	将来
第一种真实	第二种真实	第三种真实
家庭幸福美满 事业成功	穷困潦倒	死亡

对于阿强来说,过去、现在和将来既可以与他的四位主人分别对应(见表 4.4),又可以与这三种真实相对应(见表 4.5),但在时空上两者又有一些并不完全重合之处。对于阿强来说,第三种真实才是他所向往的,一个无始无终、死神也无法企及的世界,在那里,船长仍然与它幸福地生活在一起,永不分离。

---

[1]   Бунин И А. Сны Чанга. (http://lib.ru/BUNIN/chang.txt)

表 4.4　阿强在不同时空维度上的主人

过去	现在		将来
第一位主人	第二位主人	第三位主人	第四位主人
中国老汉	船长	画家	死亡

表 4.5　阿强在不同时空维度上的真实

过去	现在		将来
第一种真实	第二种真实		第三种真实
被船长买下并与其一起经历奇幻的海上航行	陪伴船长潦倒度日	船长死后被画家收养	死亡无法企及的无始无终的世界

从上面的三个表格可以看出，这种对应是处于不断变化之中的，具有一定的相对性，现在可以成为过去，唯有将来是不变的；其根本原因在于生活本身就在不断发生变化，唯有死亡这位"大写的主人"才是永恒不变的。

《阿强的梦》还体现了佛教与道教等东方宗教对布宁创作的影响。例如文中船长在感叹人生意义时，便提到了佛与道。

　　……难道你们的佛比你我笨吗？听着，他们说要爱大千世界，爱芸芸众生，从阳光、海浪、空气到女人、孩子，甚至洋槐的香气！或者，你知道吗，还有你们中国人发明的道？兄弟，我不太懂，别人也不太懂，有谁能弄明白什么是道呢？太元圣母，她孕育万物又吞噬万物，吞噬万物又孕育万物，换句话说，万物皆有其道，不可违逆。而我们却总是与它对着干，总是想让心爱的女人回心转意，甚至想让全世界都合我们心意！活在世上真可怕啊……很美好，也很可怕，特别是像我这样的人！我对幸福太贪心了，常常会迷惑：这个道是黑暗凶险的还是彻彻底底相反呢？①

按照佛家的观点，尘世的一切都如同镜花水月般转瞬即逝，一切存在都

---

① 　Бунин И А. Сны Чанга. (http://lib.ru/BUNIN/chang.txt)

是痛苦。只有证得涅槃，不再入轮回，才能真正从生、老、病、死之苦中解脱出来。按照道家的观点，只有清静寡欲、无为不争，返璞归真，最终才能达到天人合一的境界。作品体现了作家对古老的东方哲学和文化的思考。东方哲学中对不断促进人类自我完善的内在力量的信仰深深吸引了布宁，但对于东方式的禁欲苦修和弃绝尘世欢乐的说教，他似乎也并未接受。

小说的结尾，阿强觉得船长并没有死，"在那个死亡无法企及的无始无终的世界"，他"仍然同它在一起"。作家借此告诉人们，人会永远活在爱他的人心中。其实，灵魂不朽的主题早在布宁的《先知之死》中便有所涉及，而后在其十月革命之后的创作中又得以延续。

作家在小说中努力营造的东方色彩既有利于打造神秘奇幻的叙事氛围，又助力于其对生与死问题的思考与解答。对布宁来说，人生就如小说的题目所示，是"梦"，浮生若梦，世事无常，人生"如临深渊"，"平静美好的生活随时会有灾祸降临"[①]。布宁在小说中借"梦"将现实与非现实联系起来，揭示了生命与爱情如梦如幻、唯有死亡才是永恒主宰这一存在的本质。

第六节　《阿尔谢尼耶夫的生活》：寻根书写

文化寻根作为20世纪最具普遍性与世界性的文化运动，波及全球的政治、经济、文学、艺术乃至社会生活的各个方面。"文化寻根是全球化趋势下一种反叛现代性的普遍反应"，相对于西方人借助于"文化他者"实现"文化反思与再认同"的立场，"非西方民族国家"的文化寻根则更多地体现为一种"本土文化自觉过程"[②]。寻根文学的产生就源自这场席卷全球的文化寻根思潮，作为一种以文化寻根为主题的文学形式，它以人类文化整体为参照系，通过对本民族文化及其心理深层积淀的考量，探讨自己民族文化的历史演变、地域特点和现代重建的可能性，从而呈现出一种独特的审美价值取向。

"寻根"并不是某个民族或国家所独有的文学主题与文化母题，作为一种全球性的文学现象和文化思潮，以寻根为主题的文学广泛存在于欧、美、亚、非各大洲，从美国的"黑人文学"、英国的"寻根文学"、印度的"边区文

---

①　Михайлов О Н. И. А. Бунин: Очерк творчества. М.: Наука, 1967. С. 121.

②　叶舒宪：《现代性危机与文化寻根》，山东教育出版社，2009，第70，2－3页。

学"、中国的"寻根文学"、非洲的"黑人性文学"、埃及的"个性文学"到拉美的"地方主义文学"与"土著文学",不同国家、民族、种族的寻根文学虽然表现出了不同的思想维度与文化内涵,但其实质却都是对现代文明的反映。肇始于16世纪西欧的现代化进程在19—20世纪的全球性扩张,不可避免地带来了西方文化的入侵,令每一个或主动或被动接受现代化的国家"逐渐失去自我,失去民族的特征,失去文化的本真"①。对于横跨欧亚两大洲、在文化上长期徘徊于东西方之间的俄罗斯来说,其"文化寻根"甚至可以上溯至19世纪下半期。面对资本主义的迅猛发展、彼得一世改革后西方文明对俄罗斯文化的侵蚀,以陀思妥耶夫斯基、格里戈里耶夫(Аполлон Александрович Григорьев,1822—1864)和斯特拉霍夫(Николай Николаевич Страхов,1828—1896)为代表的"根基派"提出了"我们是特殊的民族,具有高度的独特性,我们的任务是建立自己的新形式,我们自己的、祖国的、来自我们的根基、来自民族精神和民族的形式"②的观点。纵观20世纪俄苏文学史,寻根文学在俄罗斯本土与境外更是拥有多重表达形式,从第一浪俄侨文学到苏联的新根基派文学,都始终贯穿着对西方现代文明的质疑与批判、对俄罗斯民族文化之根的珍视与守护的精神追求。

　　十月革命后,布宁、阿维尔琴科、扎伊采夫、维·伊万诺夫(Вячеслав Иванович Иванов,1866—1949)、库普林、列米佐夫(Алексей Михайлович Ремизов,1877—1957)、谢维里亚宁(Игорь Северянин,1887—1941)、阿·尼·托尔斯泰、苔菲、什梅廖夫、茨维塔耶娃、阿达莫维奇、霍达谢维奇等一批俄国作家和诗人选择离开俄国侨居欧洲,这就是俄侨文学的第一次浪潮。与俄罗斯母体的断裂反而加强了他们对民族的责任感,文学成为其与母体相连的最后纽带与精神家园。作为"俄罗斯民族文化的承载者和继承人,他们把捍卫普希金、列夫·托尔斯泰和陀思妥耶夫斯基的人道主义传统当成自己的义务",因此,"集约性、人和世界、社会、自然、宇宙的融合"理所当然地成为他们作品的共同主题。对故国、故土、故人的眷恋与怀念铸成了第一浪俄侨文学挥之不去的基调。同时,侨居德、法等国也使俄侨作家更加深入地感受到了"资本主义、西方社会及其非精神性和事务性",引发了他们对西

---

① 李珂玮:《从全球到本土:对"寻根文学"之"根"的追索》,东南大学出版社,2017,第21页。
② Достоевский Ф М. Полое собрание сочинений. В 18 т. Т. 5. М.: Воскресенье, 2005. С. 8.

方文化"强烈的反感"①,从而使第一浪俄侨文学具备了融入世界寻根文学谱系的思想向度。对俄罗斯大自然、往昔生活和亲朋故旧的追忆催生了一系列带有自传因素和怀旧情调的作品,其中最具代表性的就是布宁的《米佳的爱情》《阿尔谢尼耶夫的生活》《林荫幽径》等。

"寻根意识往往产生于民族历史大转折、本土文化与外来文化大碰撞的时期"。从1861年废除农奴制到1917年十月革命,俄国的历史可谓跌宕起伏、风云激荡。农奴制改革作为俄国现代化进程的里程碑,为俄国资本主义的发展提供了必要的劳力、资金和市场,此后的几十年间,俄国的工业化进程促使数以百万计的农民离开了世代居住的村社,而1910年的斯托雷平改革更是加速了村社的瓦解。在俄国这半个多世纪的现代化进程中,寻根作为"一种带有历史必然性的思想现象"②,不仅体现在民粹派所倡导的"到人民中去"的运动中,甚至在屠格涅夫、列夫·托尔斯泰、冈察洛夫、乌斯宾斯基等作家的创作中也能感受到其作为一种心理情结的存在与跃动。生于1870年的布宁作为19世纪与20世纪之交俄国一系列历史变革的见证者与书写者,寻根与爱情、死亡共同成为其文学创作的主题与母题。

布宁出生于俄国中部的沃罗涅什省一个古老的贵族世家,他曾在《从旧金山来的先生》法文版前言中这样描述自己的出生地和家族:"我的祖先们都是地主,一直都与人民和土地紧密相连。我的祖辈与父辈也都是地主,在俄国中部拥有庄园,那里是肥沃的森林草原过渡地带,古老的莫斯科沙皇为了保卫国家不受南鞑靼人的侵袭,曾在那里构筑起了一道由来自俄国各地的流民组成的屏障,那里因此形成了最为丰富多彩的俄语,以屠格涅夫、托尔斯泰为首的几乎所有伟大的俄国作家都出自那里……我的整个童年和青春几乎都在乡村中度过。"③

布宁创作中浓厚的寻根意识与其人生经历与成长环境有着很大关系。作家一生命运多舛,几乎经历了19世纪后期至20世纪上半期俄国乃至欧洲的所有重大历史事件,从民粹主义运动、1905年革命、沙皇俄国覆亡、第一次世界大战、十月革命到第二次世界大战,革命、战争、漂泊与困顿成了其人生

---

①　阿格诺索夫:《俄罗斯侨民文学史》,刘文飞等译,人民文学出版社版,2004,第4-5页。

②　周引莉:《寻根文学的发展与影响》,社会科学文献出版社,2014,第2页。

③　Бунин И А. Из предисловия к французскому изданию 《Господина из Сан-Франциско》// Собр. соч. в 9 т. Т. 9. М.: Художественная литература, 1967. С. 266 - 267.

的关键词。国内时期布宁小说创作的一个重要主题就是1861年农奴制改革后俄国资本主义的发展所带来的贵族庄园的破产和乡村的衰败凋敝，在《塔妮卡》《安东诺夫卡苹果》《金窖》《乡村》《苏霍多尔》《快乐的农家》等诸多以乡村生活为题材的作品中都体现了作家浓厚的乡土情结与寻根意识。

其实，寻根意识在布宁的早期创作中便已有迹可寻，而寻根的源起似乎又与俄国民粹主义有着千丝万缕的联系。青年时代的布宁曾在很长一段时间都信仰民粹主义，后来又转向了托尔斯泰主义，再后来就是社会民主党。对于布宁这样一位有意疏离政治的作家来说，这三个在思想观点上甚少相同之处的派别能够吸引布宁的根本原因就在于其对人民生活的关注。作家曾经不止一次地批评俄国知识分子"对人民知之甚少"，"有文化的民众与没有文化的民众之间存在着鸿沟"[1]，幻想着国家精神力量的完善与统一。

1907—1911年，布宁曾远赴欧洲、土耳其、叙利亚、巴勒斯坦、埃及、锡兰等多地旅行，亲身游历和考察了欧洲与东方的古老文明，进而促发了他对人类历史和文化发展进程等问题的思考。《快乐的农家》《伊格纳特》《扎哈尔·沃罗比约夫》《叶勒米尔》等多篇反映俄国乡村主题的小说恰恰完成于这次旅行中，其中反思俄罗斯文化的意味不言自明。此后数年，布宁也一直保持着对俄国农民和小市民的关注，但其关注的焦点不是其普遍状态而是其个人心理特点。布宁没有将人书写为流动性的存在，而是借用主人公的个体经验，营造出一个封闭的环境，以此凸显人物心理的矛盾性。在《蛐蛐》《夜话》《伊格纳特》《约翰·雷达列茨》《路旁》《我一直沉默》等短篇小说中，都出现了暴力、杀人、自我毁灭等情节，但作家的用意却并不在于刻意渲染病态意识的恶性显现，对于事件的梗概也仅仅是用了寥寥数笔勾勒，他关心的是恶行的本源，并借此凸显出人物行为的不同寻常之处。布宁并不赞成任何毁灭性的行为，他珍视和赞美的是自然美与人性美的和谐统一。作家的这一思想取向与审美追求赋予了《扎哈尔·沃罗比约夫》《莠草》《流浪歌手拉季昂》等众多作品以光明的色调。在这些小说中，外部环境虽然肮脏堕落，对人物精神面貌也只是在局部的、暂时的情景中予以刻画，但其人性与心灵之美却如火光般照亮黑暗。

从类型学角度看，寻根文学通常可以划分为文化认同型、文化批判型、

---

① Бабореко А К. Глагол времен. Предисл. к кн.: И. А. Бунин. Окаянные дни. Воспоминания. Статьи. М.: Советский писатель，1990. С. 9 – 10.

辩证对待型和原始生命型四种形态。在十月革命前的创作中,布宁对乡土一直抱着一种既有认同眷恋又有反思批判的复杂态度,也正是这种矛盾性赋予了其同时代作家所罕有的厚重历史感与多重审美意蕴。十月革命后,去国离乡让作家对故土的情感更加深沉悠长,《乡村》中那些阴暗场景已经不复出现,叙事基调似乎也重又回到青年时期那种澄澈明净的气质,却又更加沉稳从容,张弛有度。正如俄侨作家扎伊采夫所说:"流亡甚至对他有好处。流亡强化了他对俄罗斯的情感,那种一去不复返之感,并使他先前就很浓烈的诗意变得更为醇厚了。"在《阿尔谢尼耶夫的生活》《米佳的爱情》等作品中,甚至充满了"一种作为俄罗斯历史之神话体验的特殊力量"①。从整体上看,布宁的寻根小说并不适于简单归为上述某种类型,其创作不仅是对寻根小说审美价值和思想内涵的丰富与深化,更是其艺术创作的独特魅力之所在。对于布宁来说,"寻根不是出于一种廉价的恋旧情绪和地方观念……而是一种对民族的重新认识,一种审美意识中潜在历史因素的苏醒,一种追求和把握人世无限感和永恒感的对象化表现"②。

侨居国外的布宁虽然不再有《乡村》《从旧金山来的先生》那样充满社会意义的作品问世,但其这一时期的创作却有其独到价值。从主题和风格上看,作家一改 1910—1920 年的激情洋溢,似乎重又回到此前《安东诺夫卡苹果》的那种融入他血脉的"忧伤与衰败母题","重返对青年时代隐秘的、抒情性回忆";但事实上,"布宁的后期创作并不是对以往的简单重复",也不仅仅是"形式上的完善",而是"越来越多地转向了对爱情与死亡这两个永恒主题的诠释,或者说是转向了自传性材料"。"童年和青少年时期的印象、俄国的大自然与俄国人之美、古老的莫斯科的魅力——在这些年的自传体作品中显现出布宁才华的非凡与独特之处,那些最寻常、最微不足道的片段在他笔下都获得了出人意料的意义、深度与诗意"③。

长篇小说《阿尔谢尼耶夫的生活》是布宁侨民时期的代表作,也是他唯一的长篇小说,作家正是凭借这部作品获得了 1933 年的诺贝尔文学奖。这部小说"概括了半个世纪之前的现象与事件,带有总结性质","在所涉及的

---

①　Зайцев Б. К.: Бунин. Речь на чествовании писателя 26 ноября 1933 г.(http://bunin-lit.ru/bunin/kritika/zajcev-bunin-rech.htm)

②　韩少功:《文学的根》,山东文艺出版社,2001,第 79 - 80 页。

③　Михайлов О Н. И. А. Бунин: Очерк творчества. М.: Наука, 1967. C. 145.

生活材料、问题的广度与多样性方面独树一帜"①。

《阿尔谢尼耶夫的生活》创作于 1927—1933 年,但其构思却始于 20 世纪 20 年代初。此时的作家无论是在个人生活上还是在文学创作上,都在经历着危机。布宁于 1920 年离开俄国,辗转经过君士坦丁堡、索菲亚、柏林等地,最后选择定居法国的格拉斯。背井离乡的作家在异国的土地上不仅情绪低落、痛苦迷惘,更对自己的创作能力产生了怀疑。他曾在 1921 年年底的日记中写道:"所有时光,包括以往的抑或是最近这几个可恶的、可能已经把我毁掉的年头,都是痛苦甚或是绝望的;苦思冥想却无果而终,尝试构思小说,又为了什么要如此呢? 很想把这些抛下,去做些新的、渴望了许久的东西,但无论做什么,勇气,或是能力、气力(也许是合理的艺术理由)都不够;打算开始写本福楼拜所幻想的'不讲任何事的书',没有任何外部联系,只是展露自己的心灵,讲述自己的人生,自己在这个世界上看到的、感觉到的、想到的、爱过的和恨过的。"②处于创作危机之中的布宁渴望寻求新的灵感、创作动力和创作形式,渴望写一本"展露自己的心灵,讲述自己的人生"而"不讲任何事的书",这本书就是《阿尔谢尼耶夫的生活》。事实上,对于年过半百、身处异国他乡的布宁来说,其创作诉求的本质就是寻根,这本"不讲任何事的书"最重要的主题也自然而然是寻根。

从总体上看,俄侨寻根文学主要存在两种倾向:一种是乡土寻根,实际上体现了俄侨作家内心深处对"回归"祖国的渴望;另一种则是历史寻根,即作家对其亲身经历的重大历史事件的反思。布宁在创作中却实现了对上述两种倾向的超越,在《阿尔谢尼耶夫的生活》中寻根的内涵无疑更为丰富厚重,展现出家族寻根、乡土寻根、历史寻根与文化寻根等多层意蕴。

众所周知,《阿尔谢尼耶夫的生活》是一部带有浓厚自传体色彩的小说,从主人公阿列克谢·阿尔谢尼耶夫到其父母兄弟、亲朋好友等诸多人物都能在生活中找到原型。阿尔谢尼耶夫家族与布宁家族一样都是古老而式微的外省贵族世家,生活在俄国中部与美丽的大自然融为一体的农庄之中,那里有广袤的原野和深邃的苍穹,冬季白雪皑皑,夏季庄稼郁郁葱葱,野花芬芳烂漫。小说一开头作家就开启了对生命之根、血缘之根的探寻,追溯起家族的渊源与历史。阿尔谢尼耶夫家族世世代代都信奉上帝的教诲,以自己

① Михайлов О Н. И. А. Бунин: Очерк творчества. М.: Наука, 1967. С. 153.
② Бунин И А. Дневники 1881—1953. М., Берлин: Директ-Медиа, 2017. С. 171.

的血统和门第为傲，还拥有由骑士铠甲、头盔、盾和剑等组成的贵族纹章。主人公的父亲身体健壮，性格豪爽，曾经参加过克里米亚战争，退役后过着俄国人司空见惯的那种无所事事、游手好闲的乡居生活，以致家中经济日渐困顿，农庄破败萧条。母亲温柔善良，疼爱子女，虔诚地信仰宗教，却一生郁郁寡欢，常常独自一人流泪。阿尔谢尼耶夫继承了母亲的多愁善感与父亲的任性和旺盛的生命力，幼年的他喜欢独处，时常仰望天空，幻想自己能遨游天际；中学时代为能从事文学创作而自作主张辍学回家，青年时代又为了追求无限丰富和美好的生活而离家漂泊。

寻根文学通常致力于对民族文化传统与心理进行深度挖掘，将审美笔触延伸到积淀深厚的心灵信仰与民间传统文化层面，去探寻民族文化之根。布宁在小说中不仅以大量的笔墨描绘了俄国贵族的庄园生活图景以及大自然的美丽景色，还对俄国的宗教仪式、婚丧嫁娶、饮食起居等民间风俗进行了细致的描写，透过生活经验层面实现了对散失在民间的传统文化价值的探寻。

自988年"罗斯受洗"以来，东正教对俄罗斯民族的思想文化和社会生活产生了深刻的影响。历经千年，东正教早已融入俄罗斯人民的血液，成为民族的精神之根。布宁在小说的开头就道出了东正教对俄国人民的重要意义，每个城市都矗立着一座宏伟的教堂，主宰着这座城市的生活，对于俄罗斯人来说，"它是上帝的喉舌，召唤人们走向天国"。① 弥撒是东正教的崇高祭礼，在俄罗斯人民的信仰与精神生活中占有重要地位。小说中主人公回忆了自己中学时代怀着虔诚的心情参加彻夜祈祷的情景，虽然教堂低矮阴暗，但那开合的圣幛、唱诗班吟唱的赞美诗、圣像壁前火红的烛光、圣徒亚历山大·涅夫斯基的塑像，这一切对主人公来说都是那么的神圣，祈祷文中"求主拯救我们的心灵，赐予我们安宁"等话语更是道出了俄罗斯人民的心声。此外，小说中还对大斋节、复活节等东正教节日进行了生动而细致的描写。在大斋节前夕，阿尔谢尼耶夫一家人好像永别在即一样，彼此之间变得彬彬有礼，此后为期六周的大斋节又让人把生活中的一切乐趣拒之门外之后的受难周全家更是愁眉苦脸，严格地斋戒禁食，把房子打扫得干干净净，直至复活节来临，在"基督复活了"的报喜声中，欢乐的青年男女高举着十字

---

① 蒲宁：《蒲宁文集》，第5卷，戴骢等译，安徽文艺出版社，2005，第3页。

架和圣像游行,一切重新变得美好,却又似乎弥漫着某种同死亡联系在一起的忧伤。神圣与世俗、生与死、欢乐与忧伤,俄罗斯文化的二元对立性在此得以昭显,而这种二元对立性不仅是俄罗斯文化的独特性之所在,更是建构了俄罗斯文化的内核。

　　死亡是小说的关键词之一,小说中多次出现了死亡和葬礼的场景。家奴谢尼卡因陷入泥坑而亡,小妹娜佳因病夭折,外婆寿终正寝,亲戚皮萨列夫的葬礼,作家详细地描写了入殓、追思祈祷、出殡、下葬等俄罗斯丧葬习俗礼仪,但却没有简单地停留于此,而是借主人公成长过程中对死亡由恐惧到释然的经历,探析了俄罗斯人的死亡观。谢尼卡的死使主人公平生"第一次认识到死亡有时候会像乌云遮住太阳那样,把世界遮蔽,突然间,我们的一切'事物'失去了价值,我们对它们的兴趣丧失殆尽,我们对它们的法定的拥有权不复存在,它们已毫无意义,一切都蒙上了忧伤和虚幻"[①],正是对于死亡的感知促使主人公去信仰上帝,思考灵魂、永生和生命的意义等问题。随着主人公的成长,他不再畏惧死亡,在皮萨列夫的葬礼上,冰冷的尸体与明媚的春光形成的强烈对比"震撼了"他的"整个身心",使他意识到虽然"有个人永远离开了这个世界,世界反变得更年轻、更自由、更宽广、更美好了"[②]。主人公对死亡的态度反映了俄罗斯民族的死亡观,即死亡不是终结和毁灭,通过死亡可以达到一种新的境界,死亡甚至还可以起到让生者净化心灵、追思历史、思考人生、展望未来的作用。

　　饮食民俗也是寻根文学的重要内容之一。出人意料的是在这部小说中并没有那种贵族家庭司空见惯的宴会的描写,而是追忆了很多具有独特俄罗斯乡土气息的食物。例如,儿时的主人公曾学着好友牧童的样子,就着咸咸的黑面包皮吃开花的大葱、红萝卜、白萝卜和带刺的小嫩黄瓜,或是一起去果园采摘甜美的悬钩子浆果吃;还喜欢跑去樱桃林,专挑那些被鸟啄破了皮、被太阳晒得红红的熟樱桃吃,渴望弥撒后吃的蜂蜜和热甜饼;甚至还回忆起主人公在县城读中学时寄宿于小市民罗斯托夫采夫家中吃的第一顿由稀粥、令人作呕的牛肚、盐渍西瓜、牛奶荞麦粥组成的"可怕的"晚餐,参加女子中学舞会时喝的冰冻杏仁酪,青年时代因家境败落只能以冷杂拌汤果腹,离家漂泊时在一家小酒馆就着鲱鱼喝伏特加,吃酸白菜焖鱼。这些穿插于

---

① 蒲宁:《蒲宁文集》,第 5 卷,戴骢等译,安徽文艺出版社,2005,第 24 - 25 页。
② 同上书,第 114 - 115 页。

主人公各个成长阶段、俄国人民最寻常不过的食物,被打上了鲜明的俄罗斯民族烙印,成为承载其民族文化记忆的符号。

小说的主人公不止一次地体验到"与俄罗斯历史、与民族之根源、俄罗斯性格之间的这种联系"①。在离家赴县城读中学的路上,途经"古风盎然的"契尔纳夫斯克驿道时,主人公从父亲口中得知了当年金帐汗国的马麦汗正是沿着这条路进犯莫斯科,却最终落得战败身亡的结局,由此萌发了民族认同意识——"第一次意识到我是俄罗斯人,我生活在俄罗斯……我感受到俄罗斯的过去和现在,感受到她野蛮可怕,然而毕竟是令人心醉的特点,感受到我同她的血缘关系"。主人公就读的县城更是俄国饱经战乱和苦难的历史的见证,这个位于半草原地带的外省小城是"俄罗斯最古老的城市之一",来自草原的游牧民族曾数度侵袭并将其夷为平地,但却始终屹立在这片"伟大的黑土原野"②上。俄国中部不仅是主人公和作家本人的家园和故土,更是俄罗斯民族精神与文化植根的沃土,辽阔的草原"培育了古罗斯南方居民一种宽大和深远的情怀、宽阔的视野",但也给古罗斯带来灾难,与波洛夫奇人、鞑靼人等游牧民族的战争持续千年,成为"俄罗斯人民最痛苦的历史回忆"③。

在《阿尔谢尼耶夫的生活》中,布宁对俄罗斯民族性格的二元对立性进行了深刻的书写与剖析。主人公自述:"我是在贵族式的贫困之中长大的,这种贫困又是欧洲人所永远理解不了的,因为欧洲人不会有俄罗斯人那种甘愿自我戕杀的激情。而且这种激情不独贵族具有。为什么俄罗斯的庄稼汉纵然拥有欧洲的庄稼汉连做梦也想不到的可以随意支配的财富,却仍然过着穷苦的生活?我们心安理得地过着浑浑噩噩、懒懒散散、耽于空想、颠三倒四的生活,理由就是邻居地主家本已一年穷似一年,何必雪上加霜,再去抢占他的土地,那里只有巴掌那么大。再说,抢来也无补于事。为什么商人时常会把贪得无厌、锱铢必较地积敛起来的财富挥霍一尽,并诅咒自己敛财,因自己在钱财上造了孽而醉醺醺地痛哭流涕,但求自己成为约伯、流浪汉、无业游民和疯丐?总之,为什么俄罗斯会在短促得不可思议的时刻就濒于毁灭?"④这些到底是俄罗斯民族的"优根"还是"劣根",作家本人似乎也无

---

① 科尔米洛夫:《二十世纪俄罗斯文学史:20—90年代主要作家》,赵丹等译,南京大学出版社,2016,第115页。

② 蒲宁:《蒲宁文集》,第5卷,戴骢等译,安徽文艺出版社,2005,第54-55、57页。

③ 克柳切夫斯基:《俄国史》,第1卷,张蓉初等译,商务印书馆,2013,第54页。

④ 蒲宁:《蒲宁文集》,第5卷,戴骢等译,安徽文艺出版社,2005,第39页。

从作答。一方面,俄罗斯人具有强烈的民族自豪感,认为俄国较之世界上所有国家更为富裕、强盛、虔诚、光荣,凌驾于由世界所有国家、部落、民族所组成的广袤无垠的王国之上,真正的俄罗斯人也绝不随波逐流,他们过着俭朴的、甚至清苦的、真正的俄罗斯生活,事实上没有也不可能有比这更美好的生活了,因为清苦仅仅是表象,其实质却是富有的,这是亘古以来俄罗斯精神的必然产物;可是另一方面,俄罗斯人却又过着肮脏粗鄙的生活,寡廉鲜耻,猜疑妒忌,恃强凌弱,傲慢自大。对于俄罗斯民族性格的这种矛盾性与极端性,布宁也是抱着既赞赏又批判的矛盾态度,这在俄侨寻根文学中无疑是比较有代表性的。

布宁在《阿尔谢尼耶夫的生活》中对俄罗斯民族的自然之根、历史之根、文化之根和精神之根进行了深度探寻与挖掘,不仅如此,小说的寻根书写也显现出一种独特的美学特征,即"不再重视人物性格的刻画,而是在对群体意识的观照中,亲展示民族的文化心态;它不再注重事物发展因果联系的过程,而是在对客体有限的描述中,突出主体的自我体验和瞬间的顿悟;它也不再人为地设置矛盾冲突,而是在人与自然、宇宙的交流融合中追求一种情韵和境界"①。《阿尔谢尼耶夫的生活》还是一部主人公的心灵成长史,作家用抒情的笔调呈现了保存在主人公记忆中的、从童年、少年到青年的一个个片段,布宁自由地穿梭于各个时间与空间层面,看似随意地将这些片段编织起来,谱写了一首心灵与生命之诗。其中特别引人关注的是小说中那些感悟自然之美、死亡带来的震撼及爱情的美好的片段,更是体现了主人公的内在与外在、意识与存在、个人与世界的交融,在此"叙述主体与客体的界限被打破",作家"不只深入地观察存在的特质",甚至还走向了"星空""远方"等所隐喻的"彼岸世界","试图解开人类与世界的先验实质之谜"②。

《阿尔谢尼耶夫的生活》堪称俄侨寻根文学的代表作。布宁借助这部小说完成了一场寻找自我的旅程,不仅是寻找作家的个性自我,更是寻找民族文化的自我。从创作手法上看,他实现了从政治批判层面到历史文化反思层面的升华,将深情细腻的笔触探入民族历史文化心理结构中去。在《阿尔谢尼耶夫的生活》等侨居法国时期的作品中,既体现了作家对回归乡土、回

---

① 张学军:《寻根小说的美学追求》,《文史哲》1994 年第 2 期,第 88 页。

② 科尔米洛夫:《二十世纪俄罗斯文学史:20—90 年代主要作家》,赵丹等译,南京大学出版社,2017,第 117 - 118 页。

归故国的热切渴望，也能感受到其文化保守主义立场，作家在走向传统、走向民间的同时，也不可避免地陷入传统与现代、乡土与文明、本土与西方的悖论之中。

从发生时间上看，以布宁为代表的俄侨寻根文学早于东西方很多国家，究其原因在于其横跨欧亚、东西方之间的地理位置，使其文化走向具备了东西方任何一个国家所没有的二元性与独特性。俄国知识分子对源自彼得一世改革的"欧化"问题的反思、始于19世纪的民族自觉及19世纪与20世纪之交发生的一系列重大历史事件催发了俄侨寻根文学先于世界其他国家产生。有鉴于此，从文化寻根的角度去观照俄侨文学，将俄侨文学纳入世界寻根文学的谱系当中，不仅赋予了我们更为广阔的世界性视野，也为我们对俄侨文学乃至20世纪俄罗斯文学进行再审视、再认识与再解读提供了全新的视角。俄侨文学对生命存在之根与民族文化之根的叩问，是20世纪俄罗斯作家对民族最深沉的思考和对祖国最深情的守望。基于其独特的文化价值与美学价值，我们应对其保持长期的观察与关注，以期实现对其发展图景的整体把握与全面评价。

第七节　爱情小说："世上无不幸的爱情"

从布宁的创作发展历程及实践来看，其早期的创作试验是多元化的，从探索爱情的奥秘（《爱情的语法》）到挖掘"民族性格的秘密"（《扎哈尔·沃罗比约夫》《约翰·雷达列茨》），从探讨俄国的社会问题（《乡村》《老太婆》）到表现现代文明导致的人的空虚、畸形（《从旧金山来的先生》），从反映基督教思想（《圣徒》，1914；《第三遍鸡叫》，1916）到思考"佛教教义"（《四海之内皆兄弟》《戈塔米》），布宁在上述主题的创作方面都是颇有建树的。但是，"革命不仅彻底改变了他的命运，也改变了他的创作之路"[1]。

20世纪20年代初，布宁的小说创作开始出现了新旧主题的更替。除了以往的社会主题之外，还开始出现了宗教泛神论主题和爱情悲剧主题。当然，这些新主题也并非一朝一夕就产生的，其实在此前十年的创作，如《乡村》《苏霍多尔》《夜话》《从旧金山的先生》《爱情的语法》《阿强的梦》等作品

---

[1]　Сухих И Н. Двадцать книг XX века. СПб.：Паритет，2004. С. 276.

中就已初现端倪,《圣人》《阿格拉娅》《卡兹米尔·斯坦尼斯拉维奇》则延续了这一探索。纵观布宁的小说创作,爱情、死亡和自然是其前后一贯,同时也是其最为钟爱的基本主题。

爱情是文学的永恒主题。爱情主题在布宁的小说创作中占据着十分重要的地位。古今中外作家笔下的爱情各具特色,但布宁的爱情小说却称得上是独树一帜、别具一格,这一点在很大程度上是由布宁有别于同时代作家的爱情观决定的。俄国文学一直存在着一种重理性轻感性、肯定柏拉图式的精神之爱、否定乃至批判肉体之爱的倾向。但布宁却认为没有肉体就没有精神,其笔下的爱情常常是灵与肉合一。在这一点上,他迥异于那些将女性视为罪恶之源、对女性抱有轻视甚至敌视态度的前辈作家。他以坦荡的目光审视性爱,对性爱的描写从未流于低级庸俗。

布宁一生创作了大量爱情小说,甚至可以说其大部分作品都是写爱情的。十月革命前,比较有代表性的作品有《爱情的语法》《轻盈的气息》等短篇小说。十月革命后,流亡国外的布宁更是将全部的创作热情倾注到爱情小说的创作当中去。1924 年他创作了《米佳的爱情》,次年又完成了《骑兵少尉叶拉金案件》和《中暑》。从 20 世纪 30 年代末至第二次世界大战结束,他一共创作了《林荫幽径》《高加索》《在巴黎》《加丽娅·甘斯卡娅》《海因里希》《娜达莉》《寒秋》等 38 篇短小精悍的爱情短篇小说。这些小说于 1946 年以《林荫幽径》为题结集出版,他认为这是自己在简洁生动和文学技巧方面最好的作品。

布宁的爱情小说不仅具有浓厚的艺术感染力,他对爱情这一人类最为隐秘而强烈的情感之奥秘的阐释更是深邃隽永而又细致入微。在布宁看来,爱情是世间最难解的谜题,它是两性之间莫名而致命的相互吸引,既能让沉浸于其中的人们体味到尘世最大的快乐,也能让人痛苦、疯狂,带来灾难甚至是毁灭性的后果。在他的创作中,爱情往往是以悲剧或是死亡结局。

一

爱情是一种神秘而强大的力量,宛如一只看不见的巨灵之掌,恣意地支配着人的命运,改变着人的生活,在平凡的日常生活背景下凸显出一个普通人的独特存在以及这种存在的特殊意义。布宁爱情小说中的主人公似乎被某种未知的力量所控制与主宰,身陷其中却至死也未能逃过这命中注定的劫数。这种对爱情的描写在一定程度上又赋予了布宁小说以某种浪漫主义色彩。

《爱情的语法》中的爱情就有如深渊般神秘莫测。男主人公地主赫沃辛斯基曾是"全县有名的数一数二的聪明人。可突然鬼使神差,叫他坠入情网,狂热地爱上了"侍女卢什卡,在心上人猝死后,"他便对一切都心灰意懒,从此闭门谢客",足不出户,"终日待在卢什卡生前所住并死于其间的卧室里","在她的卧床上足足坐了二十年"。正如作者在小说中写的那样:"这是一种不可理解的爱情,它把人的整个一生变成了一种神魂颠倒的生活。"①

更加出人意料的是故事的叙述者伊弗列夫居然也会爱上那个从未谋面却具有谜一般魅力的卢什卡。他仅仅看到卢什卡生前戴过的那串廉价的蓝宝石项链就魂不守舍、百感交集,犹如当年看到一位女圣徒的遗物时那样。当他带着以高价买到的、卢什卡生前最为珍爱的《爱情的语法》一书离开时,卢什卡也永远走进了他的生活。

自始至终,读者都未能得以一窥卢什卡的"庐山真面目",只在众人的只言片语中,呈现出模糊甚至自相矛盾的面貌:她可能是一位国色天香的绝代佳人,也可能长得并不怎么好看;可能是猝然暴死,亦有可能是投水自尽。但是这一切似乎并未妨碍这个传奇式的女子在生前死后颠倒众生,反而使之更具魅力。

小说结尾,作者借卢什卡写的小诗阐述了自己对爱情的理解,爱情的奥秘就在于爱情本身,只有爱过才知道什么是爱,也只有爱过的人才能真正体味到爱情的甜蜜与幸福。

> 爱过的人会用心灵告诉你:
> "活在那甜蜜的传奇中吧!"
> 心灵会把这本爱情的语法
> 传诸子孙后代。②

---

①　蒲宁:《蒲宁文集》,第 3 卷,戴骢等译,安徽文艺出版社,2005,第 15－16,21 页。
②　Бунин И А. Грамматика любви.(http://az.lib.ru/b/bunin_i_a/text_1750.shtml)

二

布宁用他的小说告诉我们爱情能够带给人幸福与欢乐,也能带给人烦恼和痛苦,甚或是绝望和死亡。布宁的作品将生命中最美的和最可怕的即爱情和死亡联系在了一起,正如作家本人所说的那样:"……爱情和死亡是密不可分的。我一生中经历了不少爱情悲剧,差不多我的每一次爱情都是悲剧,每一次都让我痛不欲生……"①中篇小说《米佳的爱情》就取材于作家青年时代与瓦尔瓦拉·帕申科那段刻骨铭心的恋情。

《米佳的爱情》这部心理小说描写了痴情的大学生米佳因失恋而自杀的爱情悲剧。情窦初开的米佳爱上了美丽的戏剧学校女学生卡佳,但最终卡佳却为了成名而投入校长的怀抱,米佳在绝望中举枪自杀。

《米佳的爱情》堪称俄罗斯版的《少年维特之烦恼》,作者以细腻的笔触再现了一位青年男性的情感成长的心路历程。男主人公米佳还在咿呀学语时,就已经感到有种难以言表的东西在他身上萌动,似乎有种莫名的热浪在他心头翻腾。孩提时代的他就开始对某个年纪相仿的小姑娘产生一种不同于其他任何情感的、特殊的倾慕之情。上了中学之后,他又对一个女同学产生了比儿时要成熟得多的倾慕之情,为她神魂颠倒、愁肠百结,但不知为什么,又突然移情别恋,把倾慕之情转移到了别的姑娘身上。此后,他也常常会在中学举行的舞会上,突然钟情于某个女孩子,为之喜,为之忧。不过他始终都是把这种感情深藏于心中,不敢有丝毫表露,以致时常有一种莫名的烦闷之感。米佳觉得自己初次萌发了真正的爱情,几乎无日不钟情于某个姑娘,但同时又隐隐约约地预感到自己似乎在等待着什么。直到有一天,他遇到了卡佳,他才发现自己曾经是多么幼稚、单纯、可怜,那些曾经的悲伤、欢乐、憧憬又是多么微不足道。对他来说,以往"那种既无对象又无结果的爱不过是一场梦,更确切地说,不过是对某个奇妙的梦境回忆罢了"。他的世界自从有了卡佳,也就有了"一颗不仅包容了这个世界",并且也"主宰着这个世界上的一切的心灵",以至于连他自己都"没料到竟会这么快就进入他从童年时代和少年时代起便偷偷企盼着的那种神话般的爱情世界"②。但

① Одоевцева И В. На берегах Сены. Париж: LaPresseLibre, 1983. C. 217.
② 蒲宁:《蒲宁文集》,第 4 卷,戴骢等译,安徽文艺出版社,2005,第 246,228 页。

是，沉浸在爱情中的米佳却并没有仅仅满足于与卡佳的两情缱绻，他依然在苦苦地思索着爱情的真谛。他不明白自己为什么要爱卡佳，更加弄不清楚自己爱的到底是卡佳的肉体还是心灵。米佳"从未听到或看到过一个字对爱情的含义做出确切解释的。无论是在书本上还是在生活中，好像存在着一种默契，要么谈的是那种几乎没有肌肤之亲的爱情，要么索性只谈所谓情欲和性感"①，可他觉得自己的爱情既不同于前者也不同于后者。

事实上，米佳对卡佳的爱，并不同于以往俄国文学中常见的那种纯粹的精神层面的爱情，而是混合了形而上的精神渴慕与形而下的肉体欲望的双重产物，他想从卡佳身上体验那种世上最美妙的东西。但是，"最初那段他终生难忘的轻松日子转瞬之间就流逝了"，随之而来的就是逐渐将米佳引向疯狂乃至毁灭的猜疑与妒忌。米佳对卡佳用情越深，他的占有欲也就越强烈，"由于爱情的绷得像弦一般紧的力量，由于爱情的越来越苛刻的要求，他终日陷于妒忌之中，与某个人、某件事搏斗着"。妒忌如毒蛇一般啃噬米佳的心，"开始侵扰和毒化这幸福"。他与卡佳独处时，卡佳虽然对他浓情蜜意，他却深以为疑，有时甚至还会有一种不寒而栗的可怕感觉。两人的相处即便那么甜蜜美好，可是他只要一想到卡佳可能和别的男人也这样过，"就会立刻觉得这种恩爱不但丑恶得难以言说，而且是违背人性的。这就是那种最可怕的感觉。这时卡佳就会激起他强烈的憎恶感"。他觉得自己和卡佳的一切都是纯洁无邪的，似天堂般美妙，"可是只要他开始想象另一个人取他而代之，那么眼前这种旖旎风光，顷刻之间就会黯然失色，变作某种恬不知耻的东西，使他恨不得要把卡佳掐死，而且，首先是掐死她，而不是想象中的那个情敌"②。

陷于爱情的痛苦之中无力自拔的米佳选择了回乡休养，乡居的生活令他的心稍许平静了些，但他对卡佳的思念与渴望却有增无减。他也曾尝试和样貌与卡佳有几分相像的、年轻貌美的村姑阿莲卡约会，但肉欲并未能升华为心灵的渴求，更无法带来身心的愉悦，相反，这种卑劣龌龊、违背人性的暧昧关系只是令他大失所望、懊恼之极。米佳无时无刻不思念着卡佳，盼望着她的来信，但最终等来的却是卡佳寄来的分手信。这封分手信成为米佳的"催命符"，令他痛感生活的"粗暴、冷漠和无情"，"世间无望和黑暗到了可

---

① 蒲宁：《蒲宁文集》，第4卷，戴骢等译，安徽文艺出版社，2005，第232页。
② 同上书，第228、232、230页。

怕的地步,即使在地狱中,在坟墓里也不致如此"。当那曾经"天堂一般美妙的"爱情已如春梦般消逝无痕,留给他的就只剩下"椎心泣血的"①痛了。万念俱灰的米佳最终选择了举枪自尽,随着一声枪响,一切就此戛然而止。

米佳深知自杀是愚蠢的,但他却无力从痛苦中解脱出来,"在他看来,世界好比一个樊笼,在这个樊笼内,越是美好的东西,就越使人痛苦,越使人受不了。然而他怎样才能逃出这个樊笼? 再说又能逃到什么地方去呢? 幸福遍于万汇之中,团团包围了他,唯独他所不可或缺的那一点儿幸福却无从获得。叫人难以忍受的正是这一点。"当爱情已经成为生命不能承受之重,除了告别这"美好得难以形容的世界"之外又能做何选择呢! 爱情这"美丽而致命的情欲"②最终吞噬了这条年轻鲜活的生命。

在创作于同一时期的短篇小说《中暑》中,布宁又打造了其爱情小说的另外一种模式:一对萍水相逢的男女一见钟情,"热烈地、全身心地沉浸于'中暑'一般突如其来的爱情感受"③当中,却在短暂的相聚后无奈地分手。《中暑》的情节让人想起契诃夫的《带小狗的女人》,但两位作家对事件的诠释却各有不同:如果说契诃夫是在心理,甚或是社会层面上的,那布宁则是在潜意识层面上的。一对彼此不知姓名的男女在船上偶然邂逅,如"中暑"一般陷入热恋,在共同度过了一夜短暂而美好的时光后女主人公飘然离去,只留下被这如"中暑"般强烈的爱情摧毁的男主人公在失去了她的锥心之痛中,万念俱灰,痛感余生已经毫无意义。

三

在远离祖国、漂泊异乡、饱经战乱的岁月,贫病交加的布宁选择了用爱情来构筑自己与业已失去的世界的联系,并希望借此重建自己与早已被迫割断的祖国母体的联系。他把垂暮之年死亡将至的忧伤,对业已消逝的青春的留恋,对失去的从前生活的向往,都化为笔下那些痴男怨女和他们剪不断理还乱的缕缕情愫,如涓涓细流般汇入《林荫幽径》这部爱情百科全书。布宁曾在 1947 年对作家捷列绍夫(Николай Дмитриевич Телешов, 1867—

---

① 蒲宁:《蒲宁文集》,第 4 卷,戴骢等译,安徽文艺出版社,2005,第 289－290 页。
② 同上书,第 255 页。
③ 阿格诺索夫:《俄罗斯侨民文学史》,刘文飞等译,人民文学出版社,2004,第 279 页。

1957)说《林荫幽径》是自己一生中写得最好也是最独特的一部作品。

收录这本书的所有小说都有一个共同的主题,即爱情、美和记忆。主人公们渴望爱情,寻找爱情,却被爱情灼烧、伤害,甚至毁灭、死亡。布宁笔下的爱情不是轻描淡写的痛苦或是空洞平淡的幸福,而是如同"轻盈的气息"一般清新隽永,在命中注定的时刻出现,却有随时都可能消失,短暂易逝却又激情洋溢,在照亮了恋人心灵的同时,也将主人公引入生与死的临界状态,随后而至的就是毁灭、自杀和死亡。

小说集得名于同名短篇小说《林荫幽径》。这篇小说的情节看似平淡无奇,似乎也并无特别复杂曲折之处:三十年前,貌美如花的农奴女子纳杰日达被主人家年轻的少爷尼古拉始乱终弃;三十年后,两人不期而遇,邂逅于纳杰日达经营的客店当中。岁月荏苒,两个人都不复是昔年模样,尼古拉已经两鬓斑白,年近花甲;纳杰日达虽然风韵犹存,却也是年事已衰。当年,深爱尼古拉的纳杰日达献出了自己的美貌和热情,换来的却是尼古拉无情的抛弃;随后,这个孤苦无依的弱女子又被老主人以"解放"为名变相逐出家门,从此流落他乡。多年之后,历经坎坷的纳杰日达凭着自己的努力成了一名身家丰厚的客店店主。更加令人唏嘘不已的是虽然惨遭抛弃、历尽艰辛,可是她却痴心不改,选择了终身不嫁来守护这段令她心碎的已逝情缘。

暮年相逢,闻听纳杰日达的不幸遭遇,昔日的薄情郎尼古拉也不禁羞愧得泪水盈眶。

"一切都会过去的,我的朋友,"他喃喃地说,"爱情、青春,一切的一切无不如此。这是一桩庸俗的、司空见惯的事。随着岁月的流逝,一切都会过去的。《约伯记》中是怎么说的?'就是想起也如流过去的水一样'。"

"未必见得,尼古拉·阿列克谢耶维奇。的确,每个人的青春都会过去,可爱情却是另外一回事。"

"你总不可能为我守一辈子吧!"

"恰恰是可能的。多少年过去了,我始终是独身。我知道您早已不是过去的您,而且您当初也根本不把它当一回事,可是……今天再来责备您已经晚了。话要讲回来,您当时把我扔掉,也够心狠手辣的啦——别的都不说,光因为这一点,我就曾经不知多少次想自杀。要知道,尼古拉·阿列克谢耶维奇,曾经有过这么一段时候,我是管你叫尼科连卡(注——尼古拉的昵称)

的，在您管我叫——您还记得管我叫什么吗？那时候您还常常念诗给我听，是关于各种各样'林荫幽径'的诗"……①

　　当尼古拉感叹着"一切都会过去，一切都会忘记的"，请求纳杰日达的宽恕时，纳杰日达却坚定地告诉他，"一切都会过去，但一切并不都会忘记"，她"永远也不会宽恕"尼古拉，因为对她来说，不论是从前，还是此后，"再也没有比"尼古拉"更亲的人"②了。

　　尽管独自漂泊的岁月是那么的艰辛，独身的生活是那么的孤寂，可是纳杰日达的爱情却是圆满的、幸福的，因为她把人生中最美好的时刻、最热烈的情感都给了自己的心上人"尼科连卡"，而那曾经的爱恋也已化为"林荫幽径"般美丽的记忆与她此生相伴。相比之下，不幸的倒是尼古拉。事实上，生活也已经狠狠地惩罚了尼古拉，他的一生从未有过幸福的时候。他爱妻子爱到神魂颠倒，妻子却与人私奔，弃他而去；他对儿子寄予厚望，儿子长大后却堕落为寡廉鲜耻、无可救药的纨绔恶少。

　　小说的题目"林荫幽径"源自19世纪俄国诗人奥加辽夫的诗作《司空见惯的故事》（《Обыкновенная повесть》，1842）。或许是出于同是天涯沦落人的惺惺相惜，布宁一直很喜欢这位和赫尔岑一起流亡国外的诗人的作品，对《司空见惯的故事》更是评价颇高。1938年，当年近七旬的布宁重读这首诗时，从中获取了创作《林荫幽径》的灵感。两篇作品在主题和情节框架上的相似性是显而易见的。奥加辽夫在诗中写道：

　　曾经有个美妙的春天！
　　他俩坐在河畔——
　　明澈的河水静静流淌，
　　艳阳初升，鸟儿欢唱。
　　河对岸山谷蜿蜒，
　　宁静美丽，青翠一片，
　　近处红蔷薇绽放，
　　林荫幽径椴树成行。

① 蒲宁：《蒲宁文集》，第3卷，戴骢等译，安徽文艺出版社，2005，第204页。
② 同上书，第205页。

曾经有个美妙的春天！
他俩坐在河畔——
她正值花样年华，
他的髭须也刚刚变黑。
若是有人撞见
他俩在清晨会面，
看得见他们的脸庞，
听得见他们的情话，
那初恋的语言
令人多么亲切！
刹那间，让人忘却忧伤，
心花怒放！
后来我在上流社会遇见他俩：
她已嫁为人妇，
他也娶妻成家，
往事闭口不谈；
他们气定神闲，
生活幸福美满，
纵使彼此相见
不过一笑淡然……
而那曾经蔷薇盛开的河畔，
一群纯朴的渔夫
唱着歌，走向破船——
只留下黑暗，
将人们的视线遮挡，
曾经的情话绵绵，
早被尽数遗忘。①

---

① Огарёв Н П. Обыкновеннаяповесть.（https：//rupoem. ru/ogarev/byla-chudesnaya-vesna. aspx）

　　小说中两次提及奥加辽夫有关"林荫幽径"的诗句,一次出现在纳杰日达与尼古拉的对话中,另一次则出现在尼古拉的内心独白中。在纳杰日达心中,有关"林荫幽径"的诗句早已成为她对爱情的美好回忆的不可分割的一部分;而对于尼古拉来说,"林荫幽径"也成为人生最美好的黄金时刻的象征。与充满隐喻意义的"林荫幽径"相对应的是尼古拉在谈到自己的生活经历时两次使用了"司空见惯的事"(Обыкновенная история):无论是他对纳杰日达的爱情,还是他不幸的家庭生活,一切在他看来似乎都是庸俗的、司空见惯的事而已。在此,作者似乎有意无意地与奥加辽夫诗作的标题《司空见惯的故事》遥相呼应。

　　在贵族公子尼古拉看来,曾经的风花雪月、海誓山盟不过是逢场作戏,对一个家中女奴的爱情不过是一段再寻常不过的风流韵事而已;但纳杰日达却义无反顾地选择了用一生一世来守护爱情,有怨无悔。当"世上无不幸的爱情"的旋律在布宁的笔下再次奏响时,谁又能不为纳杰日达对爱情的忠诚动容呢?

　　在布宁看来,"爱情,哪怕其中只有片刻的真正冲动,那就是正当的,就可以与苍白的日常生活构成对立",如《安提戈涅》(1940)、《名片》(1940)、《干亲家母》(1943)等。但是,另一方面,作家也对爱情和激情的转瞬即逝与悲剧性做了深刻的剖析,"激情只是黑夜里的一道闪光,灰色生活中的一缕阳光。日常琐事和'生活的智慧'"①会断送爱情,如《加里娅·甘斯卡娅》(1940);"偶然事件"和身不由己的背叛也会令相爱的人长相分离,如《娜塔丽》(1941);即便两情相悦,彼此又愿意长相厮守,死亡也会不期而至,幸福就此定格为人生悲剧的一个瞬间,如《在巴黎》(1940)、《海因里希》(1940)等。

　　在《林荫幽径》这部小说集中,布宁试图从多个角度揭示两性关系的复杂性。他认为,真正高尚的情感不仅永远不可能有个大团圆的结局,甚至可能还会带有一种排斥、逃避婚姻的倾向,正如拜伦所说的那样,为一个女人而死常常比和她一起生活容易。爱情是一种如火的激情,但任何情感达到极致就会消退,人是不能永远活在激情当中的。

　　这部小说集中的所有主人公最终都未能"有情人终成眷属"、喜结良缘、

---

　　① 阿格诺索夫:《俄罗斯侨民文学史》,刘文飞等译,人民文学出版社,2004,第280页。

厮守终生。即便他们曾经多么希望结合,但最后时刻也总会发生无法预见、不期而至的灾难,将两个人的生活毁掉,这一灾难常常是死亡。也许布宁更愿意让自己笔下的男女主人公在花样年华,而不是相守多年之后再毁灭。白头偕老、同生共死对于布宁来说并非爱情的理想形式,更非理想的幸福,甚至正好相反。布宁似乎有意让主人公的爱情在最高潮时突然终止而不是任由其慢慢消退、逐渐熄灭。当琐碎的日常生活还没来得及对爱情造成毁灭性的影响时,爱情就已经中断了。

"问世间,情是何物,直教生死相许"。《林荫幽径》汇集了各式各样的爱情,也展现了人性与情感的复杂,这里既有纯洁的爱情、浪漫的邂逅,也有庸俗的引诱、无聊的艳遇,抑或是兽性的欲望。布宁认为爱情完全是尘世的、现实的、可感知的,精神之爱并不排斥肉体之爱。布宁在《林荫幽径》这部爱情百科全书中完成了对爱情的多样化解读与诠释,创造了自己的爱情哲学。

四

早在《林荫幽径》问世之前,布宁就曾写道:"幸福的时光在流逝,应该、也必须保留下点什么,也就是说与死亡对抗、与蔷薇凋谢相对抗。"[1]爱情只是人生瞬间的激情爆发,而布宁则试图在自己的小说中将这些美妙的瞬间化为永恒,让爱的蔷薇永不凋谢。

布宁笔下的爱情千姿百态,色彩纷呈,可以是充满诗意的柔情,也可以是一种崇高的情感;可以是心灵的默契,也可以是两性之间不可抗拒的肉体吸引。但是,无论爱情呈现何种面貌,它都永远只是一个短暂的瞬间,如同划破命运长空的闪电。

在布宁看来,爱情是一种伟大的情感,它能让人变得高尚,也能让人走向毁灭;它能带给人无与伦比的快乐,却也是无法摆脱的痛苦之源;有时,爱情甚至会拥有强大的破坏力,令人难以对抗,并最终带来疯狂、灾难或毁灭性的后果。当爱情最终成为超越一切的主宰时,主人公常常会做出毁灭自己或他人的行为,如在《米佳的爱情》《高加索》《加里娅·甘斯卡娅》和《骑兵少尉叶拉金案件》中,男主人公因为失去了心上人选择了自杀,而在《轻盈的

---

① Бунин И А. Надписи.(http://az.lib.ru/b/bunin_i_a/text_2200.shtml)

气息》《"萨拉托夫号"轮船》《小橡树》中,男主人公或其他人物则出于嫉妒或愤怒而杀死了负心的女友。

布宁的爱情小说还塑造了丰富多彩的女性形象长廊。从纯朴可爱的乡村少女,到沦落风尘的异国女郎,几乎每篇小说都有自己独特的女性形象。19 世纪的俄国文学崇尚"初恋"般纯洁的爱情,屠格涅夫等作家更是着力塑造了众多纯洁少女形象;但是布宁笔下的少女形象却与以往颇有不同,《轻盈的气息》中的奥丽娅、《米佳的爱情》中的卡佳等都不再是 19 世纪文学中那种典型的清纯少女形象,她们的感情世界丰满立体、复杂多变。此外,布宁还将关注的目光投向了妓女这类特殊的女性形象。在作家看来,爱情面前众生平等,妓女可以有真爱,良家妇女也会行止有亏。女性形象在小说中常常起着主导作用,相比之下男性形象则退居为次要的,甚至常常沦为某种情感的载体,仅仅通过他来表达对情景的反应和感受等。

布宁认为真正的爱情是永恒的自然之美,因此美的爱情中只有真,没有假和虚伪。爱情小说不仅凝结了作家对人生的思考、对存在的体验和对永恒的追求,也体现了作家善于深入人类心灵探索隐秘情感世界的非凡功力。

结　语

　　十月革命后,布宁无奈地选择了漂泊异国异乡。断裂,与俄罗斯文化、俄语的断裂,乃至与读者的断裂,成为其心头无法抹去的伤痛。此时,文学当仁不让地成为最有力的维系其与祖国语言文化保持一致的工具,成为其终生守护的神圣精神家园。虽然饱经沧桑和磨难,布宁始终不曾放弃自己的信念,他坚信"文学的'民族性'是由文学的语言和精神创造的,而不是由文学栖身的疆域或是其所反映的日常生活创造的"[①]。而在布宁看来,记忆,特别是"艺术家的记忆","能够使人超越逝去的生活的混乱,因为与实际情况的直接影响相比,记忆的真实性毫不逊色",甚至是"更胜一筹"[②]。

　　布宁曾在其代表作《阿尔谢尼耶夫的生活》的开篇处引用了18世纪教士菲利波夫在《此等问题之简史》中的一段话:"凡是世间事物,若不用文字载录在册,必沉入黑暗,埋入坟墓;如果载录在册,便可生气勃勃……"[③]这段话也揭示了布宁对创作与存在之意义的本质观点。正如俄罗斯学者乌波基指出的那样:"布宁创作的是关于俄罗斯的神话……他满怀信心地整理那些存在的鲜活材料——沿着鲜活的理想的方向……这就是作为生活事件之见证的神话的特质,虽然不完全等同于现实,但却比现实更加准确、更加忠实地体现了深刻的存在真理……纯粹的创作永远是神话创作,是高级的、超时间性的存在理念的作品。布宁将过去的俄国从遗忘的阴霾、从失忆与死亡的

---

①　Буслакова Т П. Литература русского зарубежья. М.：Высшая школа，2003. С. 26.
②　阿格诺索夫：《20世纪俄罗斯文学》,凌建侯等译,中国人民大学出版社,2001,第122页。
③　蒲宁：《蒲宁文集》,第5卷,戴骢等译,安徽文艺出版社,2005,第1页。

坟墓中拯救出来,他不是编年史家,而是世界的缔造者。"①在布宁看来,脱离审美去探寻存在的根据,是没有任何意义的,而只有创作才能赋予生活以意义。

布宁的散文创作,特别是侨居时期的创作,"可以被视为他十分喜爱的普希金、莱蒙托夫、列夫·托尔斯泰等人现实主义传统的终结,也可以被看作他所不喜欢的陀思妥耶夫斯基的存在主义主题的继续",同时,又是对其持否定态度的"勃洛克、安·别雷(Андрей Белый,1880—1934)和索洛古勃"的独特"呼应"②。布宁不接受象征主义,但也并不同意将自己归入"现实主义者"的行列。他曾在给批评家勒热夫斯基的信中写道:"将我称为'现实主义者',这就意味着,要么是不了解作为一位艺术家的我,要么就是一点也不明白我那些十分多样的散文和诗歌作品。"③

布宁艺术世界的多面性是其创作中最耐人寻味的问题之一。强烈的选择性(创作主观性)与多面性的结合构成了其创作悖论的基础。感情的唯我主义与无所不知的全能型叙事本来是不相容的,但在布宁身上却融为一个和谐有机的整体。其哲学美学观点的稳定性又最终使其成为其所处时代独一无二的标杆式人物。

在当代读者心中,布宁的影响力不断上升,当仁不让地成为 20 世纪上半期俄罗斯文学进程的"价值核心"。与大多数同时代作家对社会现实问题的关注不同的是,布宁把目光转向了对永恒问题的思考。事实上,展现在我们面前的布宁在精神气质上更多的是一位 20 世纪的作家,而非 19 世纪的作家。虽然布宁在创作中体现出的卢梭主义倾向、对变革的怀疑态度,以及对文学传统的强烈选择性,都显示出了 19 世纪俄国文学特别是列夫·托尔斯泰传统对其的深刻影响;但是其在历史观与美学观上又呈现出现代哲学流派——宇宙论、灾变论,特别是象征主义的鲜明影响这一时代特质。事实上,在与象征派的斗争,特别是在对命运、爱与死亡、艺术家的孤独和注定的悲剧性使命等主题的诠释上,他最终走入了象征派的"领地"。

布宁对 20 世纪的俄罗斯文学产生了深刻的影响。一方面,其创作开波

---

① Убогий А. Божественный мастер (памяти Ивана Бунина)//Наш современник. 2003. № 12. C. 230.

② 阿格诺索夫:《俄罗斯侨民文学史》,刘文飞等译,人民文学出版社,2004,第 282 页。

③ Ржевский Л. В Париже у Бунина. (К 25-летию со дня смерти)//Кольцо А. 1993. № 1. C. 250.

普拉夫斯基（Борис Юлианович Поплавский，1903—1935）、加兹达诺夫（Гайто Газданов，1903—1971）、特里丰诺夫（Юрий Валентинович Трифонов，1925—1981）等"未被觉察的一代"作家之小说创作的先河；另一方面，他也对苏联文学，特别是对卡扎科夫（Юрий Павлович Казаков，1927—1982）、舒克申（Василий Макарович Шукшин，1929—1974）等人的农村小说创作产生了不小的影响。而别洛夫（Василий Иванович Белов，1932—2012）、阿斯塔菲耶夫（Виктор Петрович Астафьев，1924—2001）、索洛乌欣（Владимир Алексеевич Солоухин，1924—1997）等人创作中所体现出的民族形象塑造及民族自觉倾向也都有布宁的"影子"。甚至连时下俄罗斯盛行的生态文学也都与布宁有着千丝万缕的联系。

布宁，这位俄罗斯文学艰难跋涉的"朝圣者"，他的艺术创作是俄罗斯文学花园中永不凋谢的"耶利哥玫瑰"，永远散发着馥郁的芬芳……

古代东方，人们把耶利哥玫瑰放入棺木和坟墓，以示他们坚信生命永恒，人死必能复活。

……

因为它，这刺草，的确神奇。朝圣者在远离故土数千里外摘下一把这种多刺的草，带回故里，撂在一旁许多年，草干枯了，蔫了，萎死了。但是只要将这枯草浸入水里，他马上就会抽芽，绽出一片片小叶，开出玫瑰红的花。于是人饱经忧患的心便随之振奋，得到慰藉：原来世上并无死亡，凡生活过、生存过的都无死日！我的心灵，我的爱情、记忆，只要一息尚存，就决不会有生离死别！

……

耶利哥玫瑰。我把往昔的根和茎浸入心灵的清流中，浸入爱、忧伤、柔情的净水中，于是我珍贵的刺草便一次又一次抽芽爆青。那不可避免的时刻，水流干涸，心灵枯竭，致使我的耶利哥玫瑰永埋于忘却的灰烬中的时刻，退避三舍吧！①

---

① 蒲宁：《蒲宁文集》，第 3 卷，戴骢等译，安徽文艺出版社，2005，第 102-103 页。

附　录

附录一

布宁创作年表

1870 年 10 月 22 日	出身于沃罗涅什一个古老的贵族世家
1870—1881 年	在奥尔洛夫省叶列茨县家族领地布蒂尔基村度过童年，在莫斯科大学的学生罗马什科夫的指导下接受家庭教育
1881—1886 年	在叶列茨中学学习，开始诗歌创作
1886 年	无力支付学费辍学回家，开始自学
1888 年	在彼得堡的《祖国报》发表处女作——诗歌《在纳德松的墓上》《农村乞丐》和一些短篇小说
1889—1892 年	迁居奥廖尔，在《奥廖尔信使报》的编辑部工作
1891 年	在奥廖尔出版第一本诗集《1887—1891 年的诗歌》，获得好评；开始在首都的《俄国财富》《欧洲信使》等杂志发表作品
1892 年	崇拜托尔斯泰的思想，去波尔塔瓦，发表《塔妮卡》《卡斯特留克山》《村里》等短篇小说，修改《隘口》

1893—1894 年	受到托尔斯泰的巨大影响，与托尔斯泰在莫斯科会面
1895 年	移居莫斯科，结识契诃夫、柯罗连科、库普林、勃留索夫、巴尔蒙特，与莫斯科"星期三"文学小组接近
1896 年	翻译并发表朗费罗的长诗《海华沙之歌》
1897 年	出版第一部小说集《天涯海角》（彼得堡），获得广泛赞誉
1898 年 9 月 23 日	与安娜·尼古拉耶夫娜·察克尼结婚（次年离婚）
1900 年	创作短篇小说《安东诺夫卡苹果》《矿井》
1900 年	在雅尔塔结识莫斯科艺术剧院的奠基人斯坦尼斯拉夫斯基、克尼佩尔等人与作曲家拉赫玛尼诺夫
1901 年	出版诗集《落叶》（天蝎出版社）
1902—1909 年	与高尔基保持密切的关系，并与其领导的知识出版社合作，出版了 5 卷本的第一套布宁文集
1903 年	凭借诗集《落叶》与译作《海华沙之歌》获得彼得堡科学院颁发的普希金奖
1903 年	创作短篇小说《梦》
1903—1904 年	与戏剧家纳伊杰诺夫一起赴法国、意大利、土耳其旅行
1901 年	创作《新路》
1906 年 11 月	在莫斯科的扎依采夫家与维拉·尼古拉耶夫娜·穆罗姆采娃相识，后者成为布宁的终身伴侣与知己（于 1922 年在巴黎结婚）
1907 年	偕穆罗姆采娃赴埃及、叙利亚、巴勒斯坦等近东国家旅行，此次旅行为布宁的东方小说提供了素材
1907—1911 年	创作诗集《鸟影》

1909 年	凭借诗集《1903—1906 年的诗歌》与翻译拜伦的《卡因》再次获得普希金奖,当选为俄国科学院名誉院士
1910 年	发表中篇小说《乡村》,赴维也纳、法国南部、阿尔及尔及突尼斯旅行
1911 年	中篇小说《苏霍多尔》问世并获得巨大成功,获普希金金质奖章,锡兰之旅
1912 年	当选为莫斯科大学的俄国文学爱好者协会名誉会员,偕穆罗姆采娃赴卡普里岛旅行
1913 年	创作爱情、贵族、哲理小说集《约翰·雷达列茨》
1914 年	伏尔加河之旅,听闻第一次世界大战爆发并坚决反战
1914 年	创作《浮生若梦》
1915 年	彼得堡的马尔克斯出版社出版了 6 卷本的布宁文集
1915 年	创作《从旧金山来的先生》
1916 年	创作《阿强的梦》《老婆子》
1917 年 10 月	转往莫斯科
1918 年 5 月	偕家人前往奥德萨,创作了数篇微型短篇小说
1918—1919 年	创作《该死的日子》
1920 年 1 月 26 日	与穆罗姆采娃一起离开奥德萨去君士坦丁堡,曾先后在索菲亚、贝尔格莱德、柏林等地侨居,最后定居于法国,其中大部分时间都在法国南部的格拉斯度过
1922 年	创作短篇小说《远方》

1924—1931 年	在巴黎出版了《诗选》,创作了短篇小说集《耶利哥玫瑰》(柏林,1924 年)、中篇小说《米佳的爱情》(巴黎,1925 年)、短篇小说《中暑》(巴黎,1927 年)及《上帝之树》(巴黎,1931 年)等
1925 年	继续爱情主题的探索,创作短篇小说《骑兵少尉叶拉金案件》
1927—1933 年	创作自传体长篇小说《阿尔谢尼耶夫的生活》
1933 年 11 月 9 日	获得诺贝尔文学奖
1934—1936 年	柏林彼得波利斯出版社出版 11 卷本的布宁文集
1937 年	《托尔斯泰的解脱》问世
1938 年	波罗的海沿岸的创作之旅
1939—1945 年	第二次世界大战期间移居格拉斯的别墅,创作爱情小说集《林荫幽径》
1945 年 5 月	返回巴黎
1946 年	完整版的《林荫幽径》在巴黎出版
1950 年	《回忆录》一书在巴黎出版
1952 年	创作绝唱——诗歌《夜》
1953 年 11 月 8 日	逝世于巴黎,葬于巴黎市郊的圣-热涅维耶夫-德-布阿俄罗斯公墓

附录二

布宁作品名称中俄文对照

《1887—1891 年诗集》　　　　　《Стихотворения 1887—1891 гг.》

A

《阿尔卑斯山中》　　　　　《В Альпах》

《阿尔谢尼耶夫的生活》　　　　　《Жизнь Арсеньева》

《阿格拉雅》　　　　　《Аглая》

《阿强的梦》　　　　　《Сны Чанга》

《爱情的语法》　　　　　《Грамматика любви》

《安东诺夫卡苹果》　　　　　《Антоновские яблоки》

《安提戈涅》　　　　　《Антигона》

B

《八月》　　　　　《В августе》

C

《从旧金山来的先生》　　　　　《Господин из Сан-Франциско》

D

《大象》　　　　　《Слон》

《档案》　　　　　《Архивное дело》

《第三遍鸡叫》　　　　　《Третьи петухи》

F

《浮生若梦》　　　　　《Чаша жизни》

《富裕的日子》　　　　　　　　《Хорошая жизнь》

G

《该死的日子》　　　　　　　　《Окаянные дни》

《干亲家母》　　　　　　　　　《Кума》

《高加索》　　　　　　　　　　《Кавказ》

《戈塔米》　　　　　　　　　　《Готами》

《公鸡》　　　　　　　　　　　《Петухи》

《篝火》　　　　　　　　　　　《Костёр》

H

《海华沙之歌》　　　　　　　　《Песнь о Гайавате》

《海因里希》　　　　　　　　　《Генрих》

《寒秋》　　　　　　　　　　　《Холодная осень》

《回忆录》　　　　　　　　　　《Воспоминания》

J

《加丽娅·甘斯卡娅》　　　　　《Галя Ганская》

《金窖》　　　　　　　　　　　《Золотое дно》

《静》　　　　　　　　　　　　《Тишина》

《净身周一》　　　　　　　　　《Чистый понедельник》

K

《卡斯特留克》　　　　　　　　《Кастрюк》

《可怕的故事》　　　　　　　　《Страшний рассказ》

《克拉拉小姐》　　　　　　　　《Барышня Клара》

《快乐的农家》　　　　　　　　《Весёлый двор》

《耶利哥玫瑰》　　　　　　《Роза Иерихона》

《叶尔米尔》　　　　　　　《Ермил》

《骑兵少尉叶拉金案件》　　《Дело корнета Елагина》

《夜》　　　　　　　　　　《Ночь》

《夜话》　　　　　　　　　《Ночной разговор》

《夜宿》　　　　　　　　　《Ночлег》

《伊格纳特》　　　　　　　《Игнат》

《圆环耳朵》　　　　　　　《Петлистые уши》

《莠草》　　　　　　　　　《Худая трава》

《约翰·雷达列茨》　　　　《Иоанн Рыдалец》

Z

《在巴黎》　　　　　　　　《В Париже》

《在别墅》　　　　　　　　《На даче》

《在纳德松的墓上》　　　　《Над могилой С. Я. Надсона》

《扎哈尔·沃罗比约夫》　　《Захар Воробьев》

《中暑》　　　　　　　　　《Солнечный удар》

附录三

1933 年诺贝尔文学奖颁奖辞

瑞典皇家学院终身秘书佩尔·哈尔斯特伦

（1933 年 12 月 10 日）

周鹤春　杨昕　译

　　伊万·布宁的文学生涯清晰明了。他出身于地方乡绅家族，成长于极具时代特色的俄国文学传统之中。那一时期布宁所处的社会阶层主导着俄国文化，该阶层成员创作的文学作品已在欧洲文坛中占据了一席崇高之地，并最终引发了一场浩大的政治运动。那些被后代讥讽为"英明的贵族老爷们"的群体当时义愤填膺又满怀怜悯之心地站到了饱受凌辱的农奴的对立面。他们本应荣膺美名，因为他们的荣光很快就被自己引发的动荡消耗殆尽。

　　年轻的布宁几乎家财尽失，只有在诗歌的世界里，他才能感觉到与逝去先辈们的亲近、和谐。他宁可沉浸于无力的幻象世界之中，也不愿被民族情感和对未来的期盼而裹挟。尽管如此，他还是无法摆脱革新运动的影响；作为一名学生，他被托尔斯泰同情贫苦大众的主张深深吸引。于是，他学着别人的样子自力更生，来到一位热衷于争论的教友家中学习箍桶。（其实他本可以尝试一些更简单的手艺——因为桶板很容易弄散，必须纯熟地掌握这门技术才能做好。）

　　为了更高层次的精神追求，布宁曾经追随一位意志不坚的素食主义者，并目睹了他在面对肉味诱惑时的内心挣扎，也正是此时，素食主义也进入到布宁的思想当中。在随此人前去拜访托尔斯泰这位大师的途中，布宁见证了这个人的成功与失败。在铁路旁的点心摊上，这个人抵住了诱惑，但最终却因肉饼的诱惑力太强而大快朵颐。吃完之后，这个人还为自己的失败找到了巧妙的理由："我知道，但是，这并不是肉饼在控制我，而是我在控制着肉饼，我不是肉饼的奴隶。我想吃肉饼，所以我就吃了。我不想吃的时候，我是不会去吃它的。"可想而知，布宁再也不会与之为伍了。

托尔斯泰并不看好布宁的宗教热情。"你想过一种简单又勤勉的生活，对吗？这固然好，但也不必太刻板。无论什么样的生活都可以造就优秀的人才。"谈及诗人这份职业，托尔斯泰说："好吧，如果你对这一行很着迷，那就去写吧，但是要牢记，永远都不要把写诗当作你人生的目标。"对于这些忠告，布宁置若罔闻，诗歌早已成为他生活的全部。

布宁按严谨的古典范式创作出的诗行，很快引起了人们的注意。这些诗歌都以描述往昔旧庄园中充满忧伤美感的生活为主题。与此同时，布宁将散文诗的写作发展到极致，借由他本身的天资与敏锐的洞察力，忠实而又淋漓尽致地再现了他眼中大自然的丰裕与富饶。正当布宁的同代人热情高涨地投入到诸如象征主义、新自然主义、亚当主义、未来主义以及其他昙花一现的文学流派的冒险之中，并乐此不疲之时，布宁却仍在延续着伟大的现实主义艺术实践。在这个躁动不安的时代，布宁始终保持着遗世独立的品格。

布宁四十岁时创作的小说《乡村》(1910)使其一举成名，但也引发了毁誉参半的激烈争论。在这篇小说中，布宁抨击了俄罗斯人对未来的信仰，即斯拉夫人的梦想：勤劳而又富有美德的农民终将使俄罗斯民族有朝一日得以傲视全世界。布宁据实描述了俄罗斯农民的美德，并以此对斯拉夫人的梦想做出了自己的回应。这篇小说便是这样的产物。尽管在俄国文坛上此类作品并不鲜见，但即便如此，布宁的小说也算得上其中最阴郁冷酷的一部作品了。

对于笔下那些颓废沉沦的农民，除了对其中两个主要人物的祖父是如何被主人蓄意用家中豢养的嗜血猎犬追踪至死的过程作了简要交代之外，作者并没有给出任何历史背景诠释。这实际上充分表现了被压迫者身上的精神烙印。布宁并没因恐惧而止步不前，而是对其进行了公正的描绘，并且轻而易举地证实了自己那些残酷论断。紧随第一场革命而来的暴力席卷外省，预示着下一场革命即将来临。

由于找不到合适的词语，这本书在翻译的时候被归类为小说，但事实上，这部作品根本不像小说。整部作品由一系列下层人民的暴力行为片段构成，作者赋予了每一个细节的真实性以重要意义。引发文学批评家质疑的并不是作品细节，而是这些细节择选的客观性——外国人无法验证这些文学批评的有效性。基于此后发生的事件，这部作品重又引起人们的强烈兴趣,无论是在俄罗斯侨民眼中,还是在那些留在祖国的人们眼中,它都是一篇经典之作,是毋庸置疑的纯粹的艺术典范。对于乡村的描写在很多短文中得到了延续,有时还被赋予了宗教元素,从而使得农民在热情高涨的一代国民眼中,成为未来希望之所在。作者冷静地分析了对世界的虔诚救赎是如何被无政府主义本能与自我羞耻感所替代,而后者被布宁视为俄罗斯民族精神的本质特征。由此看来,布宁的确与自己年轻时所信仰的托尔斯泰主义渐行渐远,但对于俄罗斯大地,他却保留了如托尔斯泰一般的热爱之情。他几乎从未像某些小说那样以伟大的艺术将乡村描绘得超凡脱俗,这似乎是出于对自己的保护,使得他在看到了所有的丑陋和虚伪之后,依然还能自由地呼吸。

另一篇描写庄园生活的中篇小说——《乡村》的姐妹篇《苏霍多尔》(1911—1912)的构思则完全不同。这篇小说不是描写当代,而是描写了农奴制度的鼎盛时期——从布宁家中那位老仆的回忆写起。布宁在作品中也并非一名乐观主义者。书中的庄园主们孱弱不堪,根本没有能力如最激烈的抨击者所期望的那样,为他们自己和下属的命运负责。事实上,人们可以在这里找到大量材料,为那些被布宁在《乡村》中悄然忽略的人们辩护。

然而《苏霍多尔》所描绘的画面的视角却截然不同,充满诗意。部分原因在于过往以死亡为代价偿清了旧债,从而达成了某种和解,同时,仆人的美好憧憬也赋予了混乱与变动的世界以魅力,尽管世界曾毁掉了她的青春年华。诗意主要源自作者的想象力,他的天才使这篇小说充满张力与生命力。《苏霍多尔》是一部成就甚高的文学作品。

在第一次世界大战爆发前的几年,布宁曾游历地中海诸国,直至远东。这些经历为其一系列异国风情小说提供了主题,有时源自印度教弃绝俗世、克己禁欲思想的影响,但更多时候则是受到了梦幻般的东方文明与西方横行的物质中心主义之间强烈对比的启发。当战争来临时,布宁对于这些带有世界悲剧精神印记的现代环球旅行者的研究,催生了他最负盛名的作品——《从旧金山来的先生》。

与其他小说一样,布宁通过限制自己用典型人物而不是人物的复杂性格来发展主旨思想,从而极大地简化了主题。对于这一手法,似乎有个特别的理由可以解释:作者似乎害怕过于接近他塑造的人物,因为这会唤醒他的愤怒与仇恨。作品中的这位美国百万富翁在经历了对金钱的贪婪渴求之后，以老朽之身环游世界，希望借此唤醒自己干涸的意识、麻木的心灵和对权力、暮年享乐的渴望，而作者感兴趣的只是这个可怜虫如何像一个破碎的肥皂泡般消失。作者对这个人物的批判就像是对这个冷酷无情的世界的审判。小说并没有着力于刻画这个可怜的小人物，而是以独特而坚定的艺术笔触，描绘了作为其对手的命运的肖像，没有任何神秘主义色彩，只是严谨客观地描写了自然力与人类虚荣心的博弈。这种神秘的感觉在读者心中被唤醒，并随着对语言和格调的完美把握而逐渐增强。《从旧金山来的先生》很快就被公认为是一部文学名著，但这同时也意味着世界走向衰落，意味着对悲剧本质罪恶的谴责，正是对人类文化的扭曲让世界面临同样的命运。

　　战争的结局让作者离开了他的祖国，尽管一切对他来说都是如此珍贵，对遭受的巨大压力保持沉默似乎成了一种责任；但是那失落的祖国在他的记忆中重又变得鲜活而珍贵，惋惜之情令他对人类深怀悲悯。尽管如此，他有时以更加充分的理由去刻画他的特殊对手——农民，阴沉而清晰地描述了他们的缺点和恶习；而有时他又会向前看。在一切令人厌恶的事物中，他总能看到一种坚不可摧的人性，这不是道德教化，而是一种充满生命无限可能的自然力量。在《上帝之树》中，有人这样自称："我看到是上帝带来了风，风往哪里吹，我就跟着它去哪里。"他就是以这种方式告别过去，奔赴当下。

　　布宁记忆中的俄国大自然是他取之不尽的宝藏，后来重又唤起他对创作的热情与渴望。他以自己亲身经历的时代的素朴风格去描写新俄国的命运，赋予了其色彩和光辉。在《米佳的爱情》（1924—1925）中，布宁凭借对心理学的熟练把握对青年情感进行了分析，并对其中尤为重要的感性知觉和心理状态作了惟妙惟肖的刻画。这篇小说在俄国很受欢迎，它标志着文学传统的回归，尽管这种文学传统和其他许多事物一样似乎注定要灭亡。在已经出版的、带有部分自传色彩的《阿尔谢尼耶夫的生活》（1930）中，布宁比以往任何时候都更加广泛地再现了俄罗斯生活。布宁在描绘广袤丰饶的俄罗斯大地时展现出的才华无与伦比。

　　在俄国文学史上，伊万·布宁的地位及其重要性早已获得一致公认。他沿袭了19世纪这一辉煌时代的伟大传统，重视对传统的继承与发展。他凭借独特而敏锐的观察力，完美地表达了现实生活。他以严谨的艺术，成功地抵御了枉顾事物本身而一味追求华丽辞藻的诱惑；尽管他天生是位抒情诗人，但他从未刻意美化其所见之物，而是对其进行了准确而忠实的呈现。

他赋予了朴素的语言以独特的魅力,即使是译作也常常令人感受到字里行间散发出来的醉人气息,这一点为其同胞所公认。布宁的这一才能是其卓越而隐秘的天赋,为其文学作品铭刻上了杰作的印记。

布宁先生,我试图描绘一幅有关您的作品及其特有的严谨艺术风格的图景,由于时间仓促,任务艰巨,这幅图景无疑不够完整。布宁先生,现在请从国王陛下的手中接过瑞典皇家科学院颁发给您的奖章,并向您表示衷心的祝贺。

参考文献

[1] 阿格诺索夫.20世纪俄罗斯文学[M].凌建侯,等,译.北京:中国人民大学出版社,2001.

[2] 阿格诺索夫.白银时代俄国文学[M].石国雄,等,译.南京:译林出版社,2001.

[3] 阿格诺索夫.俄罗斯侨民文学史[M].刘文飞,等,译.北京:人民文学出版社,2004.

[4] 爱普施坦.套中小人物:巴什马奇金-别里科夫综合症[J].俄罗斯文艺,2010(1):66-71.

[5] 巴赫金.巴赫金全集[M].白春仁,等,译.石家庄:河北教育出版社,1998.

[6] 伯林.俄国思想家[M].彭淮栋,译.南京:译林出版社,2001.

[7] 布宁.托尔斯泰的解脱[M].陈馥,译.沈阳:辽宁教育出版社,2000.

[8] 陈民.西方文学死亡叙事研究[M].南京:江苏文艺出版社,2006.

[9] 邓楠.文学批评新视野下的文本解读[M].海口:南海出版公司,2005.

[10] 冯玉律.跨越与回归——论伊凡·蒲宁[M].上海:上海外语教育出版社,1998.

[11] 海德格尔.《人,诗意地安居——海德格尔语要》[M].郜元宝,译.上海:上海远东出版社,1995.

[12] 韩少功.文学的根[M].济南:山东文艺出版社,2001.

[13] 郝雨.跨文体写作与诗化小说[J].理论与创作,2003(1):63-68.

[14] 霍克斯.结构主义和符号学[M].瞿铁鹏,译.上海:上海译文出版

社,1987.

[15] 蒋承勇,等.20 世纪欧美文学史[M].武汉:武汉大学出版社,2007.

[16] 科尔米洛夫.二十世纪俄罗斯文学史:20—90 年代主要作家[M].赵丹,等,译.南京:南京大学出版社,2017.

[17] 克柳切夫斯基.《俄国史》[M].张蓉初,等,译.北京:商务印书馆,2013.

[18] 黎皓智.俄罗斯小说文体论[M].南昌:百花洲文艺出版社,2001.

[19] 李广仓.结构主义文学批评方法研究[M].长沙:湖南大学出版社,2006.

[20] 李珂玮.从全球到本土:对"寻根文学"之"根"的追索[M].南京:东南大学出版社,2017.

[21] 李毓榛.20 世纪俄罗斯文学史[M].北京:北京大学出版社,2000.

[22] 刘洋.现代文学史上的"诗化小说"[J].湖南科技学院学报,2005,26(10):84 -86.

[23] 米尔斯基.《俄国文学史》[M].北京:人民出版社,2013.

[24] 蒲宁.蒲宁短篇小说两篇[J].陈馥,等,译.俄罗斯文艺,1980(3).

[25] 蒲宁.蒲宁回忆录[M].北京:东方出版社,2002.

[26] 蒲宁.蒲宁文集五卷[M].戴骢,等,译.合肥:安徽文艺出版社,2005.

[27] 邱运华.蒲宁[M].成都:四川人民出版社,2002.

[28] 任光宣.俄罗斯文学简史[M].北京:北京大学出版社,2006.

[29] 茹科夫斯基.茹科夫斯基诗选[M].黄成来,等,译.上海:上海译文出版社,1985。

[30] 托尔斯泰.哥萨克[M].草婴,译.上海:上海文艺出版社,2008.

[31] 托尔斯泰.童年·少年·青年[M].草婴,译.上海:上海文艺出版社,2008.

[32] 契诃夫.契诃夫短篇小说选[M].汝龙,译.北京:人民文学出版社,2002.

[33] 瓦莱特.小说——文学分析的现代方法与技巧[M].陈艳,译.天津:天津人民出版社,2003.

[34] 汪介之.20 世纪欧美文学史[M].南京:南京师范大学出版社,2003.

[35] 吴晓东.现代"诗化小说"探索[J].文学评论,1997(1):118 -127.

[36] 席建彬.文学意蕴中的结构诗学:现代诗性小说的叙事研究[M].北京:

人民出版社,2012.

[37] 颜翔林.死亡美学[M].上海:学林出版社,1998.

[38] 杨明明.19世纪俄国文学经典导读[M].上海:华东师范大学出版社,2017.

[39] 杨明明.《安东诺夫卡苹果》的原乡意识与诗意怀乡[J].俄罗斯文艺.2015(04):19-24.

[40] 杨明明."大写"的死亡——解读《乡村》[J].俄罗斯文艺.2010(1):33-36.

[41] 杨明明.当代俄罗斯的布宁研究[J].当代外国文学.2011(3):45-50.

[42] 杨明明.回归经典:多维视角下的俄罗斯文学[M].哈尔滨:黑龙江人民出版社,2013.

[43] 杨明明."轻盈的气息"与"沉重的十字架"——《轻盈的气息》之结构主义叙事学解读[J].南京社会科学.2011(12):123-128.

[44] 杨明明.《苏霍多尔》的家族叙事与民族性书写[J].外国语文研究,2018(5):24—31.

[45] 杨明明.由新时期的布宁研究看我国俄罗斯文学研究的方法论问题[J].理论界.2009(8):155-156.

[46] 杨素梅,等.俄罗斯生态文学论[M].北京:人民文学出版社,2006.

[47] 姚霞.布宁的"乡村"艺术体——浅析《乡村》中浪漫主义与现实主义因素的融合[J].四川外语学院学报,2004,20(3):23-26.

[48] 叶舒宪.现代性危机与文化寻根[M].济南:山东教育出版社,2009.

[49] 张冰.白银时代俄国文学思潮与流派[M].北京:人民文学出版社,2006.

[50] 张红秋.用现象学"看"诗化小说[J].兰州大学学报,2004,32(5):21-26.

[51] 张首映.西方二十世纪文论史[M].北京:北京大学出版社,1999.

[52] 张学军.寻根小说的美学追求[J].文史哲,1994(2):83-88.

[53] 张祎.从归纳走向解构:蒲宁创作艺术的再认识[J].俄罗斯文艺,2002(6):86-89.

[54] 周启超.白银时代俄罗斯文学研究[M].北京:北京大学出版社,2003.

[55] 周引莉.寻根文学的发展与影响[M].北京:社会科学文献出版

社,2014.

[56] 朱立元.现代西方美学史[M].上海:上海文艺出版社,1993.

[57] The Nobel Prize in Literature 1933. Ivan Bunin. Presentation Speech
[EB/OL].[2018-06-11]. http://www.nobelprize.org/nobel_prizes/
literature/laureates/1933/press.html.

[58] Афанасьев В И. А. Бунин[M]. М.: Просвещение, 1966.

[59] Баборенко А К. И. А. Бунин. Материалы для биографии с 1870 по
1917[M]. М.: Художественная литература, 1983.

[60] Благасова Г М. И. Бунин в оценке русской критики 1910-х годов[C].
Подъем, 1981(11): 133 – 139.

[61] Блок А А. Собрание сочинений: В 8 т[M]. М.-Л.: ГИХЛ, 1962.

[62] Бонами Т М. Художественная проза Бунина (1887—1904)[M].
Владимир: Книжное издательство, 1962.

[63] Бочаров А. Свойство, а не жупел[J]. Вопросы литературы, 1977(5):
65 –107.

[64] Бунин И А. Дневники1881—1953 [Z]. М., Берлин: Директ –
Медиа, 2017.

[65] Бунин И А. Окаянные дни. Воспоминания. Статьи [C]. М.:
Советский писатель, 1990.

[66] Бунин И А. Освобождение Толстого [M]. PARIS: YMCA-
PRESS, 1937.

[67] Бунин И А. Собрание сочинений: В 11 т[M]. Берлин: Петрополис,
1934—1936.

[68] Бунин И А. Собрание сочинений: В 9 т[M]. М.: Художественная
литература, 1965—1967.

[69] Бунин И А. Собрание сочинений: В 9 т[M]. М.: Терра-Книжный
клуб, 2009.

[70] Бунин И А. Собрание сочинений: В 6 т[M]. М.: Художественная
литература, 1987—1988.

[71] Бунин И А. Собрание сочинений: В 8 т[M]. М.: Московский рабочий,
1993—2000.

［72］Бунин И А. Собрание сочинений［EB/OL］. ［2018-10-09］. http：//az. lib.ru/b/bunin_i_a/.

［73］Бунинский сборник［C］. Орел：Орловский педагогический институт，1974.

［74］Буслакова Т П. Литература русского зарубежья［M］. М.：Высшая школа，2003.

［75］Вантенков И П. Бунин—повествователь （рассказы 1890—1916 гг.）［M］. Минск：Издательство БГУ，1974.

［76］Волков АА. Проза И. Бунина［M］. М.：Московский рабочий，1969.

［77］Гейдеко В А. Чехов и Бунин［M］. М.：Советский писатель，1987.

［78］Горький М. Собрание сочинений：В 30 т［M］. М.：Государственное издательство художественной литературы，1949—1955.

［79］Горьковские чтения.1958—1959［C］. Ред. коллегия：Михайловский Б В и Тагер Е Б. М.：Издательство АН СССР，1961.

［80］Гречнев В Я. О прозе XIX-XX вв. Л. Толстой. А. Чехов. И. Бунин. Л. Андреев. М. Горький［M］. СПб.：Санкт-Петербургский государственный университет культуры и искусств，2000.

［81］Долгополов Л К. На рубеже веков：О русской литературе конца XIX начала XX века［M］. Л.：Советский писатель，1985.

［82］Достоевский Ф М. Полное собрание сочинений：В 18 т［M］. Т. 5. М.：Воскресенье，2005.

［83］Древнерусская притча［C］. Сост. Прокофьева Н И，Алёхиной Л И. М.：Советская Россия，1991.

［84］Жильцова Е А. Роман 《Преступление и наказание》 Ф. М. Достоевского в творческом восприятии И. А. Бунина и М. А. Алданова［J］. Вестник Новгородского государственного университета，2010(57)：34 − 37.

［85］Зайцев Б К. Бунин. Речь на чествовании писателя 26 ноября 1933 г. ［EB/OL］. ［2016-07-22］. http：//bunin-lit.ru/bunin/kritika/zajcev-bunin-rech.htm.

［86］Иван Алексеевич Бунин［EB/OL］. ［2018-03-09］. http：//bunin.niv.ru/.

［87］Иван Бунин：pro et contra：Личность и творчество Ивана Бунина в оценке русских и зарубежных мыслителей и исследователей ［C］.

СПб.: Издательство Русского христианского гуманитарного института, 2001.

[88] Из истории русской культуры: В 5 т［С］. М.: Языки русской культуры, 1996.

[89] Иезуитова Л А. Роль семантико-композиционных повторений в создании символического строя повести-поэмы И. А. Бунина 《Деревня》［А］//Иван Бунин и литературный процесс начала XX века (до 1917г.)［С］. Л.: ЛГПИ, 1985: 1 - 22.

[90] Ильин И А. О тьме и просветлении: Книга художественной критики. Бунин, Ремизов, Шмелев［М］. М.: Скифы, 1991.

[91] История русской литературы: В 10 т［М］. М., Л.: Издательство АН СССР, 1954—1956.

[92] Карпенко Г Ю. Творчество И. А. Бунина и религиозное сознание рубежа веков［М］. Самара: Универс-групп, 2005.

[93] Келдыш В А. Русский реализм начала XX века［М］. М.: Наука, 1975.

[94] Ким Кен Тэ. Мир востока в рассказе 《Братья》［J］. Русская литература, 2002(3): 19 - 36.

[95] Колобаева Л А. Концепция личности в русской литературе рубежа веков ［М］. М.: Издательство МГУ, 1990.

[96] Колобаева Л А. Проза И. А. Бунина［М］. М.: Издательство МГУ, 2000.

[97] Конюшенко Е И. Ф. Достоевский в художественном сознании И. Бунина-читателя［А］//Проблемы метода и жанра［С］. Вып. 17. Томск: Национальный исследовательский Томский государственный университет, 1991: 183 - 189.

[98] Кузнецова Г Н.Грасский дневник［EB/OL］. ［2015-10-12］. http://www.ereadinglib.org/bookreader.php/31273/Kuznecova_Grasskiii_dnevnik.html.

[99] Кучеровский Н М. Бунин и его проза (1887—1917)［М］. Тула: Приокское книжное издательство, 1980.

[100] Лавров В В. Холодная осень: Иван Бунин в эмиграции (1920—1953)［М］. М.: Молодая гвардия,1989.

［101］Линков В Я. Мир и человек в творчестве Л. Толстого иИ. Бунина ［M］. М.：Издательство МГУ，1989.

［102］Литературная энциклопедия. Словарь литературных терминов［EB/OL］.［2018-02-12］. http：//feb-web.ru/feb.

［103］Литературное наследство. Т. 84. Иван Бунин［С］. М.：Наука，1973.

［104］Лихачёв Д С. Великий путь：Становление русской литературыXI-XVII веков［M］. М.：Современник，1987.

［105］Лихачёв Д С. Поэтика древнерусской литературы［M］. Л：Наука，1971.

［106］Лотман Ю М. О русской литературе［M］. СПб.：Искусство-СПБ，2005.

［107］ Лощинская И А. Бунин в английских и американских исследованиях конца 1960-х начала 70-х годов ［J］//Русская литература. 1974(3)：242 － 253.

［108］Мальцев Ю В. Иван Бунин［M］. М.：Посев，1994.

［109］Мирский Д С. История русской литературы с древнейших времен до 1925 года ［M］. Пер. с англ. Р. Зерновой. London：Overseas Publications Interchange Ltd，1992.

［110］Михайлов О Н. Бунин и Толстой［A］//Лев Николаевич Толстой ［С］. Вып. 2. М.：МГУ，1959：203 － 216.

［111］Михайлов О Н. И. А. Бунин：Очерк творчества［M］. М.：Наука，1967.

［112］Михайлов О Н. И. А. Бунин：Жизнь и творчество［M］. Тула：Приокское книжное издательство，1987.

［113］Михайлов О Н. Строгий талант. Иван Бунин. Жизнь，судьба，творчество ［M］. М.：Современник，1976.

［114］Муратова К Д. Реализм нового времени в оценке критики 1910-х годов ［A］//Судьбы русского реализма начала века ［С］. Под ред. Муратовой К Д. Л.：Наука，1972：135 － 163.

［115］Муромцева-Бунина В Н. Жизнь Бунина （1870—1906）［M］. М.：Советский писатель，1989.

［116］На рубеже. К характеристике современных исканий. Критический сборник ［С］. СПб.：Наше время，1909.

［117］Некрасов Н А. Полное собрание сочинений и писем：В 12 т［M］. М.：

Правда，1948—1953.

[118] Огарёв Н П. Обыкновенная повесть［EB/OL］．［2018-07-16］． https://rupoem.ru/ogarev/byla-chudesnaya-vesna.aspx.

[119] Одовцева И В. На берегах Сены［M］．Париж：La Presse Libre，1983.

[120] Письма И А. Бунина Н. Д. Телешову（1941—1947）［J］．Исторический архив，1962(2)：156 - 167.

[121] Половицкая Э Я. Взаимопроникновение поэзии и прозы у раннего Бунина ［J］//Известия АН СССР．1970(5)：412 - 418.

[122] Русская литература рубежа веков：1890-е—начало 1920-х годов［M］． М.：Наследие，2000.

[123] Русская литература XIX века：хрестоматия критических материалов ［C］．Сост. Зельдович М Г．Лившиц Л Я．М.：Высшая школа， 1975.

[124] Силантьева В И．Переходные периоды в искусстве．Современные теории диссипативных систем［A］//Вопросы русской литературы． Межвузовский научный сборник［C］．Выпуск 9．Симферополь： Крымский архив，2003：170 - 180.

[125] Скороспелова Е Б．Русская проза XX века：от А. Белого до Б. Пастернака［M］．М.：ТЕИС，2003.

[126] Славянские литературы：V₁ Международный съезд славистов［C］． Прага，август 1968.

[127] Сливицкая О В．Чувство смерти в мире Бунина［J］．Русская литература，2002(1)：64 - 78.

[128] Смирнова Л А．Иван Алексеевич Бунин：Жизнь и творчество［M］． М.：Просвещение，1991.

[129] Соколов А Г．Судьбы русской литературной эмиграции 20-х годов ［M］．М.：Издательство МГУ，1991.

[130] Солоухина О В. О нравственно-философских взглядах И. А. Бунина ［J］．Русская литература，1984(4)：47 - 59.

[131] Социалистический реализм и классическое наследие［C］．М.： Государственное издательство художественной литературы，1960.

［132］Спивак Р С.《Живая жизнь》 И. Бунина и Л. Толстого（Некоторые стороны эстетики Бунина в свете традиций Л. Толстого）［J］. Ученые записки Пермского государственного университета，1966（155）：87 –128.

［133］Спивак Р С. Язык прозы И. А. Бунина и традиции Л. Н. Толстого ［J］. Филологические науки，1968(3)：23 – 33.

［134］Спивак Р С. Русская деревня в изображении И. А. Бунина и Л. Толстого［J］. Вестник МГУ，1969(3)：41 – 48.

［135］Спивак Р С. Принципы художественной конкретизации в творчестве Л. Толстого и И. Бунина：деталь［J］. Ученые записки Пермского государственного университета，1968(193)：247 – 277.

［136］Степун Ф А. Иван Бунин［J］. Современные записки，1934(54)：127 –211.

［137］Струве Г П. Русская литература в изгнании［M］. PARIS：YMCA-PRESS；M.：Русский путь，1996.

［138］Сухих И Н. Двадцать книг XX века. Эссе［C］. СПб.：Паритет，2004.

［139］Сухих И Н. Русская любовь в темных аллеях （1937—1945.《Темные аллеи》 И. Бунина）［J］. Звезда，2001(2)：219 – 228.

［140］Телешов Н Д. Записки писателя［M］. M.：Советский писатель，1950.

［141］Тимофеев Л И, Тураев С В. Краткий словарь литературоведческих терминов［M］. M.：Просвещение，1985.

［142］Толстой Л Н. Полное собрание сочинений：В 90 т［M］. M.：Художественная литература，1928—1958.

［143］Туниманов В А. Бунин и Достоевский （по поводу рассказа И. А. Бунина 《Петлистые уши》）［J］. Русская литература，1992（3）：55 –73.

［144］У академика И. А. Бунина （беседа）［N］. Московская весть，1911-09-12.

［145］Убогий А. Божественный мастер （памяти Ивана Бунина）［J］. Наш современник. 2003(12)：229 – 238.

［146］Устами Буниных：Дневники Ивана Алексеевича и Веры Николаевны и другие архивные материалы［Z］. В 3 т. Под ред. Грин М. М.：Посев，2005.

［147］Ходасевич В Ф. Собрание сочинений：В 4 т［M］. М.：Согласие，1996 -1997.

［148］Эткинд Е. Там，внутри：о русской поэзии XX века［M］. СПб.：Максима，1997.

索　引

后 记
Postscript

　　梅子黄时雨的季节,终于完成了《布宁小说诗学研究》一书的修改。从 2008 年作为国家社科基金青年项目立项,到今日成书,从初次申报国家级项目成功的惊喜,到繁重的教学工作之余伏案写作,再到结项后搁置数年,这本书见证了十年来我在学术上的成长,也见证了我人生的起落悲喜。

　　伊万·布宁是我青年时代最为喜爱的俄罗斯作家之一,作为俄罗斯中短篇小说的忠实读者,《乡村》《苏霍多尔》和《轻盈的气息》等经典名作令我深刻体会到俄罗斯文学的深沉厚重与轻灵凄美。这些作品问世至今已逾百年,却始终如"耶利哥玫瑰"般芬芳馥郁,历久弥新。

　　布宁研究至此告一段落,但我对俄侨文化与思想的兴趣却愈加浓厚。2015 年申请的课题"俄罗斯文学与欧亚主义研究"又获得了国家社科基金立项,希望可以借此将我的俄侨研究予以深化,有朝一日推出一部全面审视俄侨文化的新作。

　　在本课题的研究中,中国社会科学院外国文学研究所的吴元迈先生、华东师范大学的陈建华教授和北京大学的徐凤林教授在百忙之中给予了无私指导,更为本书的写作提出了诸多宝贵意见,实在令我感激之至。

我所在的上海交通大学外国语学院和人文艺术研究院对我科研工作的支持,也是本书能够得以完成并最终面世的一个重要原因,在此谨向各位领导和同仁致以衷心的感谢!

最后,我还要向为本书的编辑与出版付出了辛勤劳动的上海交通大学出版社和编辑表示诚挚的谢意!

作者

2018 年 7 月 21 日